Verborgen waarheden

NEVA ALTAJ

Auteur: Neva Altaj
Oorspronkelijke titel: *Hidden truths*

Vertaling : Missy Veerhuis

www.sisterspress.com

NOTITIE VAN DE AUTEUR

Beste lezer, er worden in het boek een paar Russische woorden genoemd, dus hier zijn de vertalingen en verduidelijkingen:

Pakhan (пахан) – het hoofd van de Russische maffia.

Bratva – братва is de georganiseerde misdaad in Rusland of de Russische maffia

Lisichka (лиси́чка) – kleine vos.

Palomita – kleine duif; een verkleinwoord van '*paloma*' wat 'duif' betekent.

Houd er rekening mee dat dit boek inhoud bevat die sommige lezers verontrustend kunnen vinden, zoals: geweld, mishandeling en grafische beschrijvingen van marteling. Er worden ook thema's als posttraumatische stressstoornis (PTSS) en andere psychische aandoeningen genoemd.

Hoewel we allemaal willen geloven dat liefde alle wonden heelt, moet je er rekening mee houden dat dit verhaal een fictief werk is. Als je aan PTSS lijdt of met andere geestelijke gezondheidsproblemen worstelt, dan is er hulp beschikbaar. Neem contact op met je familie en vrienden, een arts of een andere vertrouwde professional, zoals een therapeut of spirituele leider. Je staat er niet alleen voor!

VERBORGEN *waarheden*

PROLOOG

E-mail communicatie.

Vijftien jaar geleden

Van: Felix Allen
Aan: Kapitein L. Kruger
Onderwerp: Sergei Belov

Kapitein,

Ik voel me genoodzaakt om mijn grote bezorgdheid te uiten over de nieuwste rekruut die aan mij is toegewezen, Sergei Belov. De Belov jongen is extreem intelligent en heeft een groot fysiek potentieel. Ik weet echter niet zeker of hij de juiste keuze is voor ons programma. Hij is pas veertien en dat is veel te jong. Bovendien komt zijn psychologisch profiel niet overeen met onze eisen. In duidelijke bewoordingen, hij is een beschermer. Hij is van nature ook geen gewelddadig persoon en ik weet niet hoe verstandig het is om verder te gaan. Ik denk dat hij ofwel moet worden overgeplaatst naar een andere eenheid of naar de jeugdgevangenis moet terugkeren waar hij vandaan is gekomen.

Felix Allen
Z.E.R.O. *eenheid*
Begeleider voor Sergei Belov

Elf jaar geleden

Van: Felix Allen
Aan: Kapitein L. Kruger
Onderwerp: BELANGRIJK. Sergei Belov

Kapitein,

Ik ben me bewust van uw positie met betrekking tot het Belov kind. Ik ben me er ook van bewust dat zijn topprestatie en onberispelijke trainingsscores in de afgelopen jaren tot de conclusie kunnen leiden dat hij goed is geacclimatiseerd en dat hij klaar is om op veldmissies te worden gestuurd. Het is mijn professionele mening dat hij NIET geschikt is om de missies uit te voeren die aan operatie Project Z.E.R.O. zijn toegewezen, en ik adviseer om hem zo snel mogelijk over te plaatsen naar een van de standaard eenheden.

Felix Allen
Z.E.R.O. *eenheid*
Begeleider voor Sergei Belov

Acht jaar geleden

Van: Felix Allen
Aan: Kapitein L. Kruger
Onderwerp: Kennisgeving overplaatsingsverzoek

Kapitein,

Sergei Belov vertoont zeer verontrustend gedrag nadat hij in februari van de Colombiaanse missie is teruggekeerd. Ik voeg mijn volledige rapport bij deze e-mail, maar om de belangrijkste punten samen te vatten: gewelddadige uitbarstingen, het verlies van contact met de werkelijkheid en willekeurige catatonische aanvallen.

Ik wilde u laten weten dat ik officieel een overplaatsing voor hem heb aangevraagd, evenals een psychiatrische evaluatie.

Wat is er daar gebeurd, Lennox? Waarom krijg ik geen toegang tot het missieverslag? Sergei wil het me niet vertellen, en toen ik probeerde rond te vragen, werd me verteld om het te laten rusten of de gevolgen onder ogen te zien. Ik moet weten wat er in Colombia is gebeurd, want het was duidelijk een trigger voor de verandering in zijn gedrag.

Felix Allen
Z.E.R.O. eenheid
Begeleider voor Sergei Belov

Zes jaar geleden

Van: Felix Allen
Aan: Kapitein L. Kruger
Onderwerp: Dringend

Ik wil dat u Sergei Belov uit dienst ontslaat. Hij vormt een gevaar voor andere mensen, maar vooral voor zichzelf. Ik heb al vaak geprobeerd om het uit te leggen, maar u wilde niet luisteren. Je kunt een normaal kind niet zomaar in een wapen veranderen. Niet iedereen is geschikt om een moordenaar te zijn, Lennox, hoe jong je ze ook laat trainen. Het is gewoon een kwestie van tijd voordat hij zal breken, en als hij dat doet, dan zal hij chaos creëren die u aan onze superieuren moet uitleggen.

Felix Allen
Z.E.R.O. *eenheid*
Begeleider voor Sergei Belov

Vier jaar geleden

Van: Kapitein L. Kruger
Aan: Felix Allen
Onderwerp: Waar is mijn agent?!

Felix,

Ik verwacht je morgenochtend in mijn kantoor. Ik wil weten hoe je de admiraal ervan hebt overtuigd om Belov en jezelf ontslag te geven. En waar verberg je mijn agent?!

Kapitein Lennox Kruger
Project Z.E.R.O. Commandant

Van: Felix Allen
Aan: Kapitein L. Kruger
Onderwerp: Re: Waar is mijn agent?!

Val dood, Lennox.
Ik hoop dat je projectje snel terugkomt om zich tegen je te keren.

Felix

Hoofdstuk 1

Angelina

Drie dagen geleden.

Er liggen precies elf stukken vlees en drieëntwintig frietjes op het bord. Ik heb ze minstens twintig keer geteld sinds Maria het eten twee uur geleden heeft gebracht. Het was moeilijker te weerstaan toen het eten nog warm was en het mijn neusgaten met zijn aroma vulde. Maar zelfs nu, begin ik te watertanden en verkrampen mijn ingewanden zich.

De tweede dag was het ergste. Ik dacht dat ik gek zou worden, dus begon ik de stukken voedsel te tellen en stelde ik me voor dat ik ze opat. En het hielp. Enigszins. Misschien was het makkelijker geweest als het vlees niet in kleine stukjes was gesneden, en elk van hen me niet had uitgedaagd. Ik had er gewoon één kunnen nemen, en dan zou niemand het gemerkt hebben. Ik weet niet hoe ik die dag door ben gekomen.

Ik zit op de vijfde dag van mijn hongerstaking. Ze brengen me drie keer per dag eten en water, maar ik raak niets aan behalve het water. Ik sterf liever van de honger dan dat ik vrijwillig met de moordenaar van mijn vader trouw.

De deur aan de andere kant van de kamer gaat open en Maria loopt naar binnen. We waren ooit beste vriendinnen. Tot ze mijn vader begon te neuken. Ik vraag me af wanneer ze besloot om naar Diego Rivera over te stappen — mijn vaders beste vriend, zakenpartner, en sinds vijf dagen geleden, zijn moordenaar.

'Dit heeft geen zin, Angelina,' zegt Maria en ze komt met haar handen op haar heupen voor me staan. 'Je zult hoe dan ook met Diego trouwen. Waarom zou je voor de moeilijke weg kiezen?'

Ik sla mijn armen over elkaar en leun tegen de muur. 'En waarom doe jij dat niet?' vraag ik. 'Je ben hem al aan het neuken. Waarom zou je daar stoppen?'

'Diego zou nooit met de dochter van een bediende trouwen. Maar hij zal me blijven neuken.' Ze schenkt me een van haar bijzonder neerbuigende blikken. 'Ik betwijfel of hij je nu aan wil raken, ongeacht of je Manny Sandovals dochter bent. Je was nooit iets speciaals, maar nu lijk je wel half dood.'

'Je zou hem kunnen vragen om me te laten gaan en hem helemaal voor jezelf hebben.'

Ik kan me niet voorstellen hoe ze het kan verdragen dat dat varken haar aanraakt. Diego is ouder dan mijn vader en hij stinkt. Ik zal altijd de geur van muf zweet en slechte parfum met hem associëren.

'Oh, dat zou ik doen. Met alle liefde,' zegt ze lachend. 'Als ik dacht dat het zou werken. Diego gelooft dat het overnemen van je vaders zakelijke contracten veel soepeler zal gaan met de Sandoval prinses als zijn vrouw. Hij zal een dag wachten, misschien nog twee. Dan zal hij je naar het altaar slepen. Hij is ongelooflijk geduldig met je geweest, Angelina. Je moet hem niet veel langer op de proef stellen.' Ze neemt het bord met het onaangeroerde voedsel mee en verlaat de kamer en sluit de deur achter zich.

Ik ga op mijn bed liggen en zie de gordijnen door de lichte avondbries heen en weer bewegen. Ik voel me sinds vanmorgen duizelig, dus in slaap vallen is niet meer zo moeilijk als een paar dagen geleden. Er zijn ook geen tranen meer over.

Ik kan nog steeds niet geloven dat mijn vader weg is. Misschien was hij niet de beste vader op de planeet, maar hij was *mijn* vader. Het werk kwam voor Manuel Sandoval altijd op de eerste plaats, wat niet ongebruikelijk was. Niemand verwachtte dat het hoofd van een van de drie grootste Mexicaanse kartels een dagje verstoppertje of iets dergelijks met zijn kind zou spelen, maar op zijn eigen manier hield hij van me. Een droevige glimlach vormt zich op mijn lippen. Manny Sandoval kwam misschien niet naar mijn school optredens en hij hielp me ook niet met mijn huiswerk, maar hij zorgde ervoor dat ik bijna net zo goed kon schieten als zijn mannen.

Het gelach van mannen bereikt me vanaf de patio, waardoor ik huiver. Die leugenachtige klootzak en zijn mannen vieren nog steeds feest. Het was niet genoeg dat hij mijn vader vermoordde, de man met wie hij meer dan een decennium zaken had gedaan. Oh nee. Hij nam zijn huis en zijn zakelijke contracten over. En nu wil hij zijn dochter ook overnemen.

Ik sluit mijn ogen en herinner me de dag dat Diego naar ons huis kwam. Niemand had iets vermoed, omdat hij mijn vader jarenlang minstens één keer per maand had bezocht. Toen we ons realiseerden wat er gebeurde, was het al te laat.

Ik had Diego die dag niet moeten aanvallen. Het enige wat het me had opgeleverd was een klap in mijn gezicht waardoor ik sterren zag. Toen ik het lichaam van mijn vader met bloed dat zich om hem heen vormde op de grond zag liggen, kon ik niet helder denken. Die klootzak vermoorden was het enige waar ik aan dacht. In plaats van op een betere kans te wachten, had ik zijn twee soldaten volledig genegeerd, had een van de decoratieve zwaarden die aan de kantoormuur hingen gepakt en had ermee naar Diego uitgehaald. Zijn mannen hadden me al te pakken voor ik in de buurt van hun baas was gekomen. En ze hadden gelachen. En toen lachten ze nog meer toen Diego me in mijn gezicht sloeg en bijna mijn kaak ontwrichtte.

Het verbaast me dat hij me nog niet heeft geneukt. Hij is waarschijnlijk bezig met het verkrachten van de meisjes die hij heeft meegenomen en in de kelder heeft opgesloten voordat hij ze naar de mannen verscheept die ze hebben gekocht. Ik vraag me af of hij mij ook gaat verkopen, of dat hij me gewoon vermoordt als hij beseft dat ik liever sterf dan dat ik iets met hem te maken wil hebben.

Ik begraaf mijn gezicht in het kussen.

Het geluid van iemands gehaaste stappen maakt me wakker uit mijn slaap. Langzaam en zonder mijn ogen te openen, reik ik onder het kussen en wikkel mijn hand om de armleuning van de stoel die ik drie dagen geleden uit elkaar heb gehaald. Ik heb mijn geïmproviseerde wapen daar geplaatst voor als Diego eindelijk besluit om me te bezoeken.

‘Angelinita!’ Een hand pakt mijn schouder en schudt me door elkaar. ‘Word wakker. We hebben niet veel tijd.’

'Nana?' Ik ga rechtop in bed zitten en knijp met mijn ogen naar mijn nanny. 'Hoe ben je binnengekomen?'

'Kom op! En wees stil.' Ze pakt mijn hand en leidt me de kamer uit.

Ze hebben me gevangen gehouden in mijn kamer, en ik heb al vijf dagen niet gegeten. Mijn voeten slepen achter me aan terwijl ik probeer om mijn oude en kwetsbare nana bij te houden, die me praktisch langs de gang en twee trappen naar beneden sleept totdat we de keuken bereiken. Diego heeft geen bewakers in het huis, en de andere staf vertrekt rond tien uur. Dan moet het diep in de nacht zijn, want we komen niemand tegen.

Nana zet me zo neer dat ik voor de glazen deur kom te staan die naar de achtertuin leidt en ze wijst met haar vinger. 'Zie je die vrachtwagen? Ze vertrekken over twintig minuten. Diego stuurt drugs naar de Italianen in Chicago en hij heeft me de opdracht gegeven om een van de meisjes als cadeau met de lading mee te sturen.' Ze kijkt naar me op. 'In plaats daarvan ga jij.'

'Wat? Nee.' Ik leg mijn hand op haar gerimpelde wang terwijl ik met de andere tegen de muur leun voor het geval mijn benen het zouden begeven. 'Diego zal je vermoorden.'

'Je gaat. Ik laat die klootzak je niet hebben.'

'Nana…'

'Als je in Chicago aankomt, kun je bij enkele van je Amerikaanse vrienden van je studie verblijven. Diego durft de grens niet over om achter je aan te gaan.'

'Ik heb geen papieren of een paspoort. Wat moet ik doen als ik er ben?' Ik vertel haar niet dat ik daar ook niet zoveel vrienden heb. 'En de chauffeur zal me herkennen.'

'Waarschijnlijk niet, je ziet er verschrikkelijk uit. Maar we zullen er voor de zekerheid voor zorgen dat hij je niet herkent.'

Ze reikt in de lade, pakt een schaar en begint op een paar plaatsen in mijn korte broek en T-shirt te knippen. Als ze klaar is, is er nauwelijks nog een stuk stof over om mijn borsten en kont te bedekken. Precies zoals Diego het leuk vindt.

'Nu, het haar.'

Ik sluit mijn ogen, haal diep adem en draai mijn rug naar haar toe. Ik laat de tranen niet stromen als Nana m'n tot mijn taille reikende lange haar afknipt totdat het in ongelijke strengen nauwelijks mijn schouders bereikt.

'Zodra je Chicago bereikt, neem dan contact op met Liam O'Neil,' zegt ze. 'Hij kan je helpen om papieren en een nieuw paspoort te krijgen.'

'Ik denk niet dat dat gezien de situatie verstandig is. Wat als O'Neil Diego vertelt dat ik daar ben?' Mijn vader heeft het afgelopen jaar zaken met de Ieren gedaan, maar hij was nooit een fan van hun leider. Hij had Liam O'Neil een 'lastige klootzak' genoemd.

'Je moet het risico nemen. Niemand anders kan valse papieren voor je regelen.'

Ik staar naar de vloer waar zwarte haarlokken om mijn blote voeten liggen. Het zal terug groeien… als ik blijf leven om het mee te maken.

Nana tikt me op de schouder. 'Draai je om.'

Als ik dat doe, grijpt ze een bloempot met haar favoriete agaveplant van de tafel, pakt een handvol aarde en begint het vuil over mijn armen en benen te smeren. Ze doet een stap achteruit, kijkt me aan en smeert er dan ook een beetje van op mijn voorhoofd.

'Goed.' Ze knikt.

Ik kijk naar mezelf. Mijn heupbeenderen steken uit en mijn buik ziet er ingevallen uit. Ik ben altijd aan de dunne kant geweest, maar nu ziet mijn lichaam eruit alsof iemand elk stuk vlees eruit heeft gezogen, waardoor er alleen huid en botten over zijn gebleven. Ik lijk absoluut op de meisjes die Diego in de kelder heeft opgesloten. Als ik opkijk, kijkt Nana me met tranen in haar ogen aan.

'Neem dit.' Ze pakt een tas die aan de stoel hangt en duwt hem in mijn handen. 'Het is wat voedsel en water. Ik durfde er geen geld in te doen, voor het geval de chauffeur besluit om het te controleren.'

Ik sla mijn arm om haar heen, begraaf mijn gezicht in de kromming van haar hals en adem de geur van poederachtige wasverzachter en koekjes in. Het doet me aan mijn kindertijd, zomerdagen en liefde denken. 'Ik kan je niet achterlaten, Nana.'

'Daar is geen tijd voor,' snuft ze. 'Laten we gaan. Hoofd naar beneden en niet praten.'

Terwijl ze mijn bovenarm vasthoudt, sleept ze me naar buiten naar de vrachtwagen die voor het servicegebouw geparkeerd staat.

'Het werd tijd, Guadalupe,' blaft de chauffeur en hij gooit zijn sigaret op de grond. 'Zet haar achterin. We zijn laat.'

'Je wilt niet bij haar in de buurt komen.' Nana duwt me om de chauffeur heen. 'De trut heeft over zichzelf heen gekotst. Ze stinkt.'

Ik houd mijn hoofd naar beneden en probeer niet te struikelen als ik aan de achterkant van de vrachtwagen naar binnen spring. Mijn benen trillen van de spanning van het proberen om mezelf rechtop te houden. Ik duik achter een van de dozen en draai me nog een laatste keer om, om naar Nana Guadalupe te kijken, maar de grote schuifdeur valt met een knal naar beneden voordat ik een glimp op kan vangen. Het is volkomen donker en een minuut later komt de motor brullend tot leven.

Sergei

De telefoon in mijn achterzak gaat. Ik gooi het mes weg dat ik in mijn rechterhand vast had, dan pak ik de telefoon en neem het telefoontje aan.

'Ja?'

'De lading van de Italianen is net uit Mexico vertrokken,' zegt Roman Petrov, de pakhan van de Bratva aan de andere kant van de lijn. 'Ik wil dat je met Mikhail meegaat als de mannen vertrekken om het morgenavond te onderscheppen.'

'Oh? Betekent dit dat ik weer het veld in mag?'

Toen ik vier jaar geleden bij de Russische Bratva kwam, begon ik als een voetsoldaat, en in de afgelopen jaren, ben ik de ladder opgeklommen naar de *inner circle* van de pakhan. Ik deed tot een jaar geleden het veldwerk, totdat Roman het me verbood.

'Nee. Dit is een eenmalige klus. Anton ligt nog steeds in het ziekenhuis en we komen mensen tekort, anders had ik je nooit gestuurd.'

'Je motiverende toespraken vereisen serieus werk.' Ik gooi het volgende mes door de lucht.

'Wanneer jij gemotiveerd bent, dan stapelen de lijken zich op, Sergei.'

Ik rol met mijn ogen. 'Wat wil je dat ik doe?'

'Maak hun vrachtwagen onklaar en blaas het ding op. Het

zal moeten terwijl de chauffeur stopt om te slapen, want onze informant zegt dat er een meisje in de vrachtwagen met de drugs zit. We moeten haar er eerst uithalen. Mikhail zal je later bellen met meer details.'

'Oké.'

'En zorg er deze keer voor dat het alleen de vrachtwagen is die wordt opgeblazen,' blaft hij en hij verbreekt de verbinding.

Ik gooi de laatste van mijn messen, doe de lamp aan en loop naar de smalle houten plank aan de andere muur om mijn treffers te inspecteren. Twee van de messen zijn net onder het doel geland. Ik begin het te verleren. Ik trek de messen eruit en loop terug door de kamer. Me op de witte lijn focussend die horizontaal langs de houten plank is geschilderd, doe ik het licht weer uit.

Twintig minuten later verlaat ik mijn kamer en ga naar beneden om Felix te zoeken.

'Albert!' roep ik.

Hij haat het als ik hem zo noem, dus zorg ik ervoor dat ik dat altijd doe. Dat is precies wat hij verdient aangezien hij besloot om mijn butler te spelen in plaats van zijn pensioen in een huisje aan zee door te brengen zoals hij had moeten doen toen het leger ons liet gaan. Hij heeft me nooit precies verteld hoe hij ons van onze contracten heeft bevrijd.

'Albert! Waar heb je onze C-4-voorraad gelaten?'

'In de voorraadkast!' roept hij van ergens uit de keuken. 'De doos onder de kist met aardappelen.'

Ik gnuif. En dan zeggen ze dat ik gek ben. Ik ga om de trap heen en open de deur van de voorraadkast. 'Waar?'

'Elf uur. Pas op je hoofd!'

Ik draai me naar links en stoot met mijn schedel tegen de golftas die aan het plafond hangt. 'Jezus! Ik zei dat je je rommel in de garage op moest bergen!'

'Niet genoeg ruimte,' zegt Felix van achter me. 'Waar heb je de C4 voor nodig?'

'Roman wil dat ik morgen wat dingen opblaas.'

'Nog een Italiaans magazijn?'

'Deze keer een vrachtwagen met hun drugs.' Ik haal de krat met aardappelen weg en pak de doos. 'Je kunt verdomme geen explosieven met voedsel opslaan. Ik breng dit naar de kelder.'

'Ik wil overmorgen vrij hebben,' roept hij naar me. 'Ik ga met Marlene naar de film.'

Ik stop en kijk hem in de ogen. 'Je werkt niet voor me. Je bent een plaag waar ik al jaren van af probeer te komen — een die niet weg wil gaan. Ik leef voor de dag dat je eindelijk bij Marlene intrekt en me met rust laat.'

'Oh, ik zal niet zo snel bij haar intrekken. Daarvoor is het nog te vroeg.'

'Je bent eenenzeventig! Als je nog veel langer wacht, dan is de enige plek waar je naartoe zal verhuizen de verdomde begraafplaats!'

'Nee.' Hij wuift met zijn hand alsof het niets is. 'Mijn familie staat erom bekend heel oud te worden.'

Ik sluit mijn ogen en zucht. 'Het gaat goed met me. Je hoeft niet op me te passen. Marlene is een aardige dame. Ga je leven leiden.'

Het zorgeloze masker verdwijnt van Felix zijn gezicht terwijl hij met zijn tanden knarst en me met zijn blik vasthoudt. 'Je bent verre van in orde en dat weten we allebei.'

'Zelfs als dat waar is, dan ben ik niet meer jouw verantwoordelijkheid. Ga. Laat me mijn shit alleen afhandelen.'

'Als je de hele nacht door slaapt, de hele nacht, en dat gedurende drie dagen achter elkaar, dan zal ik weggaan. Tot die tijd blijf ik hier.' Hij draait zich om en gaat naar de keuken en roept dan over zijn schouder, 'Mimi heeft de lamp in de woonkamer omgegooid. Er ligt overal glas.'

'Heb je het niet opgeruimd?'

'Ik werk niet voor je, weet je nog? Als je me nodig hebt, dan ben ik in de keuken. We eten vis voor de lunch.'

Hoofdstuk 2

Sergei

Ik lig onder de vrachtwagen en plaats het tweede pak explosieven als ik Mikhail ergens aan de andere kant hoor vloeken.

'Sergei! Ben je klaar?'

'Nog maar één te gaan,' zeg ik.

'Je hebt genoeg van dat spul gebruikt om de hele verdomde straat op te blazen. Laat het en kom hierheen. De deur zit vast.'

Ik rol onder de vrachtwagen vandaan en loop naar de achterkant waar Mikhail de vrachtdeur met de koevoet openhoudt.

'Houd hem daar, ik haal het meisje,' zeg ik, zet de zaklamp van mijn telefoon aan en spring de vrachtwagen in.

Ik loop om de dozen heen, verplaats ze terwijl ik ze passeer, maar ik kan het meisje niet zien.

'Is ze daar?' vraagt Mikhail.

'Ik kan haar niet vinden. Weet je zeker dat ze…'

Er ligt iets in de hoek, maar ik kan niet zien wat het is.

Ik ga om een stapel dozen heen en richt mijn licht naar beneden. 'Oh, fuck!'

Ik verplaats de dozen zodat ik dichterbij kan komen en hurk neer voor een opgekruld lichaam. Het gezicht van het meisje is onder haar arm verborgen. Haar extreem dunne arm. Een nacht van acht jaar geleden gaat door mijn hoofd, en ik sluit mijn ogen en probeer om de beelden van een ander meisje met haar dunne lichaam dat bedekt is met vuil te onderdrukken. De flashback gaat voorbij.

Ik reik naar voren om de hartslag van het meisje te controleren, en ben er absoluut zeker van dat ik er geen zal vinden tot ze zich plots beweegt en haar arm weghaalt. Twee onmogelijk donkere ogen, zo donker dat ze er in het licht van mijn telefoon zwart uitzien, staren me aan.

'Het is goed,' fluister ik. 'Je bent veilig.'

Het meisje knippert, hoest en die prachtige ogen rollen naar achteren en vallen dicht. Ze is flauwgevallen. Ik leg de telefoon op de doos naast me, het licht schijnt op haar, en ik schuif mijn armen onder haar broze lichaam. Mijn keel knijpt zich dicht als ik haar optil.

Lieve God, ze kan niet meer dan 45 kilo wegen.

'Sergei?' roept Mikhail vanaf de deur.

'Ik heb haar! Shit, ze is er slecht aan toe.' Ik pak mijn telefoon en gebruik hem om de weg door het doolhof van dozen te verlichten, om haar naar buiten te dragen. 'Ik heb je,' zeg ik in haar oor, en kijk dan naar Mikhail. 'Houd die deur vast.'

Ik spring uit de vrachtwagen en ga naar Mikhails auto.

'Ik zal Varya bellen en haar vertellen dat ze de Doc moet laten komen.' Mikhail laat de deur van de vrachtwagen naar beneden vallen. 'We kunnen ze bij het onderduikadres ontmoeten.'

'Nee,' blaf ik en trek het kleine lichaam tegen mijn borst. 'Ik neem haar mee naar mijn huis.'

'Wat? Ben je gek geworden?'

Ik stop en draai me naar hem toe. 'Ik zei dat ik haar met me mee ga nemen.'

Mikhail staart me aan en schudt dan zijn hoofd. 'Wat jij wil. Zet haar in de auto, blaas de vrachtwagen op en laten we hier weggaan.'

Ik open de deur, duik op de achterbank, en houd het meisje stevig in mijn armen, buig dan voorover en probeer te horen of ze ademt. Het is oppervlakkig, maar ze leeft. Voor nu.

'Klaar?' vraagt Mikhail vanaf de bestuurdersstoel, maar ik negeer hem. 'Jezus, Sergei! Pak die verdomde afstandsbediening en blaas die verdomde vrachtwagen eens op.'

Ik kijk naar hem op, overweeg even of ik hem een klap op zijn hoofd moet geven, omdat hij me onderbrak, en beslis om het niet te doen. Die vrouw van hem moet waanzinnig verliefd op hem en zijn chagrijnige persoonlijkheid zijn. Ze zou niet blij zijn als hij thuis kwam met een bult op de zijkant van zijn hoofd en met een oor dat eruitzag als een hamburger.

Ik zou waarschijnlijk niet in een veel betere staat eindigen. Mikhail is een sterke klootzak. Ik heb hem ooit met drie jongens van zijn grootte zien vechten. Het was leuk om te zien. Ik weet het niet zeker meer, maar volgens mij was hij de enige die levend uit dat gevecht is gekomen. Ik vraag me af hoe hij zijn rechteroog is verloren, terwijl zijn linkeroog in de achteruitkijkspiegel naar mij kijkt. Ik grijns, pak de afstandsbediening uit mijn zak en druk op de knop.

De enorme knal doorboort de nacht.

Duisternis. Alleen maar duisternis. Plotseling word ik door een sterk licht verblind. Gefluisterde woorden. Dan, is er een hele lange tijd niets te horen.

Licht. Gewichtloosheid. Meer gefluisterde woorden, maar ik kan hun betekenis niet ontcijferen. Weer fel licht. Een blaffende hond. Stemmen. Drie mannen. Een vrouw.

Alweer gewichtloosheid. Water. Warm. Op mijn lichaam, en dan in mijn haar. Ik zucht en voel mezelf wegdrijven. Het water verdwijnt, en plotseling heb ik het zo, zo koud. Rillingen. Ik probeer mijn ogen open te doen, maar het lukt niet. Iets zachts en warm omhult mijn lichaam, dan is er weer gewichtloosheid. Armen, groot en sterk, houden me vast. Waar ben ik? Wie draagt me? Drijvend op de golven. Waarheen?

Het heen en weer geschommel stopt, maar de armen zijn er nog. Ik heb het weer koud en tril weer. De armen spannen zich om me heen aan en trekken me in iets warms en stevigs.

Zachte fluisteringen. Vrouwelijk. Dan gesnauwde woorden. Boos. Mannelijk. De armen spannen zich aan en trekken me nog dichterbij. Een kneepje aan de achterkant van mijn hand. Een lichte pijn. Meer woorden. Een discussie. De taal komt me vaag bekend voor. Het is geen Spaans. Het is ook geen Engels. De vrachtwagen zou naar de Italianen gaan, maar ik hoor geen Italiaans, zelfs niet iets wat er op lijkt.

'*Idi na khuy*, Albert!' snauwt een diepe mannenstem, vlak bij mijn oor.

Ik krijg ijskoude rillingen. Hoe ben ik in vredesnaam bij de Russen terechtgekomen? Mijn Russisch is minimaal, omdat ik het vak maar één semester heb gevolgd, maar ik ken er genoeg van om de taal te herkennen.

Ik probeer mijn ogen weer te openen, maar het is nog moeilijker dan eerst. Hebben ze me gedrogeerd? Ik verlies weer het bewustzijn, en de laatste dingen die ik me herinner zijn gedempte woorden naast mijn oor en een frisse houtachtige geur van mannelijke cologne. Ik moet mezelf niet weg laten drijven terwijl ik omringd ben door deze mensen, maar de diepe en rustgevende stem sust me, en om de een of andere reden zorgt het geluid ervoor dat ik me veilig voel. Zuchtend begraaf ik mijn gezicht in de harde borst van een man en val in de armen van de vijand in slaap.

Ik verplaats het slapende meisje zodat haar hoofd op mijn schouder rust en herschik de deken waarin ik haar heb gewikkeld. Ik concentreer me op haar spookachtige bleke gezicht en leun achterover in de fauteuil. Er zitten grote kringen om haar ogen, en een paar natte, ongelijk geknipte haarlokken die over de vervaagde, gele kneuzing aan haar wang geplakt zitten. Ze ziet eruit als iemand die door de mangel is gehaald.

'Je kunt haar niet hier houden, mijn jongen,' zegt Varya, Romans huishoudster. 'Ze heeft medische hulp nodig.'

'De Doc zal vannacht hier blijven. Je kunt zelf ook blijven als je wilt.' Ik kijk op. 'Ze gaat nergens heen.'

Varya schudt haar hoofd en draait zich naar de Doc. 'Hoe ernstig is de toestand van het meisje?'

'Ze is uitgedroogd. En ze heeft een beginnende

longontsteking. Ik heb haar een injectie met antibiotica gegeven. Geef haar tot dinsdag elke dag deze pillen.' Hij geeft me een potje medicijnen en knikt naar de infuuszak die Varya vasthoudt. 'Ze heeft vanavond ook nog een zak zoutoplossing nodig.'

'Anders nog iets?'

'Ze zal waarschijnlijk tot de ochtend slapen. Als ze wakker wordt, geef haar dan wat water en iets te eten, maar houd het eten de eerste dag licht. Over het algemeen is ze een gezonde vrouw, en dit' — hij wuift naar het meisje in mijn armen — 'is recent. Ze hebben haar waarschijnlijk uitgehongerd.'

Mijn lichaam verstijft. 'Bedoel je dat ze niet genoeg te eten heeft gehad?' Ik staar naar de dokter.

'Ik bedoel dat ze de afgelopen vijf, zes dagen heel weinig of helemaal geen eten heeft gehad. Misschien wel langer.'

Een brandend gevoel verspreidt zich door mijn lichaam, beginnend bij mijn maag en vervolgens naar buiten totdat het me overspoelt. De kamer om me heen verduistert en transformeert in een donkere kelder, het enige licht komt uit mijn zaklamp. Er liggen kratten en stukjes gebroken meubilair verspreid. En lichamen. Er liggen minstens tien meisjes op de grond. Ze zijn vies en dun. Mijn schuld. Allemaal mijn schuld. Als ik eerder naar binnen was gegaan in plaats van bevelen op te volgen, dan had ik ze misschien kunnen redden. Ik controleer één voor één hun hartslag, ook al weet ik dat ze allemaal dood zijn. Elk van hen heeft een grote rode stip in het midden van hun voorhoofd. Allemaal behalve de laatste. Een nauwelijks hoorbaar gekreun verlaat haar lippen als ik mijn vinger op haar hals druk. Ze opent haar ogen om naar me te kijken en de hartslag onder mijn vinger houdt op met kloppen.

'Sergei?' Varya's stem bereikt me, maar het klinkt alsof het van ver komt.

Ik sluit mijn ogen en haal diep adem, in een poging de nieuwe golf van beelden te blokkeren. Mijn linkerhand begint te trillen. Fuck. Ik knars op mijn tanden en knijp met al mijn kracht mijn oogleden dicht.

'Shit. Varya, ga bij hem vandaan. Langzaam,' blaft Felix van ergens aan de rechterkant. 'Iedereen eruit. Nu.'

Eén keer diep ademhalen. Dan nog een keer. Maar het helpt niet. Het voelt alsof ik ga ontploffen. Ik hoor mensen vertrekken en de deur die dicht gaat, maar de geluiden zijn gemengd met het gerinkel in mijn oren. De behoefte om iets te vernietigen, wat dan ook, neemt me over als woede zich van binnen op blijft bouwen.

Het meisje in mijn armen roert zich en ze beweegt haar hoofd naar links en begraaft haar gezicht in mijn nek. Haar adem op mijn huid voelt als de vleugels van vlinders. De flashback vervaagt. Ze zucht en hoest. Ik open mijn ogen en kijk op haar neer, op zoek naar tekenen van onrust, maar ze lijkt in orde te zijn.

Ik leun achterover in de fauteuil om het haar comfortabeler te maken, trek de deken over haar magere schouder en merk dat mijn hand niet meer trilt. Ik gooi mijn hoofd achterover, staar naar het plafond en luister naar haar ademhaling, dan probeer ik mijn veel snellere ademhaling met die van haar te synchroniseren. Het lichaam van het meisje trilt en ze hoest weer.

'Het is in orde. Je bent veilig,' fluister ik en span mijn armen om haar heen aan.

Ze mompelt iets dat ik niet kan ontcijferen en legt haar hand op mijn borst, net boven mijn hart. Zo klein. En zo verdomd dun. Ik kan waarschijnlijk beide polsen tussen mijn duim en wijsvinger houden. Ik strek mijn hand uit en druk mijn handpalm tegen de zijkant van haar hals en voel haar hartslag onder mijn vingers. Het is sterk. Ze redt het wel. De druk die zich in me heeft opgebouwd, neemt langzaam af.

Ik kijk weer naar haar gezicht, stop haar natte haren achter haar oor en kijk naar haar. Zelfs uitgehongerd, is ze mooi. Maar het is niet haar schoonheid die mijn aandacht trekt. Er zit iets in de lijnen van haar gezicht dat me bekend voorkomt. Ik heb een onberispelijk geheugen, en ik ben er honderd procent zeker van dat ik haar niet eerder heb ontmoet, althans niet persoonlijk. Maar toch… Ik hou mijn hoofd schuin en onderzoek haar zwarte wenkbrauwen, pronte neus en volle lippen. Ik probeer me voor te stellen hoe ze eruitzag voordat ze uitgehongerd was en drie dagen in die vrachtwagen had gezeten. Alsof ze mijn blik voelt, beweegt ze zich, en voor een vluchtige seconde gaan haar ogen open en ontmoet haar ongerichte donkere blik de mijne. En dan weet ik het.

Hoofdstuk 3

Angelina

ER VALT IETS NATS OP DE ACHTERKANT VAN MIJN HAND EN rolt naar beneden tussen mijn duim en wijsvinger. Gehijg. Hete adem blaast in mijn gezicht. Ik open mijn ogen, knipper ze en verstijf meteen. Ik probeer de opkomende paniek onder controle te houden terwijl ik langs een lange snuit in twee donkere ogen kijk die me met interesse bekijken. Ik ga zo langzaam mogelijk rechtop zitten en kruip naar de andere kant van het bed tot mijn rug de muur raakt en ondertussen hou ik het beest in mijn zicht. Ik heb geen problemen met honden, maar het ding dat naar me kijkt, lijkt meer op een kleine pony dan op een gewone hond.

Het dier houdt zijn kop schuin, gaat dan op de grond liggen en sluit zijn ogen. Een paar ogenblikken later, hoor ik het geluid van diep gesnurk. Ik adem uit en kijk om me heen.

Ik ben in iemands enorme slaapkamer. Naast het bed staat een grote houten kast en een boekenkast van vloer tot plafond met twee fauteuils en een staande lamp ervoor. Een leren jas en motorhelm liggen nonchalant op een van de fauteuils. De kamer heeft twee deuren, waarschijnlijk een badkamer en de uitgang. En er is een vreemde decoratie — een dikke houten plank waar horizontaal een witte streep op geschilderd is. Ik knipper meerdere keren met mijn ogen en concentreer me op de deur naast de vreemde decoratie. Ik moet hier weg.

Ik ben er vrij zeker van dat ik bij een van de Russische Bratva soldaten terecht ben gekomen. Er is niemand anders die de drugszending onderschept zou hebben. Zeggen dat mijn vader niet op goede voet stond met de Russen zou een understatement zijn. Als iemand hier erachter komt wie ik ben, en dat Diego me zoekt, dan zullen ze me waarschijnlijk aan die klootzak overdragen.

Ik moet weg. Nu meteen.

Maar voordat ik hier weg kan, moet ik naar het toilet, want mijn blaas voelt aan alsof hij elk moment kan barsten. Ik ga naar de rand van het bed, zo ver mogelijk van de slapende Kerberos op de vloer vandaan. Op het moment dat mijn voeten de grond raken, schiet het hoofd van de hond omhoog. Ik wacht tot hij aanvalt, maar hij houdt me vanaf zijn plek aan de zijkant van het bed in de gaten. Langzaam sta ik op en word mijn zicht wazig. Als de duizeligheid voorbij is, ga ik voorzichtig naar de deur aan de rechterkant en ondersteun mezelf tegen de kast. Mijn benen trillen en de kamer lijkt voor mijn ogen te kantelen, maar het lukt me op de een of andere manier om bij de deur te komen en de deurklink vast te pakken.

De hond geeft een laag gegrom af, niet echt een grom, maar wel een waarschuwing. Ik kijk over mijn schouder en hij wijst met zijn snuit naar de andere deur. Ik ga voorzichtig langs de muur naar de andere deur en reik naar de deurknop, waarbij ik de hond in de gaten houd. Hij legt zijn hoofd neer zodra mijn hand de deurklink aanraakt. Wat vreemd. Ik doe de deur open, en het is inderdaad de badkamer.

Na het legen van mijn overvolle blaas, ga ik naar de wasbak en staar naar mijn spiegelbeeld. Het eerste wat me opvalt, is dat ik schoon ben. Er zitten geen vlekken op mijn huid en mijn haar ziet er gewassen uit. Iemand heeft me gewassen. Ze hebben me ook kleren aangedaan. Ik was me er vaag van bewust geweest toen ik wakker werd, maar ik had er niet op gelet wat ik toen aanhad. Het is vrouwelijke kleding, roze shorts en een wit T-shirt met een stripfiguur op de voorkant. De korte broek past, maar het shirt zit een beetje strak om mijn borsten. Het enige vet op m'n lichaam zit in m'n borsten.

Ik spat wat water over mijn gezicht, drink een beetje direct uit de kraan en begin de kasten te openen. Ik zou een moord doen voor een tandenborstel, omdat mijn mond aanvoelt als schuurpapier. Het moet mijn geluksdag zijn. Ik vind een doos met twee ongebruikte tandenborstels onder de wasbak. Als ik klaar ben met het poetsen van mijn tanden, verlaat ik de badkamer en ga naar de andere deur, maar zodra ik een tweede stap in die richting zet, hoor ik diep gegrom. Ik stop, en het gegrom stopt. Geweldig. Dat had ik kunnen verwachten. Maar wat nu?

Er zijn maar een paar passen te gaan naar de uitgang, maar slechts de helft daarvan zit tussen mij en de hond. Ik wacht nog een paar minuten op dezelfde plek, dan neem ik nog een stap, sneller deze keer. Het beest blaft en komt op me af. Ik bedek mijn gezicht met mijn handen en schreeuw.

Er klinkt een geluid van geren en de deur gaat open. Ik durf mijn handen niet van mijn gezicht te halen, nog steeds verwachtend dat de hond aan gaat vallen.

'Mimi!' zegt een diepe stem van ergens voor me. '*Idi syuda.*'

Mimi? Wie bij zijn volle verstand zou dat ding Mimi noemen? Ik spreid mijn vingers en gluur er doorheen om een blik te werpen op de eigenaar van de stem. Als ik dat doe, doe ik meteen een paar stappen achteruit.

Ik ben niet snel geïntimideerd door mannen. Doordat ik ben opgegroeid in een drugskartel, had ik al sinds ik een klein meisje was hard uitziende mannen om me heen. Maar deze… deze man zou iedereen intimideren.

De man die bij de deur staat is bijna twee meter lang en heel erg gespierd. Hij is niet zo zwaargebouwd zoals je zou worden door gewichtheffen in de sportschool en het innemen van supplementen. Zijn lichaam moet door de jaren heen geperfectioneerd zijn. Elke spier is perfect gedefinieerd en volledig te zien, omdat hij niets meer dan gebleekte jeans draagt. En voor zover ik kan zien, is hij ook volledig bedekt met tatoeages. Beide armen tot aan zijn polsen, zijn romp helemaal tot aan zijn sleutelbeenderen, en op basis van de zwarte vormen die ik op zijn schouders kan zien, moeten zijn tatoeages ook over zijn rug lopen.

Ik laat mijn blik omhoog naar zijn gezicht gaan, dat scherpe lijnen heeft. Zijn haar is bleekblond, wat zo'n vreemde combinatie creëert met zijn getatoeëerde huid. Maar het meest intrigerende kenmerk zijn zijn ogen — ijsblauw, helder en doordringend — die me zonder te knipperen aankijken.

De enge Rus doet een stap naar me toe. Ik gil en zet er twee naar achteren.

'Het is in orde. Ik ga je geen pijn doen,' zegt hij in het Engels en steekt zijn handen voor zich uit. 'Hoe heet je?'

Hoeveel moet ik hem vertellen? Godzijdank weet hij niet wie ik ben. Ik ben nogal onopvallend geweest in mijn vaders zaken, dus ik hoef niet te verwachten dat iemand van de Russische Bratva me zal herkennen. Ik moet dat zo houden. Shit. Ik had hierover na moeten nadenken en een verhaal voor moeten bereiden.

'¿Cómo te llamas?' vraagt hij opnieuw, maar ik hou mijn lippen op elkaar.

Ik heb wat tijd nodig om na te denken, dus ik kijk naar de hond die hij bij zijn halsband vasthoudt en doe alsof ik me daarop concentreer.

'*Comment tu t'appelles?*'

Frans? Hoeveel talen spreekt deze man? Ik zal hem snel een antwoord moeten geven. Moet ik mijn echte naam geven? Het is niet zeldzaam en eerder universeel, beter om voor de waarheid te gaan dan om te vergeten welke naam ik hem heb gegeven.

Ik beslis om voor Engels te gaan. 'Ik heet Angelina.' Aangezien ik de middelbare school heb afgemaakt en in de VS heb gestudeerd, heb ik geen accent meer. En het is veiliger.

Het trillen van mijn benen wordt steeds erger, en ik ben weer een beetje licht in mijn hoofd, dus ik leg mijn hand op de muur en sluit mijn ogen, in de hoop dat ik niet flauw ga vallen. Het eten dat Nana me had gegeven — wat fruit en een paar broodjes — hielp me om wat van mijn kracht terug te krijgen, maar ik heb het laatste gistermorgen opgegeten.

Ik voel een arm om mijn middel en mijn ogen schieten open.

'Terug naar bed,' zegt de Rus in mijn oor. Hij plaatst zijn andere arm onder mijn benen, tilt me op en draagt me naar het bed.

Het voelt bekend, zijn nabijheid. Ik herinner me niet veel van wat er de afgelopen vierentwintig uur is gebeurd, maar ik herinner me wel dat ik sterke armen had gevoeld toen ik uit die vrachtwagen kwam, en later weer. Ik leun met mijn hoofd tegen zijn schouder, dichter bij zijn nek. Déjà vu. Ik sluit mijn ogen en adem zijn geur in, iets houtachtigs en fris. Bekend. Ik ken die geur van gisteravond. Ik was aan het ijlen en me niet bewust van wat er om me heen gebeurde, maar ik herinner me dat ik hierbij in slaap viel. Is hij degene die me heeft gevonden?

We bereiken het bed, maar hij zet me niet meteen neer. In plaats daarvan kijkt hij gewoon naar me. Zijn gezicht is slechts een paar centimeter van de mijne vandaan. Hij lijkt van dichtbij zonder al die tatoeages in het zicht niet zo eng te zijn. Hij is zelfs best knap met die scherpe jukbeenderen en lichte ogen. Het enige onvolmaakte aan zijn gezicht is zijn neus, die een beetje krom staat alsof hij herhaaldelijk gebroken is. Het is vreemd dat zo tegen zijn naakte borst gedrukt worden me niet stoort.

'Weet je waar je bent en hoe je hier bent gekomen, Angelina?' vraagt hij en laat me op het bed zakken.

Zijn vraag schudt me meteen uit mijn dagdroom. Ik beweeg mijn blik naar de hond die in het midden van de kamer ligt te snurken. Ik ga hem echt niet de waarheid vertellen, maar ik heb een geloofwaardig verhaal nodig. Eentje die hem ervan zal overtuigen dat ik niemand van enig belang ben, zodat hij me zal laten gaan.

'Ik was op reis,' zeg ik, terwijl ik mijn blik op de hond gericht hou. 'Aan het backpacken. Ik ben vorige week buiten Mexico City ontvoerd.' Zo. Dat klinkt geloofwaardig. De meeste meisjes die Diego in de kelder had zijn op die manier bij hem terechtgekomen.

'Alleen?'

'Ja.' Ik knik.

'Wat is er toen gebeurd?'

'Ze hebben me in die vrachtwagen gestopt. Ik weet niet waar ze me naartoe gingen brengen voordat je me vond.'

Er is een korte stilte, dan vervolgt hij, 'Je bent in Chicago. Waar kom je vandaan?'

'Atlanta.'

'Heb je familie in Atlanta?'

'Ja.' Ik knik. 'Mijn ouders wonen daar.'

'Oké. Ik zal je iets te eten brengen en dan kun je je ouders bellen. Klinkt dat goed?'

Ik kijk op en zie hem met samengeknepen ogen naar me kijken.

'Ja, graag,' zeg ik.

Hij draait zich om, om te vertrekken. Zoals ik al dacht, zit zijn rug ook onder de tatoeages. Hij heeft me zijn naam niet gegeven. Het maakt niet uit, want ik ben toch zo weg, maar ik wil het weten. 'Hoe heet je?'

'Sergei. Sergei Belov.' Hij zegt de woorden over zijn schouder en is het volgende moment weg.

Ik staar naar de deur die hij net dicht heeft gedaan terwijl de paniek zich in mijn buik op begint te bouwen. Shiiiit. Van alle mensen die me hadden kunnen vinden…

De Russen deden al zaken met Mendoza en Rivera — de hoofden van de andere twee kartels — toen ze vorig jaar mijn vader benaderden met een aanbod om samen te werken. De Bratva wilde ook meedoen met het Sandoval kartel. Mijn vader wees ze af en ging toen met de Ieren samenwerken, de belangrijkste concurrenten van de Russen.

Ik herinner me die dag heel goed. Ik was net terug uit de VS en zat op mijn vader te wachten om terug te komen van de ontmoeting met de Russen. Hij stormde schreeuwend en vloekend het huis binnen. Ik had mijn vader nog nooit zo zien schreeuwen. Toen ik vroeg wat er was gebeurd, zei hij dat het geen wonder was dat de Russen goed met Mendoza konden opschieten, omdat ze allemaal gestoord waren. Hij ging er niet op in, maar later die dag hoorde ik de bewakers praten dat er een Rus naar de bespreking was gekomen die compleet gestoord was. De man had alle vier de bodyguards van mijn vader in het ziekenhuis laten belanden toen ze hem probeerden te ontwapenen voordat hij met mijn vader sprak.

Die Rus was Sergei Belov.

Ik moet hier zo snel mogelijk weg zien te komen.

Sergei

Ik pak de pan soep die Felix heeft bereid, giet een flinke hoeveelheid in een kom, en ga naar de koelkast, en bel ondertussen Roman.

'Het meisje is wakker.' Ik pak de fles sap. De Doc had gezegd dat ze wat suiker nodig heeft.

'Wat zei ze?'

'Haar naam is Angelina. Ze heeft geen achternaam gegeven. Ze was aan het reizen toen Diego's mannen haar hadden ontvoerd en op die vrachtwagen hadden gezet. Ze zegt dat ze uit Atlanta komt en daar familie heeft.'

'Klinkt als iets wat Rivera zou doen.'

'Ja.' Ik knik en reik naar het glas. 'Het is alleen dat het allemaal onzin is.'

'Denk je dat ze liegt?'

'Over alles behalve haar naam.'

'Waarom zou ze liegen?'

'Omdat haar naam Angelina Sofia Sandoval is,' zeg ik. 'Ze is de dochter van Manny Sandoval, Roman.'

'Je neemt me in de zeik.'

'Nee. Ik heb haar foto in mijn map zitten van Manny van vorig jaar. Ik herkende haar niet meteen. Haar haar is nu korter en de foto was oud, maar zij is het.'

Een stroom van vloeken komt van het andere eind van de lijn. 'Waarom zat ze in godsnaam in de zending van de Italianen verborgen? Wist ze dat de vrachtwagen bij de Albanezen zou worden afgeleverd?'

'Geen idee.' Ik haal mijn schouders op, pak het bord met de soep en het sap en ga naar de trap.

'Laat haar daar voorlopig blijven en verlies haar niet uit het oog totdat we weten wat er aan de hand is. Ik moet me nu op de Italianen concentreren. Mikhail kan hier elk moment zijn. We zullen het probleem met de kartelprinses afhandelen nadat de situatie met Bruno Scardoni is overgewaaid.'

'Oké.' Ik ga naar boven. 'Maar je moet één ding weten. Ik hou haar, Roman.'

'Wat? Je gaat haar niet houden. Ze is geen zwerfhond die je gewoon als de jouwe kunt opeisen.'

'Natuurlijk kan ik dat wel.'

'Jezus Christus!' Er is een diepe zucht aan de andere kant. Ik kan me zijn reactie voorstellen alsof hij hier voor me staat, op de brug van zijn neus drukkend en zijn hoofd schuddend. 'Weet je, ik heb op dit moment niet de energie om met jouw verknipte kijk op de realiteit om te gaan. Bel me als ze iets zegt.'

'Tuurlijk,' lieg ik. Ik ben niet van plan om iets met hem te delen dat met Angelina te maken heeft, want ik ga mijn kleine leugenaar zelf aanpakken.

Ik neem nog een lepel soep en kijk naar Sergei. Hij zat toen ik de eerste kom at de hele tijd naar me te kijken, wat minder dan twee minuten heeft geduurd. Toen ging hij naar beneden en had hij meer voor me gehaald. Ik ben nu bezig met de derde kom, en hij heeft nog steeds niets gezegd. Hij zit gewoon in de fauteuil bij de boekenkast en houdt zijn gierachtige blik op mij gericht.

Zou hij me doorhebben? Als dat zo is, dan zou hij me waarschijnlijk al geconfronteerd hebben, dus ik denk dat het wel goed zit.

Hij had gezegd dat ik mijn ouders mocht bellen nadat ik klaar ben met eten, en aangezien ze allebei dood zijn, ben ik van plan Regina te bellen, een vriendin van de universiteit. Ik heb geen kleren, geen telefoon en geen papieren. Ik heb geld nodig zodat ik het nodige kan kopen en mezelf een paar dagen in een motel kan installeren. Van daaruit kan ik O'Neil contacteren om me met de papieren te helpen, want zonder die papieren heb ik geen toegang tot mijn rekeningen. Ik ben niet van plan om terug te gaan naar Mexico, maar ik moet Nana Guadalupe daar ook weghalen.

Ik zet het bord met de lege kom op het nachtkastje, drink het sap, en kijk dan op naar Sergei. Hij had wat kleren uit de kast gepakt voordat hij meer soep voor me ging halen en heeft een wit shirt aangetrokken voordat hij terugkwam. Het staat hem goed, en nu zijn tatoeages bedekt zijn, ziet hij er minder hard uit.

'Kan ik nu je telefoon lenen om mijn ouders te bellen?'

'Natuurlijk.' Hij pakt de telefoon uit zijn zak en gooit hem naar me toe.

Ik vang hem op, typ Regina's nummer in, en bid tot God dat ze opneemt.

'Ja?'

'Hé, mam. Ik ben het,' zeg ik, 'Angelina.'

'Mam?' Ze giechelt. 'Heb je gedronken?'

'Het gaat goed met me,' zeg ik, terwijl ik haar vraag negeer. 'Ja, de reis was geweldig. Ik ben nu in Chicago.'

'Chicago? Je zei dat je minstens twee weken thuis zou blijven. Wat doe je in Chicago?'

'Ja, ik ben nu bij wat vrienden. Luister, ik ben beroofd. Ze hebben mijn geld en mijn papieren afgepakt. Ik herinnerde me dat tante Liliana hier woont, kun je haar wat geld voor me sturen?'

'Tante? Je bedoelt mijn zus?' Er gaan aan de andere kant van de lijn een paar seconden van stilte voorbij. 'Wat gebeurt er allemaal? Ben je in gevaar?'

'Perfect. Ik zal later vandaag bij haar langsgaan. Bedankt mam. Doe de groeten aan papa.'

Ik kap het gesprek af en gooi de telefoon terug naar Sergei, die achterover op de fauteuil ligt en me met een nauwelijks zichtbare grijns aankijkt.

'Ben je beroofd?' Hij trekt een wenkbrauw op.

'Ja, ik… nou, ik kon haar niet vertellen dat ik ontvoerd ben. Ze zou gek worden van bezorgdheid. Ik vertel haar alles als ik thuiskom.'

'Je lijkt heel beheerst te zijn voor iemand die net een

traumatische ervaring heeft meegemaakt. Word je vaak ontvoerd?'

Nee, ik zou niet vaak zeggen. Tot nu toe maar twee keer, maar ik ben niet van plan om dat detail te delen. Misschien had ik moeten huilen, maar dat is een gepasseerd station. 'Ik... Ik functioneer erg goed onder druk.'

Hij lacht. 'Inderdaad.'

'Luister,' ga ik verder, 'ik ben echt dankbaar dat jullie me uit die vrachtwagen hebben gehaald en me hebben gered, maar ik moet weer gaan. Mijn moeder zal me wat geld sturen, dus dan zal ik je het eten en de kleren vergoeden. Ik ga nu maar. Klinkt dat goed?'

Sergei staat op van zijn plek, loopt naar het bed waar ik zit, en hurkt voor me neer. Hij houdt zijn hoofd schuin, kijkt me aan en schudt glimlachend zijn hoofd. 'Je bent een slechte leugenaar.'

Mijn ogen worden groot. 'Pardon?'

'Het is je vergeven.' Hij knikt, reikt dan met zijn hand naar voren en pakt mijn kin tussen zijn vingers. 'Nu, de waarheid, alsjeblieft.'

Ik haal diep adem en staar naar die lichtblauwe ogen die in de mijne staren, terwijl zijn duim zich langs de lijn van mijn kaak beweegt. De huid van zijn hand is ruw, maar zijn aanraking is zo licht dat ik het nauwelijks registreer. Zijn vinger bereikt de zijkant van mijn kaak, net boven de bijna vervaagde blauwe plek en stopt daar.

'Wie heeft je geslagen, Angelina?'

Ik knipper met mijn ogen. Het is moeilijk om me op iets anders te focussen als hij zo dichtbij is, maar ik slaag er op de een of andere manier in om mezelf te vermannen. 'Ik ben gevallen.'

'Je bent gevallen.' Hij knikt en beweegt zijn blik naar waar zijn vinger is, nog steeds naast de blauwe plek. 'Op iemands vuist, misschien?'

'Nee. Ik ben gestruikeld. Over een van de dozen in de vrachtwagen.'

Zijn ogen vinden de mijne weer en ik zweer dat mijn hart een slag overslaat. 'Weet je hoeveel tijd er nodig is voordat een blauwe plek die mooie geelgroene kleur krijgt, Angelina?'

'Twee dagen?' mompel ik. Daar heb ik nooit over nagedacht.

'Vijf tot tien dagen.' Hij leunt voorover zodat zijn gezicht zich recht voor mijn neus bevind, 'Vertel me de waarheid.'

'Ik heb het je net verteld,' fluister ik. 'Ik lieg niet.'

'Weet je het zeker?'

'Ja.'

'Oké dan.' Zijn vingers laten mijn kin los. Sergei gaat rechtop staan en loopt naar de deur. 'De ramen zijn vergrendeld en aangesloten op het alarm. Probeer ze alsjeblieft niet te breken,' zegt hij. 'Mimi is een door militairen getrainde hond en ze zal de hele tijd voor de deur staan, dus vermoei je niet met proberen te ontsnappen, want je blijft hier totdat je me de waarheid begint te vertellen. Ik zal je komen halen om beneden te lunchen.'

Met die woorden verlaat hij de kamer en sluit de deur.

Shit.

Ik zit bijna een uur in bed, om te proberen te begrijpen waar ik het verkloot heb. Behalve die blauwe plek, zat mijn verhaal goed in elkaar. Ik heb geprobeerd om het zo dicht mogelijk bij de waarheid te houden om het realistischer te maken. Hoe heeft hij me betrapt? Het grotere probleem is, ik heb geen idee hoeveel hij weet.

Iedereen heeft van Sergei Belov gehoord, de onderhandelaar van de Bratva in alle drugsgerelateerde zaken. Hij kwam vaak naar Mexico. Wat als hij me van een van zijn bezoeken heeft herkend? Ik zie echter niet in hoe dat zou kunnen. Ik ben niet vaak genoeg naar Mexico geweest om onze wegen te laten kruisen. En ik zou het me herinneren als ik hem zou hebben gezien.

Ik heb kartelbijeenkomsten en feesten altijd vermeden, omdat die meestal in orgieën overgingen of er werd iemand neergeschoten. Of allebei. Ik zat liever in de tuin te lezen of was bij Nana in de keukens. Pap zei altijd dat ik asociaal was. Dat was ik niet, dat ben ik niet. Ik ben altijd… sociaal onbekwaam geweest.

Misschien heeft Sergei Regina horen giechelen terwijl we aan het praten waren en toen ze me op het feit aansprak dat ik deed alsof ik met mijn moeder sprak? Toch is het het beste om hier zo snel mogelijk weg te komen. Gewoon voor het geval dat.

Ik sta op van het bed, loop door de kamer en open de deur slechts een kiertje. Mimi, de Kerberos, ligt net over de drempel op de grond te slapen, maar haar hoofd schiet omhoog zodra ze de deur hoort. Geweldig. Ik doe hem dicht en ga naar de ramen. Allebei op slot. Wat nu?

Ik ben nog steeds aan het overwegen wat ik hierna moet proberen als ik stappen hoor naderen, en snel ook. Op het volgende moment barst de deur van de kamer open en stormt Sergei naar binnen. Hij let niet op me, pakt gewoon de helm en het leren jasje van de fauteuil en rent naar buiten. Kort daarna hoor ik buiten een motor tot leven komen. Ik haast me net op tijd naar het raam om te zien hoe hij zijn enorme sportmotor met een waanzinnige snelheid de straat op draait. Minder dan vijf seconden later is hij uit het zicht verdwenen. Ik ren naar de deur in de hoop dat de hond zijn plek heeft verlaten, maar nee. Ze is er nog steeds. Verdomme.

Ongeveer twee uur later wordt er op de deur geklopt en komt er een gebrilde grijsharige man binnen met een bord eten. Hij is eind zestig of begin zeventig, heeft een netjes getrimde baard en draagt een lichtblauw shirt met een marine pantalon.

‘De plannen zijn gewijzigd,’ zegt hij, terwijl hij het bed nadert. ‘Sergei moest weg, dus je krijgt roomservice.’

Hij zet het bord op het nachtkastje, draait zich om en biedt me zijn hand aan. ‘Ik ben Felix.’

Ik pak zijn vingers. ‘Alsjeblieft, laat me hier uit. Alsjeblieft! Houd gewoon de hond vast en dan ben ik zo weg.’

‘Het spijt me.’ Hij legt zijn andere hand over de mijne. ‘Dat kan ik niet doen. En zelfs als ik het kon, zou Mimi je deze kamer niet laten verlaten. Ze luistert alleen naar Sergei’s bevelen.’

‘Alsjeblieft!’

‘Je hebt geen geld. Je hebt niet eens schoenen. En afgelopen nacht had je een delirium vanwege uithongering,’ zegt hij zachtjes. ‘Je zou al flauwvallen voordat je het volgende blok bereikt.’

Ik laat zijn hand los en stap achteruit. Ik had niet verwacht dat hij me zou helpen ontsnappen, maar ik moest het proberen.

'Wanneer komt Sergei terug?' vraag ik. Ik zal duidelijk met hem moeten praten.

'Ik weet het niet. Maar ik zal hem laten weten dat je met hem wil praten als hij weer terug is.' Hij knikt naar het bord. 'De dokter heeft gezegd dat je gedurende de eerste dag alleen licht voedsel moest eten, dus heb ik risotto voor je bereid met groenten en wat salade. Er is ook meer van de soep. Sergei zei dat je het lekker vond.'

'Ben jij de kok hier?'

Hij ziet er niet uit als een kok. Hij ziet eruit als een accountant.

'De kok. Ook de tuinman. En zoals Sergei het graag noemt, een butler.' Hij lacht. 'Ik zal je nu laten eten, maar ik kom later terug om je je antibiotica te geven en dan breng ik je je avondeten. Als je iets nodig hebt, doe dan de deur open en roep. Ik ben beneden.'

Ik parkeer de motor voor de ingang van het ziekenhuis, ga naar binnen en loop naar de informatiebalie.

'Hal C?' blaf ik naar de man achter het bureau.

'Kunt u me vertellen naar wie u op zoek bent, meneer? Ik moet...'

Ik pak zijn pols, trek hem naar me toe en kijk hem strak aan. 'Gang. C.'

'Eerste verdieping,' zegt hij moeizaam. 'Sla linksaf wanneer je de lift verlaat.'

Ik laat zijn hand los en ren naar de lift.

'Waar is die chagrijnige klootzak?' vraag ik op het moment dat ik de hoek om kom en Roman daar zie staan. Mikhails vrouw zit in een van de stoelen in de gang, met haar benen onder zich gekruist en haar hoofd tegen de muur.

'Hij wordt geopereerd,' zegt Roman.

'Hoe erg is hij er aan toe?'

'Zijn long is geraakt.'

Ik klem mijn tanden op elkaar. 'Zal hij het overleven?'

'Ik weet het niet, Sergei.' Hij zucht en gaat met zijn hand door zijn haar. 'Ga naar huis. Ik laat het je weten zodra ik meer informatie heb.'

'Wie heeft hem neergeschoten?'

'Bruno Scardoni.'

'Is die klootzak dood?'

'Ja.'

Fuck. 'Als er nog iemand bij betrokken was, dan wil ik de namen. Ik ben dit weekend vrij.'

'Vrij voor wat?'

'Om ze allemaal te onthoofden,' snauw ik en draai me om, met de bedoeling terug naar huis te gaan. In plaats daarvan rijd ik tot diep in de nacht door de stad.

Hoofdstuk 4

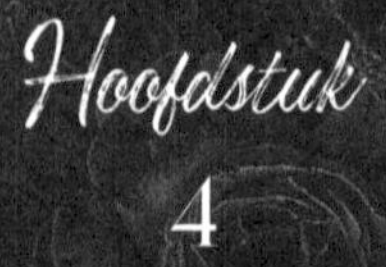

Angelina

Ik weet niet zeker wat me wakker maakt, maar op het moment dat ik mijn ogen open, weet ik dat ik niet alleen in de kamer ben. Op de digitale klok op het nachtkastje staat twee uur 's nachts. Ik zit rechtop in het bed en kijk door de kamer. Ik merk hem eerst niet op, omdat hij goed opgaat in de duisternis. Het enige dat hem verraadt, is zijn haar, gevangen in het maanlicht dat door het raam komt.

'Het spijt me als ik je wakker heb gemaakt,' zegt Sergei vanaf zijn plek in de fauteuil.

Ik betwijfel of hij het was die me wakker heeft gemaakt. Hij zit zo stil dat als ik niet wist waar ik moest zoeken, ik hem niet zou hebben opgemerkt.

'Kun je niet slapen?' vraag ik.

'Nee.'

Hij lijkt ontspannen, maar er is iets in de toon van zijn stem dat op de een of andere manier… verkeerd lijkt te zijn.

'Waarom niet?'

'Te veel shit de afgelopen dagen.'

'Laat me dan gaan. Een ding minder om je zorgen over te maken.'

'Dat zal ik doen. Zodra je me de waarheid vertelt.'

Ik knipper met mijn ogen. 'Welke waarheid?'

'Waarom zat je in de vrachtwagen vol drugs die naar de Albanezen werd gestuurd, en waarom was je half verhongerd toen we je vonden?' vraagt hij nonchalant. 'We kunnen beginnen met waarom je überhaupt tegen me loog, juffrouw Sandoval.'

Oh, fuck. Ik sluit mijn ogen en probeer de paniek te bedwingen. Hij weet wie ik ben, maar hij weet niet dat Diego me zoekt, dus niet alles is verloren. 'Hoe weet je wie ik ben? We hebben elkaar nooit ontmoet.'

'De Bratva doet altijd grondig onderzoek naar al onze potentiële partners. Inclusief naar hun familieleden. Liegen heeft geen zin meer.'

Ik open mijn ogen en zie hem naar me kijken. 'Dus, wat nu?'

'Nu ga je me vertellen wat je op die vrachtwagen deed.'

Ik kijk weg. Het is onmogelijk dat ik hem de waarheid kan vertellen. De Bratva doet zaken met Diego, dus ze zullen me terugsturen zodra ze horen dat hij me zoekt. Ik ga het risico niet nemen.

'Het was persoonlijk. Het zou jou of de Bratva niet uit moeten maken.'

'Alles wat er in deze stad gebeurt, gaat de Bratva aan. Vooral wanneer een kartelprinses schijnbaar uit het niets bij mijn voeten belandt.'

'Heb jij me gevonden?' vraag ik.

'Ja.' Hij leunt achterover en kantelt zijn hoofd omhoog,

en staart naar het plafond. 'Mikhail en ik zijn de zending gaan onderscheppen. De informatie die we hadden, had het over een meisje die op de vrachtwagen zou zitten, dus hebben we je eruit gehaald voordat ik hem opblies.'

'Heb je de vrachtwagen vol drugs opgeblazen? Waarom heb je het niet gewoon gepakt?'

'De pakhan wilde een statement maken.' Hij haalt zijn schouders op alsof het volkomen normaal is om voor een paar miljoen aan handelswaar te vernietigen om een statement te maken.

'Een nogal dure statement.'

'Ja. Roman is een fan van drama.' Dan kijkt hij naar me. 'Ik zal Nina vragen morgen meer kleren voor je te sturen.'

'Nina?' Is dat Sergei's vriendin? Ik kijk naar het T-shirt dat ik draag. Het feit dat ik gekleed ben in de kleren van zijn vriendin, bevalt me niet.

'Romans vrouw,' verduidelijkt hij.

'Oh. Geef haar mijn dank.' Ik ben blij dat het niet van zijn vriendin is. 'Ik wil dat je me laat gaan, Sergei. Alsjeblieft.'

'Zeker. Zodra je me vertelt wat ik moet weten.'

Ik druk mijn lippen op elkaar en ga weer liggen en bedek mezelf met de deken tegen mijn kin.

'Niets te delen?'

'Nee,' mompel ik.

'Als dat verandert, laat het me weten en dan zullen we je vrijheid bespreken.'

Ik kijk gedurende een lange tijd naar hem terwijl hij blijft zitten, in stilte naar het plafond starend, en met zijn lichaam volledig stil. Ik heb verhalen over hem gehoord. Mijn vaders mannen roddelden graag, vooral als ze dronken waren. Van wat ze zeiden, kreeg ik de indruk dat Sergei Belov een soort gestoorde moordenaar was, die rondliep en mensen zonder reden doodde. Maar nu ik hem ontmoet heb, lijkt dat beeld niet te kloppen. Hij komt niet als een gek op me over. Hij gedraagt zich zelfs als een vrij normale man.

Misschien kan ik proberen om hem te verleiden, en dan ontsnappen als hij niet meer op zijn hoede is. Ja tuurlijk. Ik grinnik bijna hardop bij de gedachte aan Angelina Sandoval, een boekenwurm en plaatselijke weirdo die met haar tweeëntwintig jaar met precies één man naar bed is geweest en die een koningin van verleiding wordt. Hij zou me uitlachen als ik het probeerde.

Ik laat mijn ogen over zijn lichaam gaan en zie hoe zijn brede borst en schouders het materiaal van het zwarte T-shirt dat hij draagt uitrekt, en stop mijn inspectie bij zijn onderarmen. Groot, sterk en met perfect gevormde spieren. Sommige vrouwen voelen zich aangetrokken tot het haar of de mond van een man. Ik ben altijd een meisje van onderarmen geweest.

Ik gaap. Verwacht hij dat ik ga slapen terwijl hij daar ligt te loeren? Normaal gesproken kan ik op de vreemdste plekken slapen. Ik ben ooit in een bar in slaap gevallen, leunend op Regina's schouder terwijl een man haar probeerde te overtuigen om met hem uit te gaan. Maar ik denk niet dat ik kan slapen terwijl een vreemde, die ik als een bedreiging beschouw, in dezelfde kamer zit. Wat als hij iets probeert? Hoewel, er waren genoeg mogelijkheden voor hem om dat te doen terwijl ik die eerste nacht bewusteloos was, en dat heeft hij niet gedaan.

Mijn oogleden worden zwaar, dus ik besluit om ze te sluiten, maar slechts voor een moment. Want ik ga echt niet slapen met…

Het gerinkel van een telefoon maakt me wakker. Ik ben erin geslaagd om in slaap te vallen terwijl de Bratva soldaat in dezelfde kamer was. Mensen gaan in therapie als ze moeite hebben met slapen, maar het lijkt erop dat ik hulp nodig heb om te weten wanneer ik niet in slaap moet vallen. Het is nog steeds deels donker buiten, maar de dageraad nadert al snel. Ik draai me om en kijk naar de fauteuil en zie Sergei daar nog steeds zitten en hij houdt de telefoon tegen zijn oor. Hij luistert naar de persoon aan de andere kant en zijn lichaam verstijft plotseling, de uitdrukking op zijn gezicht verandert van licht gespannen naar explosief. Hij zegt niets, laat de telefoon zakken en staart ernaar alsof hij hem kapot wil slaan.

'Slecht nieuws?' mompel ik.

Hij antwoordt niet, houdt zijn ogen met zo'n kwaadaardigheid op de telefoon gericht dat ik me afvraag of het ding van de intensiteit van zijn blik zal ontbranden.

Ik weet niet wat er aan de hand is, maar het is duidelijk dat er iets is gebeurd en dat het niet goed is. Het zou mij niets moeten interesseren. Hij houdt me tenslotte voor onbepaalde tijd gevangen in z'n huis, tenzij ik mijn geheimen prijsgeef. Maar hij heeft wel mijn leven gered. Ik zou waarschijnlijk dood zijn als hij me niet had gevonden, of misschien erger als het iemand anders was die me had gevonden.

Ik zou weer moeten gaan slapen, maar ik kan het niet. Dus, stap ik tegen beter weten in uit bed en loop langzaam naar de fauteuil tot ik voor hem sta.

'Gaat het?' vraag ik.

Niets.

'Sergei?'

Nog steeds niets. Hij blijft maar naar de telefoon staren. Ik steek mijn hand uit en tik met het puntje van mijn vinger op zijn schouder.

Zijn hoofd schiet omhoog en ik begin de dingen te registreren die ik van een afstand gemist heb. De manier waarop hij met zijn tanden knarst, het lichte beven van zijn linkerhand en het geluid van zijn ademhaling — wat iets sneller is dan normaal. Maar bovenal ben ik verbaasd door zijn ogen, die niet gefocust zijn, alsof hij door me heen kijkt.

'Ja?' vraagt hij, zijn stem klinkt… op de een of andere manier afstandelijk.

'Is er iets gebeurd?'

Hij sluit zijn ogen voor een seconde en haalt diep adem. 'Gaan maar weer naar bed. Ik ga wel weg.'

Er klopt iets niet. Ik weet alleen niet wat. Hij lijkt boos en geagiteerd te zijn, maar probeert het onder controle te houden. Afgezien van die kleine hints, ziet hij er volkomen beheerst uit.

Hij heeft gelijk. Ik zou weer naar bed moeten gaan. Wat er met hem aan de hand is, is niet mijn probleem. Het zou me niet moeten interesseren. Dus, waarom interesseert het me dan wel? Ik concentreer me weer op zijn ogen. Ja, de blik die erin te zien is, is echt vreemd.

'Ben je aan het mediteren of zo?' vraag ik.

Hij knippert, en ik kan het mis hebben, want het is nog steeds nogal donker in de kamer, maar zijn ogen lijken nu meer gefocust te zijn.

'Ik ben verdomme niet aan het mediteren.' Hij schudt met zijn hoofd. 'Ik heb net een update gekregen over mijn vriend die gisteren is neergeschoten. Degene die bij me was toen we jou vonden. Mikhail.'

‘Oh.’ Dat is waarschijnlijk de reden waarom hij gisterochtend het huis uit stormde. ‘Hoe gaat het met hem?’

‘Slecht.’

‘Zal hij het redden?’

‘Ze zijn hem weer aan het opereren. Hij heeft inwendige bloedingen.’

‘Zijn jullie twee close?’ Ik leg mijn hand op zijn linkerhand en streel hem lichtjes. Zijn ogen zijn nu op mij gericht, en het beven van de hand onder de mijne lijkt te stoppen.

‘Niet echt,’ zegt hij. ‘Maar ik vermoord hem als hij doodgaat.’

Ik voel de hoeken van mijn lippen een beetje omhoog komen. Hij is terug aan het komen van waar hij net was. ‘In dat geval zal hij waarschijnlijk blijven leven.’

Zonder ons oogcontact te verbreken, schuift Sergei zijn hand onder de mijne vandaan en slaat zijn vingers om mijn pols.

‘Wie heeft je uitgehongerd?’ vraagt hij naar me toe leunend.

‘Dat heb ik gedaan,’ zeg ik. ‘Ik was in hongerstaking.’

‘Waarom?’

Ik buig mijn hoofd een beetje, zodat onze neuzen elkaar bijna raken en ik in die lichte ogen kan staren. ‘Dat kan ik je niet zeggen.’

Zijn lippen verbreden zich. ‘Ik zal erachter komen, lisichka.’

‘Lisichka?’ Ik trek een wenkbrauw op. Ik ken dat woord niet.

‘Kleine vos.’ Hij pakt mijn kin tussen zijn vingers. ‘Dat past wel bij je, vind je niet?’

‘Niet echt.’

Hij lacht, schudt zijn hoofd en staat op van de fauteuil. Ik was vergeten hoe lang hij is.

'Ja, ik vind het perfect.' Hij streelt mijn kin met zijn duim, draait zich dan om en gaat naar de deur. 'Ga weer slapen, mijn kleine leugenaar.'

Sergei

Roman belt rond de middag om me te laten weten dat Mikhail uit de operatie is gekomen, en dat het goed moet komen. Kort daarna val ik in slaap op de bank in de woonkamer. Ik kan zelden overdag slapen, maar mijn hersenen hebben eindelijk de memo van mijn lichaam gekregen, die in de afgelopen drie dagen slechts op een paar uur slaap opereerde. Als ik wakker word, is het al bijna vier uur.

'Je moet dat meisje uit je kamer laten. Ze zal daar beschimmelen,' zegt Felix, die me voorbij loopt en me met een keukendoek op mijn schouder slaat. 'En als je van plan bent om haar hier te houden, dan moet je wat kleren voor haar kopen. Andere dan die van Nina. En schoenen.'

'Shit.' Ik ga rechtop zitten en ga met mijn hand door mijn haar. 'Waar kan ik vrouwenkleding halen?'

'In een van die dingen die ze winkels noemen. Je kunt er veel vinden in die grote gebouwen die bekend staan als winkelcentra.'

'Erg grappig.' Ik sta op. 'Waarom ga jij niet wat spullen voor haar kopen?'

'Oh, dat dacht ik niet. Ze is jouw gevangene, dus jij bent

degene die haar moet kleden en te eten moet geven. En dat te eten geven ben ik al aan het doen.'

'Oké, goed. Ik zal meteen gaan. Ik heb later een afspraak met Shevchenko.'

'Ik dacht dat Shevchenko had gezegd dat hij niet meer met je over zaken wil praten. Aangezien je hebt geprobeerd om zijn hand eraf te hakken en zo.'

'Hij overdrijft,' zeg ik over mijn schouder terwijl ik op zoek ben naar mijn helm.

'Dus je hebt niet geprobeerd om zijn hand eraf te hakken?'

'Natuurlijk heb ik dat wel gedaan.' Ik rommel door de plaid die lukraak over de bank is gedrapeerd. 'Heb je Angelina lunch gebracht?'

'Nee. Ik ga haar halen en geef haar wel lunch in de keuken. Ze moet haar benen strekken. Maar je moet Mimi terugroepen zodat ze uit de kamer kan komen.'

'Zorg ervoor dat ze niet ontsnapt.' Ik fluit voor mijn waakhond en Mimi komt de trap af. 'En vergeet niet om de informatie te regelen waar ik om heb gevraagd. Ik heb alles nodig wat je over haar kunt vinden.' Ik kijk de kamer rond. 'Waar is verdomme mijn helm?'

'Eetkamer,' zegt Felix en hij gaat verder met de tv afstoffen.

'Waarom doe je dat? Dat is Marlene's werk. Waar is ze?'

'Ze is boos, omdat ik onze date heb afgezegd, omdat ik voor cipier moest spelen. Ze heeft tegen me gezegd dat ze de rest van de week vrij neemt.'

'Marlene is mijn huishoudster. Ze kan jou niet vertellen dat ze een week vrij neemt.'

Hij draait zich met zijn handen op zijn heupen naar me toe en houdt me met zijn blik vast. 'Ik krijg de klus geklaard, dus het maakt niet uit, toch?'

'Wat mij betreft prima.' Ik steek mijn handen op ter verdediging. 'Ik ga ervandoor.'

Ik stop in het midden van de winkel en draai me om, en kijk naar de enorm lange rekken met vrouwenkleding. Shit. Waar moet ik beginnen?

'Heb je hulp nodig?' vraagt een verkoopster, die naast me komt staan.

'Ja. Alsjeblieft.'

'Oké.' Ze lacht. 'Wat heb je nodig? Een cadeautje?'

'Ik heb alles nodig,' zeg ik.

'Alles?'

'Ja. Er logeert een vriendin bij me en ze is haar bagage kwijt. Ze heeft alles nodig.'

'Geen probleem. Welke maat?'

Ik staar naar de dame, die waarschijnlijk denkt dat ik een idioot ben. 'Ze is rond de een meter zestig of zo. Ongeveer vijftig kilo. Helpt dat?'

'Schoenen ook?'

'Ja. Daar moet ik de maat voor vragen.'

'Tuurlijk. Wil je zelf kiezen, of wil je dat ik dat voor je doe?'

Ik kijk naar alle rekken en huiver. 'Kies jij maar. Jeans, T-shirts, een jas. Casual spullen.'

'Oké. Hoeveel van elk?'

'Laten we zeggen voor een maand.'

'Sokken, ondergoed? Ik heb de maat van haar bh nodig.'

'Hm. Medium?'

Ze lacht en schudt haar hoofd. 'Laten we er sportbeha's van maken. Die zijn rekbaar.'

'Ja, dat zou wel werken.'

'Perfect. Ik zal je spullen gaan pakken. Je kunt daar wachten, of je kunt naar de winkel hiernaast gaan en cosmetica voor haar halen als ze die nodig heeft.'

'Dat zal ik doen. Zorg ervoor dat je kwaliteits kleding kiest. Er is geen budgetlimiet.'

Ik stuur Felix een bericht, vraag naar Angelina's schoenmaat en ga naar de andere winkel. Als ik de winkelbediende vertel wat ik nodig heb, begint ze me vragen te stellen over huid en haartype, alsof ik die onzin zou moeten weten. Dus ik zeg haar dat ze me van alles iets moet geven.

Dertig minuten later sta ik naast mijn motor met tientallen tassen in mijn handen. Ik had de auto moeten pakken, maar daar heb ik niet aan gedacht. Uiteindelijk bel ik een taxi om de tassen naar huis te brengen en ga dan zelf naar huis.

Hoofdstuk 5

Angelina

'Dit is geweldig.' Ik wijs naar de gehaktballen op mijn bord en stop er nog een in mijn mond.

'Eindelijk iemand die waardeert wat ik hier doe,' mompelt Felix en hij blijft de vaat uit de vaatwasser opbergen.

Ik maak van de gelegenheid gebruik om rond te kijken. De keuken is vrij groot, met een eettafel bij het raam aan de linkerkant. Het huis zelf is echter niet zo groot. Twee slaapkamers op de bovenste verdieping, en een enorme woonkamer en keuken op de begane grond. Het is een mooi huis met nieuwe, moderne meubels en het ziet er bewoond uit. Een ding wat ik wel vreemd vind, is dat er geen foto's van welke aard dan ook zijn. Waar dan ook.

'Woon je hier?' vraag ik.

'In het appartement boven de garage.'

'Leuk.' Ik kijk over mijn schouder naar de voordeur en bereken de afstand. Felix lijkt fit te zijn, maar hij is oud. Ik betwijfel of hij me kan tegenhouden als ik hem onverwachts overval. Als de deur niet op slot is, kan ik wegglippen.

'Niet doen,' zegt Felix, en mijn hoofd schiet naar hem terug.

'Wat?'

'Mimi zal je pakken voordat je zelfs maar bij de deur bent.' Hij knikt naar de woonkamer waar de hond op de vloer naast de bank slaapt.

Ik veins onschuld. 'Ik was niet van plan om iets te doen.'

'Ja tuurlijk.' Hij zet het bord weg, draait zich naar me toe en leunt op het aanrecht. 'Waarom vertel je Sergei niet gewoon wat hij moet weten, zodat hij je laat gaan?'

'Ik heb zo mijn redenen.' Ik ga verder met eten. 'Hoe is het met zijn vriend? Degene die werd neergeschoten.'

'Het komt wel goed met hem,' zegt Felix en hij slaat zijn armen over elkaar. 'Hoe weet je van Mikhail?'

'Sergei heeft het me gisteravond verteld. Iemand belde hem om te zeggen dat het niet goed met hem ging. Sergei raakte overstuur.'

'Overstuur?'

'Ja. Hij leek een soort van niet op deze wereld te zijn. Het was vreemd.' Ik haal mijn schouders op en pak de salade. Felix komt naar me toe, pakt mijn stoel en draait hem naar zich toe.

'Hoe… niet op deze wereld?' Hij leunt over me heen en ik staar hem aan. Weg is de chagrijnige, maar grappige oude man van een paar seconden geleden, en in zijn plaats is een zeer serieuze en zichtbaar gealarmeerde man gekomen.

'Ik weet het niet. Hij zat daar gewoon heel stil. Zijn ogen leken vreemd — alsof hij naar me keek zonder me echt te zien,' zeg ik. 'Zijn hand begon te trillen.'

Felix sluit zijn ogen en vloekt. 'En toen?'

'Ik ben naar hem toe gegaan, maar het leek erop dat hij me niet had geregistreerd, dus heb ik hem aangetikt en dat trok zijn aandacht.'

De ogen van Felix schieten open. 'Je... hebt hem aangetikt?'

'Ja. Met mijn vinger. Zo.' Ik raak lichtjes zijn schouder aan. 'Het leek te helpen. Hij kwam er na een paar minuten uit, noemde me een kleine vos en ging weg.'

'En dat is het?'

'Ja, zo ongeveer wel. Hoezo?'

Felix zegt niets, en kijkt me een paar seconden aan. Dan trekt hij de stoel naast zich naar voren, gaat zitten en leunt naar me toe. Hij zegt nog steeds niets. Heb ik iets gedaan wat ik niet zou moeten doen?

'Is er iets... met Sergei aan de hand?' vraag ik.

'Ja,' zegt hij uiteindelijk. 'Hij verwerkt dingen soms anders. En zijn opvattingen over wat een logische reactie op een bepaalde situatie moet zijn, verschillen van die van jou of van mij.'

Ik trek mijn wenkbrauwen op. 'Hoe bedoel je dat?'

'Laten we zeggen dat je in een rij staat te wachten om koffie te halen, en een man achter je probeert je portemonnee te pakken. Wat zou je doen?'

'Ik weet het niet. Hem op zijn hoofd slaan met mijn tas? De politie bellen?'

'Sergei zou zijn nek breken, terug in de rij gaan staan en een cappuccino bestellen wanneer hij aan de beurt is.'

Ik knipper met mijn ogen. 'Hij... hij lijkt geen gewelddadig persoon te zijn.'

'Sergei is van nature niet gewelddadig. Hij zou onder normale omstandigheden nooit iemand aanvallen. Hij zou nooit een kind pijn doen. Of een vrouw, tenzij ze een bedreiging is. Als een oude vrouw een straat oversteekt, zal hij naar haar toe gaan om haar te helpen. Als een kat vast komt te zitten in een boom, klimt hij erin en redt hij de kat.'

'Ik begrijp het niet.'

'Zijn gedrag is volledig in lijn met de gebruikelijke normen en waarden, totdat hij wordt geprovoceerd.'

'En als hij geprovoceerd wordt?'

'Als Sergei wordt geprovoceerd, dan sterven er mensen, Angelina. Dat is de reden waarom, als je ziet dat hij van de wereld is, zoals jij het zegt, je uit zijn buurt moet blijven.'

Ik staar naar hem en vind het moeilijk te geloven dat de persoon die hij beschrijft de man is die zo teder mijn wang streelde en eiste te weten wie me pijn had gedaan. 'Maar hij heeft me niets gedaan. Hij heeft alleen… we hebben gewoon met elkaar gepraat en toen werd hij weer normaal.'

'Wat hoogst ongebruikelijk is.' Felix knikt. 'Toch moet je dat niet nog eens doen.'

'Oké.'

'Nog even iets anders. Als je hem ziet slapen, dan zul je hem onder geen beding benaderen. Je draait je om en verlaat onmiddellijk de kamer.'

Wat een vreemd verzoek. 'Waarom?'

'Het maakt niet uit. Doe gewoon wat ik zeg.'

'Oké,' zeg ik knikkend en schep meer aardappelpuree op mijn bord.

Ik geloof niks van deze shit. Hij overdrijft, waarschijnlijk probeert hij me bang te maken zodat ik ga praten. Ja, Sergei gedroeg zich vreemd gisteravond en hij heeft een reputatie als een licht instabiele man, maar in onze wereld is niemand normaal.

Ik hoor de voordeur opengaan en draai me om, om het

onderwerp van mijn gedachten binnen te zien komen, met een helm onder zijn arm.

'Ik dacht dat je ging winkelen,' roept Felix van naast de gootsteen. 'Waar zijn de kleren die je hebt gekocht?'

'Die komen per taxi aan. Ik heb de man verteld om de tassen naar de deur te brengen.'

Sergei gooit de helm op de bank, trekt zijn jas uit en loopt de keuken in. Terwijl hij mijn stoel passeert, reikt hij met zijn hand naar voren en streelt met zijn handpalm lichtjes langs mijn arm, waardoor kippenvel ontstaat waar onze huid elkaar raakt. En het is geen slecht type kippenvel.

'Wat hebben we voor de lunch te eten? Ik val om van de honger.' Hij gaat in de stoel naast de mijne zitten en kijkt in de pan in het midden van de tafel. 'Alweer gehaktballen? Jezus. Ik ga je voor volgende week inschrijven voor een kookcursus.'

'Als je klachten hebt over mijn kookkunsten, dan kun je zelf beginnen met het bereiden van het eten.'

Sergei zucht en begint het eten op een bord op te scheppen. Als hij klaar is, kijkt hij neer op zijn maaltijd, vloekt en begint te eten. Hij is duidelijk niet blij met wat Felix heeft bereid, maar ik zie hem niet in een moorddadige woede of wat dan ook uitbarsten. Zoals ik al vermoedde, overdreef Felix.

Sergei's hond komt uit de woonkamer, stopt naast hem en begint hem met haar snuit in zijn ribben te duwen.

'Verdomme, Mimi! Ik probeer te eten.' Hij verplaatst het hoofd van de hond met zijn hand, maar hij doet het met zichtbare genegenheid.

'Welk ras is ze?' vraag ik. Ik heb nog nooit zo'n grote hond gezien.

'Cane corso,' zegt hij tussen twee happen door. 'Ik ga na de lunch met haar wandelen. Wil je met ons mee?'

Geen slecht idee. Ik moet het gebied bekijken voor als ik op een gegeven moment weg kan glippen. 'Is goed.'

We zijn net klaar met de lunch als de deurbel gaat.

'Het zijn jouw spullen,' zegt hij tegen me en wendt zich tot Felix. 'Kun jij opendoen?'

'Nee.'

Sergei moppert iets in het Russisch en staat op. 'Albert heeft gisteren ruzie gehad met zijn vriendin, dus hij is chagrijnig.'

'Albert?'

'Dat ben ik,' roept Felix over zijn schouder. 'Sergei's kijk op een Batman-grap. Hij denkt dat hij geestig is.'

Ik trek mijn wenkbrauwen op. 'Was dat niet Alfred? In de film?'

'Ja, maar hij zegt dat Alfred aristocratisch klinkt en ik daar niet verfijnd genoeg voor ben. Dus heeft hij het in Albert veranderd.'

'Oh, nou... dat klinkt logisch, denk ik.' Ik schud mijn hoofd in verwarring. Die twee hebben een hele rare relatie. Ik draai me om en zie Sergei een paar tassen van de veranda pakken en ze naar de trap dragen. Het zijn er minstens twintig.

'Wat is dat?' vraag ik.

'Waarschijnlijk de spullen die hij voor je heeft gekocht. Het lijkt erop dat hij zich een beetje mee heeft laten slepen.'

Ik draai me langzaam om en staar naar Felix slash Albert. 'Hoe lang is hij van plan om me hier te houden?'

'Dat moet je helaas met Sergei bespreken.'

Ik sta op van de tafel, draag het bord naar de gootsteen en ren dan naar boven om dat te doen. Alleen zie ik een hoop tassen over het hele bed verspreid liggen en is Sergei weg. Ik vraag me af of ik in de andere kamer moet kijken die ik op deze verdieping zag als ik het geluid van stromend water uit de badkamer aan mijn rechterkant hoor.

Ik ga naar de deur en klop er twee keer op. 'Sergei?'

Hij antwoordt niet, dus ik probeer het handvat en merk dat de deur open is. Zonder na te denken over wat ik doe, doe ik de deur open. En staar.

Sergei staat onder de douche, terwijl er water over zijn naakte lichaam stroomt. Hij draait zich met zijn rug naar me toe, zijn hoofd naar boven gekanteld in de richting van de straal. Ik volg het waterspoor met mijn ogen, vanaf zijn brede schouders, langs zijn gespierde rug naar beneden en stop dan. *Holy fuck*! Hij heeft de mooiste kont die ik ooit bij een man heb gezien. Ik zou weg moeten gaan, de deur sluiten en doen alsof ik hem niet heb gezien. In plaats daarvan blijf ik staren.

'Je bloost, juffrouw Sandoval.'

Ik slik en kijk omhoog om in Sergei's blauwe ogen te kijken die me over zijn schouder gadeslaan. Terwijl ik staar, schuift hij de deur van douchecabine opzij, stapt naar buiten en bereikt me in een paar grote stappen. Ik vind het moeilijk om mijn blik op zijn gezicht gefocust te houden in plaats van mijn ogen naar beneden te laten dwalen, maar op de een of andere manier lukt het me.

'Hoelang ben je van plan om me gevangen te houden?' vraag ik, terwijl ik probeer te doen alsof ik niet aangedaan ben door het feit dat hij helemaal naakt voor me staat. Het is nogal een prestatie. Ik voeg het toe aan mijn cv onder 'Andere werkzaamheden'.

'Totdat je begint te praten,' zegt hij en legt zijn handen op de deur waardoor hij me er tegenaan vastzet. 'Dat weet je al.'

'Je kunt me hier niet vasthouden. Ik heb een leven.'

'Vertel me wat ik moet weten en je bent vrij om te gaan.'

Mijn concentratie verslapt en mijn ogen glijden langs zijn voorkant naar beneden, en als ik zijn kruis bereik, komen mijn wenkbrauwen tot mijn haarlijn omhoog. Zijn pik staat in absolute verhouding tot zijn lichaam. Enorm. Ik doe snel mijn hoofd omhoog.

'Ik heb je alles verteld wat ik kan,' zeg ik, maar het klinkt meer als een kreet.

'Dan hoop ik dat je het hier naar je zin hebt, lisichka,' zegt Sergei met een grijns. Hij draait zich om om een stapel kleren van naast de wasbak te pakken, waardoor ik weer een uitzicht op zijn keiharde, naakte kont heb.

Uiteindelijk begint mijn gezonde verstand te werken en draai ik me om en ga naar het bed, en doe alsof ik helemaal in beslag genomen ben door alles in de zakken te bekijken.

'Ik ga met Mimi wandelen,' zegt Sergei een paar minuten later als hij de badkamer verlaat. Deze keer gekleed. God zij dank. Of… Zo jammer. 'Ga je mee?'

'Is goed.'

Ik kijk naar Angelina, die naast me loopt, en slaag er nauwelijks in om een lach te onderdrukken. Ze doet alsof ze niet geïnteresseerd is, maar ze inspecteert de buurt terwijl we aan het wandelen zijn. De kleine vos is haar ontsnappingsroute aan het plannen. Het is hilarisch.

Voor ons blaft Mimi en ze rent naar de tuin van oude Maggie, waarschijnlijk van plan om meer van haar bloemen uit te graven. Ze is sinds vorig jaar op die bloemen gefixeerd.

'Mimi, *idi syuda*!'

Mimi kijkt spijtig naar de bloemen en rent dan naar ons toe. Ze is bijna bij ons als ze een stel opmerkt dat een rottweiler aan het uitlaten is en ze is meteen alert. Ik haast me naar haar toe om ervoor te zorgen dat ze niet aanvalt wat ze misschien als een bedreiging beschouwt, en tegelijkertijd draait Angelina zich om en begint ze weg te rennen. Ik lach. Het duurde niet lang.

Ik stop naast Mimi, pak haar bij haar halsband en kijk een paar seconden naar Angelina. Ze doet haar best, maar ze is traag. Waarschijnlijk nog zwak door een gebrek aan voeding. Ik wijs met mijn hand naar Angelina en geef Mimi het bevel voor 'beschermen' en sla mijn armen over elkaar.

Mimi rent razendsnel naar Angelina en begint halverwege een brede cirkel te maken om haar te onderscheppen. Angelina verandert van koers en draait naar rechts, maar Mimi blijft een paar meter voor haar rennen en heeft het geweldig naar haar zin. Mijn kleine vos realiseert zich dat ze nergens heen gaat en stopt plotseling, draait zich om en kijkt me aan met haar handen stevig tot kleine vuistjes gebald.

'Ze drijft me op als vee,' moppert ze als ik dichterbij kom.

'Ze bewaakt je.'

'Alsof ik een koe ben.'

'Yep.' Ik buk en pak haar om haar middel en leg haar dan over mijn schouder. 'De aflevering van prison break van vandaag eindigt hier.'

'Zet me neer!'

'Nee.' Ik sla haar zachtjes met mijn handpalm op haar kont, en dan beslis ik om hem daar te laten liggen. Ze mag dan mager zijn, maar haar kont is lekker parmantig.

'Dat noemen ze seksuele intimidatie,' snauwt Angelina. 'Haal je poot van mijn kont.'

'En hoe noem je de badkamer binnensluipen terwijl ik aan het douchen was?'

'Ik ben niet naar binnengeslopen. Ik wilde gewoon praten.'

'Je gluurde naar me. Ik reageer gewoon op dezelfde manier.' Ik tik weer op haar lekkere kont en loop nonchalant door het park naar mijn huis, naar een moeder zwaaiend die haar kinderen van de scène afleidt.

'Zodra ik uit je klauwen ben, geef ik je aan bij de politie.'

'Waarvoor?'

'Ontvoering. Me gegijzeld houden in je huis. En seksuele intimidatie.'

'Ik weet zeker dat de politie het heel prettig zou vinden om met de dochter van Manuel Sandoval te kletsen.' Ik knijp zachtjes in haar bil en lok de meest schattige, geschokte snak naar adem uit.

Angelina slaat me met haar handpalm op mijn rug en ik lach. Ze was de eerste dag een beetje angstig, maar ze lijkt niet meer bang voor me te zijn. Mensen zijn altijd op hun hoede voor me, dus dit is nogal onverwacht. Het voelt goed.

'Ik moet vanavond naar een bespreking,' zeg ik, terwijl ik haar protesten negeer. 'Wacht even met verdere ontsnappingspogingen totdat ik terug ben. Albert is te oud om je achterna te zitten. Hij zou een hartaanval kunnen krijgen en wie zou er dan voor me koken?'

'Ik zal je verzoek in overweging nemen.'

'Dank je.'

'Kan ik een laptop of zoiets krijgen?'

'Leuk geprobeerd,' lach ik. 'Geen laptop. Maar je kunt

Albert vragen om met je te pokeren. Wel een woord van advies — hij speelt vals.'

'Speelt vals? Hij is zeventig.'

'Precies. Hij kan dus heel goed valsspelen.'

Ze kantelt haar hoofd en kijkt naar me op. 'Hoeveel betaal je hem?'

'Dat doe ik niet. Ik probeer al jaren van hem af te komen.'

'Ik weet niet zeker of ik het begrijp.'

Ik zucht en zet haar op de veranda. 'Albert en ik kennen elkaar al heel lang. We hebben heel lang samengewerkt.

'Voordat je bij de Bratva kwam?'

'Ja.'

'En wat hebben jullie twee samen gedaan?'

'Sorry. Dat kan ik je niet vertellen.'

'Waarom niet? Was het iets vertrouwelijks?'

Ik kijk naar haar en zie die donkere ogen me vragend aankijken. Ze is in dit leven geboren, dus ze heeft waarschijnlijk haar deel van nare dingen gezien, maar haar ogen lijken zo onschuldig.

'Ja,' zeg ik en streel met een vinger over een van haar perfecte donkere wenkbrauwen. 'En omdat je het niet wilt weten. Geloof me maar.'

'Hoe kan het erger zijn dan voor de Bratva te werken?'

'Dat kan.' Ik leg mijn vrije hand op de leuning naast de hare en buk tot onze gezichten op dezelfde hoogte zijn. Angelina's ogen worden groter, maar ze loopt niet weg. We zijn zo dicht bij elkaar dat ik haar adem op mijn gezicht kan voelen terwijl haar ademhaling sneller gaat. Langzaam beweeg ik mijn vinger over haar wang en langs haar hals en pauzeer dan wanneer ik de plek bereik waar haar hartslag te voelen is. Het is sterk. Sneller dan normaal. 'Vandaag niet meer wegrennen,' fluister ik.

'Oké.' Ze knikt, zonder haar ogen van de mijne te halen.

Ik beweeg mijn handpalm langs haar slanke arm, laat hem over haar heup zakken en druk mijn hand tegen de zijkant van haar dijbeen, over het lange dikke litteken dat ik zag toen ik haar droeg. 'Wie heeft dat gedaan?'

Angelina's ademhaling gaat sneller. 'Ik ben uit een boom gevallen.'

Ik knars met mijn tanden. Ze moet echt stoppen met liegen, het is zeker niet haar sterkste kant. Ik laat mijn hand van haar been vallen en fluit naar Mimi. 'Kom op. Ik moet me omkleden voordat ik naar die bespreking ga.'

Shevchenko is laat, zoals gewoonlijk. Ik pak het mineraalwater dat de ober heeft gebracht en observeer de lege club. Het is nog vroeg, mensen zullen pas over een paar uur in Oeral aankomen. Ik doe liever zaken in een van de magazijnen, maar Shevchenko drong deze keer aan op een meer openbare locatie. Hij is waarschijnlijk bang geworden toen we elkaar de laatste keer zagen. Lafaard. Ik leun achterover aan de tafel en bel Felix.

'Wat is er aan de hand?' vraagt hij zodra hij opneemt.

'Niets.'

'Je belt zelden om *niets*, Sergei.'

'Ik vroeg me af wat Angelina aan het doen is.'

'We hebben gegeten en toen heb ik haar naar je kamer teruggebracht.'

'Staat Mimi voor de deur?'

'Nee, ze is in de woonkamer, waar je haar hebt achtergelaten.'

'Ga naar de woonkamer en zet me op de luidspreker.'

'Wat ben ik? Je secretaresse?' snauwt hij.

'Stop met mopperen en doe het gewoon.'

'Goed dan.' Er zijn een paar momenten van stilte. 'Hij staat aan.'

'Mimi,' zeg ik in de telefoon en hoor haar een keer blaffen. 'Angelina *Okhraniay*!'

'Ze is naar boven gegaan,' zegt Felix. 'Is dat waarom je hebt gebeld?'

Nee. Ik belde omdat, hoewel ik amper een uur geleden mijn huis heb verlaten, niet kan stoppen met aan de kleine vos te denken die ik daar achter heb gelaten. 'Vindt ze het spul dat ik heb gekocht leuk?'

'Waarom zou dat ertoe doen?'

'Ik vraag het alleen maar.' Ik haal mijn schouders op.

'Wat denk je verdomme dat je aan het doen bent met dit meisje, Sergei? We kennen haar agenda niet. Een dochter van een Mexicaanse drugsbaron belandt niet zomaar als onderdeel van de lading in een drugszending.'

'Ik weet niet zeker waar je op doelt.'

'Oh? Ik zal het je uitleggen. Herinner je je Dasha nog?'

Mijn lichaam verstijft. 'Angelina is geen spion.'

'Weet je dat zeker?'

'Ze is geen undercoveragent, Felix. Daar is ze… te onschuldig voor.'

'Ze lijken allemaal onschuldig. Totdat ze proberen je keel door te snijden terwijl je slaapt. Denk aan je overleden vrouw voordat je er zelfs maar aan denkt om je met dit meisje in te laten.'

'Angelina is niet Dasha!' blaf ik.

'Ze spreekt Russisch, Sergei.'

Ik ga rechter zitten. 'Wat?'

'Ik heb haar achtergrond gecontroleerd. Ze heeft talen en literatuur gestudeerd. Ze heeft Engels en Italiaans gestudeerd, maar ze heeft ook cursussen Frans en Russisch gevolgd. Handig, nietwaar?'

'Het is toeval.' Ik verbreek de verbinding.

De ober komt vragen of ik nog iets anders wil, maar ik schud mijn hoofd en concentreer me op de ingang aan de andere kant van de club. Zou het toeval kunnen zijn?

Er komt een groep mannen binnen. Twee kerels in donkere pakken lopen voor een derde uit, ze verbergen hem gedeeltelijk uit het zicht, en beiden scannen de omgeving. Shevchenko en zijn bodyguards. Het lijkt erop dat hij een statement wil maken door maar twee mannen mee te nemen. De slijmerige klootzak heeft meestal minstens vijf mannen op sleeptouw, wat niet zo vreemd is, gezien het feit dat hij meerdere mensen nodig zou hebben om zijn enorme gestalte te beschermen als er iets mis zou gaan. Hij is bijna zo groot als Igor, Romans kok, en dat is geen gemakkelijke prestatie.

Ze zien me en komen naar de tafel. Pas dan zie ik dat Shevchenko een meisje bij zich heeft. Die klootzak heeft ze graag jong. Het meisje kan niet ouder dan achttien zijn.

De bodyguards klimmen eerst de twee treden naar de zithoek op en stappen opzij. Shevchenko volgt en hij sleept het arme meisje met zich mee.

'Belov.' Hij knikt, pakt de stoel en trekt het meisje naar zich toe om op zijn schoot te zitten.

'Je bent laat,' zeg ik, terwijl ik me op het meisje concentreer. Ik had het mis, ze kan niet ouder dan zestien zijn, en gebaseerd op de doodsbange blik in haar ogen, is ze er niet vrijwillig.

'Ik had een bespreking met O'Neil. Hij wilde een partnerschap bespreken.'

'Oh?' Ik leun achterover en richt me op Shevchenko, maar blijf vanuit mijn ooghoek naar het meisje kijken. 'En wat had Liam te bieden?'

'Hetzelfde product. Hij zei dat hij midden in de onderhandelingen zit met Diego Rivera en dat hij vanaf volgende maand in staat moet zijn om de hoeveelheden te leveren die we nodig hebben.'

'Wij nemen zeventig procent van Rivera's drugs af. Het is onmogelijk dat Liam de hoeveelheden of de prijs kan evenaren.'

'Nou, hij zei dat dat snel zal veranderen.' Shevchenko pakt de fles whisky die de ober heeft gebracht, vult zijn glas tot de rand en leegt hem in één teug. Hij schenkt er nog eentje in, legt dan zijn vlezige hand op de naakte dij van het meisje en knijpt erin. Het meisje krimpt ineen en drukt snel haar benen tegen elkaar, maar Shevchenko opent ze krachtig en begint zijn hand omhoog te bewegen, onder de zoom van haar korte jurk. Het meisje knijpt haar ogen dicht.

Ik kijk omhoog naar Shevchenko's bodyguards en beweeg dan mijn blik naar de fles drank op tafel. Dat zou moeten werken.

'Ik ben erg benieuwd om te zien hoe de Ieren dat willen bereiken.' Ik leun naar voren, pak de fles en sla hem tegen de rand van de tafel.

Het meisje schreeuwt terwijl de bodyguards hun wapens pakken en zich naar de zithoek wenden, maar ze zijn te laat. Ik ben al bezig de gebroken fles aan de zijkant van Shevchenko's nek te plaatsen, direct boven zijn halsslagader.

'Leg de wapens op tafel,' zeg ik zonder mijn ogen van Shevchenko's paniekerige gezicht te halen. Ze komen niet in beweging.

Ik kijk op naar zijn twee mannen, die aan de andere kant van de zithoek staan met hun wapens op me gericht. Ik pak de hand van degene die het dichtst bij me staat en trek hem over de tafel en scherm mezelf net af voordat de andere man schiet. De man die ik vasthoud, schreeuwt als de kogel zijn borst raakt. Ik draai zijn hand, die nog steeds het pistool vast heeft, naar de schutter en knijp in zijn vingers. Het pistool schiet twee keer en raakt de man beide keren in zijn buik. Terwijl hij jammerend op de grond zakt, gebruik ik de gebroken fles om de keel van de man die ik vasthoud door te snijden, en dan gaat mijn aandacht terug naar Shevchenko. Hij zit nog steeds en houdt het meisje tegen zijn borst gedrukt als een offerlam. Zijn ogen gaan van mij naar het bebloede lichaam dat uitgestrekt op de tafel ligt, naar zijn mannetje die nu bewusteloos op de vloer ligt.

'Het geeft me stress als mensen wapens op me richten,' zeg ik en beweeg met mijn hand naar het meisje toe. 'Kom hier, lieverd.'

Haar ogen worden groot. Ze lijkt eerst terughoudend, waarschijnlijk omdat er bloed van mijn hand druppelt, maar dan komt ze van Shevchenko's schoot en haast zich om naast me te staan.

'Hoe oud ben je?' vraag ik, terwijl ik mijn ogen niet van de angstige klootzak haal die nog steeds in de zithoek zit.

'Vijftien,' klinkt een nauwelijks hoorbaar gefluister.

Vijftien. Jezus Christus. Ze kan zijn kleindochter zijn. 'Ga naar boven,' zeg ik tussen opeengeklemde tanden. 'Vraag naar Pasha. Hij zal iemand vinden om je naar huis te brengen.'

Ik wacht tot ze weg is, dan ga ik naar de zieke klootzak die achterover in zijn stoel leunt, alsof dat hem zal helpen. Ik draai mijn hoofd naar de zijkant, bekijk hem van top tot teen en pak dan het pistool dat op de tafel ligt.

'Ik hou niet van kinderverkrachters.' Ik hef het pistool op en schiet hem in het midden van zijn lelijke kop.

Nadat ik het pistool op de tafel heb gegooid, veeg ik het bloed van mijn hand met de hoek van Shevchenko's jas en draai me om en zie de ober en een schoonmaakster ineengedoken in de andere hoek van de club naar me staren.

'Is Pasha er?' vraag ik.

De schoonmaakster probeert een stap terug te doen en gaat met haar rug tegen de muur staan. De ober knippert en wijst naar boven. Ik kijk omhoog naar de galerie die boven de dansvloer uitsteekt. Pavel staat aan de andere kant van de glazen muur, hij houdt een telefoon tegen zijn oor en kijkt in mijn richting. Hij belt waarschijnlijk Roman om me te verklikken. Ik wijs met mijn duim over mijn schouder naar de zithoek en beweeg dan met mijn hand om aan te geven dat hij de rotzooi op moet ruimen. Pavel drukt met zijn vrije hand op zijn slaap en schudt zijn hoofd. Ik denk niet dat hij me nog in Oeral besprekingen zal laten houden.

Mijn telefoon gaat als ik halverwege mijn auto ben. Ik vis hem eruit en neem de oproep aan zonder naar het scherm te kijken. Dat hoef ik niet te doen… Ik heb voor mijn broer een speciale toon geprogrammeerd.

'Ja?'

'Ik ga je verdomme afmaken!' brult Roman en ik trek snel de telefoon weg van mijn oor. Het geschreeuw gaat een minuut of zo door, het gebruikelijke warme familie geklets. Allemaal rozengeur en maneschijn. '... hak je in kleine stukjes en voer ze dan aan dat beest van je.'

'Mimi eet geen rauw vlees.' Ik plaats de telefoon weer bij mijn oor en steek een sigaret aan. 'Het is slecht voor haar spijsvertering.'

'Je hebt een week om een nieuwe koper voor me te vinden. Een week. Begrepen?'

'Ik heb vorige week al met de Camorra gesproken. Ze zullen twee keer de hoeveelheid afnemen die we aan de Oekraïners verkochten. En ik heb dit weekend een bespreking met een paar bendes in de buitenwijken. Het zit wel goed.'

'Verdomme, Sergei,' zucht hij.

'Shevchenko zei iets interessants voordat ik hem afmaakte. Het ging over de Ieren.'

'Wat?'

'Ze zijn in onderhandeling met Diego Rivera. Het klinkt alsof ze van plan zijn om ons terrein binnen te dringen.'

'Oh, ik zou het ze graag zien proberen,' gromt hij. 'Geen kopers meer vermoorden, Sergei. Hoor je me?'

'Ik zal mijn best doen.'

'Hij zal zijn best doen. Geweldig,' mompelt Roman in de telefoon en hangt op.

Zodra ik mijn auto in de garage parkeer, neem ik een omweg naar het huis van Felix om te douchen en me om te kleden. Ik heb geprobeerd om geen bloed op mijn shirt te krijgen, maar er is toch wat op mijn mouw terechtgekomen. Ik wil niet dat Angelina het ziet of bang voor me is. En haar laten zien dat ik onder het bloed zit, zou bovendien betekenen dat ik het uit moet leggen.

Als ik klaar ben, ga ik het huis in. Er is niemand beneden, dus ren ik naar boven en naar mijn slaapkamer, waar Angelina op de fauteuil gekruld ligt, met een boek in haar handen. Even denk ik dat ze een van mijn detective romans leest — ik heb er tientallen — maar ik stop als ik de kaft zie. Ze houdt *Anna Karenina* vast, de Russische editie. Had Felix gelijk over haar?

Ze kijkt op uit het boek en ontmoet mijn blik. 'Hoe was de vergadering?'

'Goed.' Ik leun tegen het deurkozijn en knik naar het boek dat ze vasthoudt. 'Spreek je Russisch?'

'Niet helemaal. Ik ken de basis.' Ze haalt haar schouders op. 'Ik heb in mijn eerste jaar een cursus Russisch gevolgd, maar uiteindelijk besloot ik me op Engels en Italiaans te concentreren.'

'Hoeveel begrijp je?'

'Nou, ik zou waarschijnlijk in het Russisch de weg kunnen vragen, en ik herinner me de namen van een aantal groenten en fruit. Ik ken echter heel veel vloekwoorden.' Ze snuift, staat op van de stoel en loopt naar de boekenkast om het boek terug te zetten. 'Ik was dol op de film en ik wilde proberen om het te lezen. Ik kwam bij de tweede zin vast te zitten, omdat *iemand* me de laptop niet wilde laten gebruiken om de vertalingen te controleren.'

Ik verlaat mijn plek bij de deuropening, loop door de kamer totdat ik recht achter haar sta en leg mijn handen op de plank aan weerszijden van haar. Angelina ademt in en draait zich om en kijkt me aan.

'Lieg je weer tegen me, Angelina?' Ik hou mijn hoofd schuin om haar recht in de ogen te kijken.

'Waarover?'

'Ben je een spion, lisichka?'

Ze staart me aan en knikt dan, haar gezicht een toonbeeld van ernst. 'Ja. Je hebt me helemaal door.'

Ik vernauw mijn ogen tot spleetjes.

'Ik heb ook een intensieve vechtsporttraining doorlopen, dus je moet op je hoede zijn als ik in de buurt ben.'

Ik kijk naar haar en barst in lachen uit. Na haar uithongering is ze zo dun als een lat en kan ze niet eens een eekhoorn aan. En zelfs als ze wat van haar spiermassa heeft verloren, beweegt ze zich niet als iemand die een vechtsport beoefent.

Als ik klaar ben met lachen, bestudeer ik haar. Ze lacht en ik kan me de laatste keer niet herinneren dat iemand me heeft geplaagd. 'Vertel me iets in het Russisch.'

'Nu?' Haar wenkbrauw komt omhoog. 'Wat wil je dat ik zeg?'

'Het eerste dat in je opkomt.'

'*Sabaka Bobik*,' flapt ze eruit.

Ik krimp ineen. Haar uitspraak is afschuwelijk. '*Sabaka Bobik*? Waar heb je dat verdomme vandaan?'

'Het is een stripfiguur.'

Ik kantel mijn hoofd en kijk naar haar terwijl ze grinnikt. Er is iets met haar… iets dat mijn demonen laat slapen. Ik kan me de laatste keer niet herinneren dat ik me in iemands aanwezigheid zo kalm heb gevoeld. Ik beweeg mijn rechterhand naar de achterkant van haar nek en steek mijn vingers in haar lokken. Haar ogen worden groot, maar ze krimpt niet ineen zoals ik had verwacht, ze kijkt alleen naar me. Het bestaat niet dat ze een spion is. Haar gezicht is als een open boek, en, zoals ik al heb geconcludeerd, kan ze voor geen meter liegen.

Dan blijft de vraag over wat ze in die vrachtwagen deed. Ik

vraag het me waarschijnlijk voor de duizendste keer af terwijl ik mijn hoofd buig totdat mijn mond vlak naast haar oor ligt. 'Ik kom er uiteindelijk wel achter wat je verbergt.'

Ik sta volkomen stil en probeer de drang te negeren om Sergei's geur in te ademen. Hij draagt die cologne weer, degene die me doet denken aan hoe het voelde om tegen zijn stevige borst te worden gedrukt, met die sterke armen die me vasthielden. Ik ben geen overdreven aanhankelijk persoon, maar ik stel me voor dat mijn gezicht in de kromming van zijn hals ligt terwijl zijn hand over mijn rug glijdt. Zoals hij die eerste avond had gedaan.

Sergei gaat rechtop staan, het puntje van zijn neus raakt daarbij mijn wang en mijn adem stokt. Mijn ogen volgen hem als hij de kamer uitloopt, en ik voel nog steeds het kippenvel op de gevoelige huid achter in mijn nek waar zijn hand net is geweest. Deze man is zeer gevaarlijk. Ik zal al mijn energie moeten richten om hier zo snel mogelijk weg te komen. Deze conclusie heeft echter niets met zijn reputatie te maken, en alles te maken met het feit dat ik het niet prettig vind hoe mijn lichaam, evenals mijn hersenen, op hem reageren. Het is niet normaal dat ik me aangetrokken voel tot iemand die me gevangen houdt.

Een geluid van luid geblaf buiten bereikt me, en ik loop naar het raam en kijk naar beneden naar het terras voor het huis. Sergei staat aan de rand van de oprit en houdt een stok vast terwijl Mimi van opwinding om hem heen rent. Hij lanceert de stok naar het andere uiteinde van het terras en Mimi rent er achteraan. Voor zo'n grote hond is ze vrij snel. Ik kijk weer naar Sergei en vraag me af waarom hij me hier vasthoudt.

Gelooft hij echt dat ik een spion ben? Als dat zo is, zou het dan niet redelijker zijn om me juist weg te willen hebben? Het slaat nergens op.

Het is nogal moeilijk om het genadeloze, gestoorde personage dat mijn vaders mannen beschreven, te rijmen met de man die momenteel met zijn hond op het gras ligt te rollen, en lacht. Een moordmachine — zo hadden ze hem genoemd. Felix had ook iets soortgelijks gezegd, dus er moet toch iets van waarheid in zitten, maar toch…

Ik leg mijn handpalm op het raam voor me en kijk naar de man die sinds het eerste moment dat ik hem zag het middelpunt van mijn gedachten is geweest.

Hoofdstuk 6

Sergei

Ik doe alsof ik in beslag genomen ben door mijn ontbijt terwijl ik stiekem naar Angelina kijk die aan de andere kant van de tafel zit. Ze houdt een lepel halverwege haar mond en staart naar Mimi die met haar snuit tegen Angelina's zij duwt.

'Relax. Ze zal je niet bijten,' zeg ik.

'Weet je het zeker?'

'Ze bijt alleen als ik het tegen haar zeg. En je bent sowieso te mager voor haar smaak.'

'Nou, dat is een opluchting, denk ik.'

'Ze wil dat je haar aait.' Ik knik naar de hond. 'Als je het niet doet, dan zal ze je de hele dag lastigvallen.'

'Ze ziet er niet echt als een knuffelig type uit.'

Omdat ze dat niet is. Mimi houdt niet van nieuwe mensen. Of mensen in het algemeen, om precies te zijn.

Angelina reikt naar de bovenkant van Mimi's hoofd en Mimi likt aan haar handpalm. De manier waarop mijn hond zich om haar heen gedraagt, is onverwacht. Ze is Angelina door het huis gaan volgen en houdt haar altijd in het zicht, zelfs zonder mijn bevelen. Als Angelina slaapt, dan zorgt Mimi ervoor dat ze haar hoofd precies zo neerlegt dat ze Angelina met het ene oog in de gaten kan houden, terwijl ze het andere op de deur gericht houdt. Het is instinct voor beschermende honden om zichzelf tussen de persoon die ze bewaken en de bron van een mogelijke bedreiging te plaatsen.

Misschien pikt ze de beschermende vibraties van mij op. Het beeld van Angelina opgerold op de vloer van die vrachtwagen komt bij me boven, en ik sluit mijn ogen en knijp in mijn vork. Ik zal nooit de blik in haar ogen vergeten, alsof ik een redder was in plaats van een man wiens belangrijkste doel het was om levens te beëindigen. Het is jaren geleden dat ik de drang heb gevoeld om iemand te beschermen, behalve mezelf, en zelfs dat is zeldzaam. Meestal, vooral de laatste paar jaar in dienst, kon het me niet schelen of ik wel of niet bleef leven. Maar wat Angelina betreft, heb ik een onverklaarbare behoefte om haar vast te pakken en altijd naast me te houden, zodat niemand haar ooit nog pijn kan doen.

'Ik heb laatst een rondje poker gespeeld met Felix,' zegt ze. 'Je had gelijk. Hij speelt vals.'

'Dat heb ik je verteld,' gnuif ik. 'Wat heb je verloren?'

'Ik moet het avondeten klaarmaken.'

'Je hebt geluk gehad. De laatste keer dat ik met hem speelde, ben ik mijn auto kwijtgeraakt.'

'Serieus?'

'Yep. Toen moest ik het van hem terugkopen. Hij vroeg me om twee keer de straatwaarde. Klootzak.'

'Waarom heb je niet gewoon een nieuwe gekocht?' Ze zet grote ogen naar me op.

'Ik vind die auto leuk. En ik had geen zin om naar een autodealer te gaan.'

'De dynamiek tussen jullie twee is echt vreemd,' zegt ze.

'Dat kun je wel zeggen, ja. Ik vraag me vaak af waarom ik hem nog niet gewurgd heb. Hij zeurt de hele tijd tegen me, kan niet koken en hij laat zijn spullen overal slingeren.' Ik haal mijn schouders op. 'Hij heeft mijn leven een paar keer gered terwijl we samenwerkten, maar hij is die punten snel aan het verliezen.'

'Een paar keer? Waar werkten jullie aan toen hij je leven meer dan eens redde?'

Oh, we gaan echt niet die kant op. Ik sta op van de tafel en fluit voor Mimi. 'Wil je je benen strekken? Ik moet Mimi uitlaten voordat ik naar mijn werk ga.'

Ze kijkt even naar me en knikt dan. 'Oké.'

'Maar deze keer niet wegrennen, Angelina.'

Ze lacht alleen maar.

Ik gooi de stok voor Mimi om op te halen en draai me om om Angelina uitgestrekt op het gras achter me te zien liggen, met haar ogen dicht en haar gezicht naar de lucht gericht.

'Ik heb het gevoel dat ik een paar kilometer heb gerend,' zegt ze.

'Moe?'

'Een beetje. Mijn benen trillen.'

'Jezelf uithongeren kan dat veroorzaken.' Ik ga naast haar op het gras zitten, leun achterover op mijn ellebogen en kijk naar de ondergaande zon aan de horizon. 'Wil je me nog steeds niet vertellen waarom je het hebt gedaan?'

'Nee.'

'Dan denk ik dat je bij ons blijft.'

'Denk het niet. Ik heb een paar dagen nodig om op krachten te komen, en dan ga ik weer proberen om weg te komen.'

'Bedankt voor de waarschuwing,' zeg ik lachend.

Ze kantelt haar hoofd en kijkt me van onder haar oogleden aan en zegt, 'Of je zou me gewoon kunnen laten gaan?'

'Gaat niet gebeuren. Sorry.'

'Waarom niet?'

'Ik vind het nogal vermakelijk dat je er bent. Vooral met die nutteloze ontsnappingspogingen van je.' Ik ontmoet haar blik, reik met mijn hand naar voren om haar achter haar nek te pakken en leun naar haar toe om in haar oor te fluisteren, 'En ik ben al heel lang niet meer vermaakt geweest.'

Angelina's al grote, donkere ogen worden hoe onmogelijk ook, nog groter, en ik vraag me af wat ze zou doen als ze wist wat voor soort gedachten er op dit moment door mijn hoofd gaan. Zij. Naakt. Onder mijn lichaam gedrukt terwijl ik met al mijn kracht in haar stoot.

Ik beweeg mijn blik van haar ogen naar de zijkant van haar kin. Er is geen geelachtige tint meer te zien. De blauwe plek is verdwenen, waardoor er zachte, genezen huid over is gebleven. Het maakt niet uit, want ik weet nog hoe het eruitzag. Iemand heeft haar geslagen voordat ze bij mij terechtkwam, en om de blauwe plek achter te laten die zo groot was, moest het een zeer harde klap zijn geweest. Het was ongetwijfeld een man die haar heeft geslagen. Het vertrouwde branderige gevoel begint zich in mijn buik te vormen en verspreidt zich dan naar mijn borst. Mijn zicht wordt wazig. Mimi begint ergens achter me te blaffen, maar het geluid lijkt gedempt te zijn.

'Sergei.'

Het voelt alsof ik in een tunnel zit, geïsoleerd van de rest van de wereld. Mijn zicht wordt nog waziger. Ik kan Angelina's gezicht voor me zien, ze zegt iets en de blik in haar ogen lijkt bezorgd te zijn. Ik knipper met mijn ogen in de hoop mijn hoofd op te helderen. Somt werkt dat. Nu werkt het niet.

'Sergei!'

Ik voel kleine handen mijn gezicht vastpakken en lichtjes knijpen. Mijn hand zit nog steeds achter in Angelina's nek. Ik beweeg hem totdat ik haar hartslag onder mijn vingers voel, druk er dan op en concentreer me op het ritme van haar hartslag.

'Gaat het? Sergei!'

Mijn zicht wordt iets scherper en Angelina's gezicht komt weer in beeld. Het gevoel van isolatie verdwijnt.

'Ja,' zeg ik. 'Waarom zou dat niet zo zijn?'

Angelina houdt haar hoofd schuin en kijkt me bezorgd aan.

'Je had die lege blik in je ogen. En je gaf geen antwoord toen ik je naam riep.'

'Ik was gewoon diep in gedachten,' zeg ik en laat haar nek los. 'We moeten terug.'

'Weet je het zeker?'

'Ja.' Ik sta op en ga in de richting van het huis. Gedurende een dozijn aan stappen of zo houdt Angelina mijn snelle tempo bij, maar dan vertraagt ze tot een trage pas. Ik stop om op haar te wachten en als ze me inhaalt, ademt ze moeizaam, dus sla ik mijn arm om haar middel en til haar in mijn armen.

'Dat is niet nodig,' zegt ze, maar ze doet niets om los te komen. Ik negeer haar opmerking, fluit naar Mimi en ga het pad op.

'Vertel me eens, krijgen al je gijzelaars dezelfde behandeling?' vraagt ze even later.

'Dat ik ze ronddraag als ze moe zijn?'

'Yep.' Ze knikt.

'Je bent mijn eerste. Ik ben nog steeds aan het leren.' Ik kijk haar aan. 'Maar jij lijkt een professional te zijn in gijzelnemingen.'

Haar wenkbrauwen schieten omhoog. 'Hoe bedoel je dat?'

'Ik zag je gisteren na de lunch het steakmes de slaapkamer in smokkelen,' zeg ik en voel haar in mijn armen aanspannen. 'Ik heb ook het hakmes gevonden dat je onder het matras bewaart. Albert is nogal precies met zijn favoriete keuken gadget shit. Hij zal gek worden als hij ziet dat het hakmes weg is. Kun je het met het santoku mes omruilen? Die gebruikt hij nooit.'

'Hoe...' Ze staart me aan. 'Waarom...'

'Waarom ik ze niet heb weggehaald?' Ik lach. 'Waarom zou ik? Je hebt nog niets met ze geprobeerd. En ik vind het schattig.'

'Dat ik een hakmes onder het matras bewaar, is... schattig?'

'Heel erg.'

'Je bent raar.'

'Ik ben niet degene die keukengerei in bed bewaart.'

'Het is een wapen!'

Ik stel me voor dat Angelina probeert om iemand met dat ding aan te vallen en ik probeer een lach te onderdrukken, maar het mislukt. Ze zou waarschijnlijk beide handen moeten gebruiken om het op te tillen. Blijkbaar heb ik haar beledigd, omdat ze haar kin naar voren steekt en naar me gnuift.

Ik geniet van de manier waarop Angelina in mijn armen aanvoelt. Als ze zo dichtbij is, dan is ze veilig voor iedereen die haar kwaad wil doen. Als ze me vertelt wie haar pijn heeft gedaan, en dat zal ze uiteindelijk doen, dan zal ik er zo van genieten om ze te doden. Ik zal geen pistool gebruiken. Dat is te snel. Een mes is ook niet goed genoeg. Hmm. Waterboarden? Misschien, als ik een goede plek kan vinden om het te doen. Wurgen? Ja, dat klinkt goed. Net als het afsnijden van hun ledematen. Ik zou een kettingzaag nodig hebben, en verdomme, die shit is luidruchtig. Ik zal er nog eens over nadenken.

'Waar denk je aan?' vraagt Angelina.

'Niets in het bijzonder. Hoezo?'

'Omdat je een zelfvoldane grijns op je gezicht hebt zitten.'

'Oh, ik ben gewoon wat extra activiteiten aan het plannen, dat is alles.'

Hoofdstuk 7

Sergei

Ik parkeer mijn motor aan het einde van een lange rij Harley Davidsons, doe mijn helm af en leun op het stuur om de omgeving te inspecteren. Gebaseerd op de geluiden van gelach en geschreeuw die uit de bar voor me komen, hebben de leden van het Black Wings MC een geweldige tijd. Ik heb Roman verteld dat zaken doen met de MC's rommelig is, maar omdat mijn broer buitengewoon koppig is, stond hij erop dat ik ze zou ontmoeten.

Er is een geluid van een motor die dichterbij komt, hij maakt een zachter geluid dan een motorfiets, en een paar seconden later parkeert een strakke zwarte sedan aan mijn rechterkant. Het lijkt erop dat mijn oppas er is. Na het gedoe met Shevchenko, heeft Roman een van de jongens bevolen om met me mee te gaan naar bijeenkomsten om ervoor te zorgen dat ik me zou gedragen. Vandaag is Pavel aan de beurt.

De bestuurdersdeur gaat open en hij stapt uit. Ik staar

hem een paar seconden aan en barst dan in lachen uit. 'Neem je me in de zeik?'

'Wat is er?' vraagt Pavel en hij kijkt vol afschuw om zich heen.

'Wat er is?' Ik beweeg met mijn hand in zijn algemene richting. 'Je gaat niet in een verdomd driedelig pak naar een motorclub. Ze zullen denken dat we van de verdomde overheid zijn.'

'Oh, en wat had ik dan voor deze bespreking moeten dragen?'

'Een spijkerbroek, Pasha. Je weet toch wat dat is?' Ik denk niet dat ik Pavel ooit in iets anders dan een pak heb gezien.

'Ik heb geen spijkerbroek.' Hij kijkt naar zijn gouden Rolex en knikt naar de bar. 'Laten we dit maar afhandelen.'

Hij heeft geen spijkerbroek. Ik schud mijn hoofd en stap van de motor af. Pavel en ik zijn even oud, maar het voelt alsof hij vijftig is. 'Je had bankier moeten worden,' gnuif ik.

Op het moment dat we naar binnen gaan, draaien alle hoofden in onze richting. Er zijn een paar seconden van uiterste stilte, dan vult een gebrul van gelach de ruimte.

'Verkeerde plek, vriend!' schreeuwt er iemand. 'De bridgeclub is verderop in de straat.'

Er volgt nog meer gelach terwijl we naar de tafel lopen waar de MC-president zit. Er zit een vrouw tussen zijn benen geknield, met haar mond om zijn lul.

'Drake.' Ik knik terwijl ik tegenover hem ga zitten. 'Roman zei dat je een soort samenwerking wilt bespreken.'

Hij stuurt het meisje weg, stopt zijn lul weg, en bekijkt Pavel van top tot teen, die een stoel naast me neemt. Er zitten zeven MC-leden aan de bar, en een stel schaars geklede vrouwen allemaal grinnikend in onze richting te kijken. Pavel negeert ze, leunt achterover in zijn stoel en slaat zijn armen over elkaar.

'Ik bespreek geen dingen met juffrouw Onberispelijk hier.' Drake knikt naar Pavel. 'Ik dacht dat je een serieuze vent was, Belov.'

'Oh, laat het pak je niet misleiden, Drake. Ik wed dat juffrouw Onberispelijk hier' — ik lach — 'elk van je jongens in elkaar kan slaan.'

'Sergei,' zegt Pavel met een ernstige stem.

'Wat? Het is de waarheid.'

'We zijn gekomen om te praten. Niet om te spelen,' moppert hij.

'Oh, de mooiboy wil niet spelen,' brult Drake lachend en draait zich dan naar de ruimte. 'Deze fijne man hier heeft zojuist aangekondigd dat hij elk van jullie aan kan,' schreeuwt hij, met zijn duim naar Pavel wijzend, en de ruimte barst in lachen uit.

Pavel schudt zijn hoofd, tilt zijn hand op en knijpt in zijn slapen. 'Je gedraagt je als een negenjarige, Sergei.'

'Ga je me weer bij papa Roman verklikken?'

'Je hebt onze koper twee uur voor de opening in mijn club afgeslacht. Hij zou er toch wel achter zijn gekomen.'

'Nou, het lijkt erop dat ik deze keer de pakhan zal bellen,' zeg ik lachend en knik naar het midden van de ruimte waar een van de bikers met zijn handen op zijn heupen staat.

'Hé, mooie jongen!' schreeuwt de biker.

Pavel negeert hem en wendt zich tot de president. 'Kunnen we bespreken wat we hier kwamen bespreken? Ik heb werk te doen.'

'Laat je mietjes toe in de Bratva, Belov?' snauwt Drake en leunt dan over de tafel in Pavels gezicht. 'We doen geen zaken met verdomde lafaards. Als je hier shit claimt, dan bewijs je dat!'

Pavel draait zijn hoofd naar me toe om me een geïrriteerde blik te geven, staat dan op en draait zich naar de kale biker die in het midden van de ruimte staat. De man is midden twintig, iets langer dan Pavels één meter negentig en ongeveer veertig kilo zwaarder. Ik grijns, pak de kom met pinda's van de tafel en leun achterover in mijn stoel. Dit gaat leuk worden.

Er barst weer gelach los in de ruimte als Pavel zijn horloge afdoet en methodisch zijn jasje los begint te knopen. Wanneer hij hem echter op de achterkant van zijn stoel legt en de kreukels op de schouders gladstrijkt, wordt de menigte gek. Ze beginnen zelfs te juichen.

Pavel loopt naar de biker en stopt twee passen voor hem. Ze vormen nogal een aanzicht: de biker — in spijkerbroek, met tatoeages, kaal hoofd, en een bikers vest over zijn getatoeëerde

borst. En Pavel — met achterover gekamd haar, perfect geperst, wit overhemd en zwart vest.

Drake lacht. 'Ik hoop dat je pakhan het niet erg vindt dat hij doodgaat.'

'Helemaal niet.' Ik gooi een pinda in mijn mond. 'Maar hij zegt dat dat soort shit slecht is voor de zaken.' Ik neem nog een handvol pinda's en dan schreeuw ik. 'Pasha! Probeer hem niet te doden. Papa zal boos worden.'

De biker kiest dat moment om met zijn vuist te zwaaien. Zijn gezicht staat vol zelfvertrouwen. Hij denkt duidelijk dat hij Pavel met één klap uit kan schakelen. Pavel duikt weg. De verwarde blik van de biker is onbetaalbaar. Pavel slaat hem in zijn buik en de grote man wankelt achteruit. Ik lach hardop. De biker probeert zich nog steeds te oriënteren wanneer Pavel een perfecte achterwaartse trap uitvoert. De hak van Pavels schoen van twaalfhonderd dollar raakt de zijkant van het hoofd van de eikel. De man valt bewusteloos op de grond.

Het gelach sterft weg, en wordt vervangen door geroezemoes.

'Man, ik ben dol op die move,' mompel ik met mijn mond vol en wend me tot Drake. 'Kunnen we het nu over drugszaken hebben?'

De president staart me aan met zijn lippen in een dunne lijn geperst. 'Jij stuk stront.'

'Wat?' Ik steek een sigaret op en neem een flinke trek. 'Pasha heeft toen hij jong was bij ondergrondse vechtclubs gezeten. Ik heb toch gezegd dat hij elk van je mannen aankon.'

Het lage gerommel van stemmen houdt op, en er blijft absolute stilte over.

'Je bent naar mijn zaak gekomen om me voor gek te zetten, Belov?' snauwt hij. 'Was dat je plan?'

'Nee, Drake. Mijn plan was om te zien hoe serieus je bent over zaken doen. En op basis van wat er net is gebeurd, lijk je meer geïnteresseerd te zijn in vechten dan in samenwerken.' Ik druk de sigaret uit en vouw mijn hand om een halfvol glas whisky op tafel. 'Het maakt me echt kwaad als mensen mijn tijd verspillen.'

Ik gooi de drank op zijn borst, ontsteek de Zippo die ik nog steeds vasthoud, en gooi het naar hem toe.

Drake brult, springt uit de stoel en slaat om zich heen terwijl vlammen aan zijn kleren en huid likken. Ik laat me op de grond vallen, rol naar het einde van de bar aan mijn rechterhand en hurk. Het geluid van geschreeuw en gegil van vrouwen vult de kamer. Twee van de bikers rennen naar de president en dragen jassen, klaar om de vlammen te doven.

De rest grijpt al naar hun wapens. Ik haal het pistool uit de holster aan mijn enkel, strek me en schiet drie van de bikers neer, en duik dan weer naar beneden. Als ik weer opsta, schiet ik er nog twee neer.

De groep vrouwen verstopt zich gillend onder de tafel in de hoek. Er is geen teken van Pavel te bekennen. Zijn horloge en jas liggen niet meer op tafel. Ik verlaat mijn dekking, schiet de laatste twee mannen neer die proberen de vlammen te doven, loop dan door de ruimte en schiet elk van de gevallen bikers een gat in het midden van hun voorhoofd. Ga er nooit vanuit dat iemand zijn laatste adem heeft gelaten, als zijn hoofd niet vol zit met gaten. Dat is mijn motto. Het rijmt zelfs.

Als ik de bar verlaat, zie ik Pavel met zijn handen in zijn zakken op de motorkap van zijn zwarte sedan leunen.

'Dat was onbeleefd,' zeg ik en pak mijn helm.

'Wat het was, is jouw blunder. Dus, jij had degene moeten zijn die het moest afhandelen.'

'Nee. Het was vooruit denken. Ze zouden zich op enig moment tegen ons gekeerd hebben. Drake reikte al naar zijn pistool toen ik hem roosterde.'

'Ik weet zeker dat Roman je vooruitziende blik zal waarderen,' zegt Pavel terwijl hij in zijn auto stapt.

'Natuurlijk zal hij dat.'

Gebaseerd op de doodsbedreigingen die Roman me geeft als ik hem een uur later bel, doet hij dat niet. Mijn broer is ongelofelijk ondankbaar.

Hoofdstuk 8

Angelina

Ik verlaat mijn kamer, of beter gezegd, mijn cel. Mimi volgt me terwijl ik naar beneden ga om te zien of er in de keuken iets te eten is.

Na zes dagen in Sergei's huis door te hebben gebracht, en nog twee mislukte ontsnappingspogingen, concludeer ik dat ik zal moeten wachten tot ik buiten ben om het opnieuw te proberen. Met alarmen en externe sloten op elke raam en deur, en Mimi die me non-stop volgt, leg ik me erbij neer dat ik niet kan ontsnappen. Felix moet mijn gedachtegang geraden hebben, omdat hij me gisterochtend heeft verteld dat ik alleen door het huis mag lopen. Waarschijnlijk omdat de Kerberos me constant op de hielen zit.

Sergei is niet veel aanwezig geweest. Van wat ik hoorde toen hij aan de telefoon was, heeft de Bratva wat problemen met de Italianen gehad, en moest hij invallen voor mannen die bij een magazijnbrand gewond waren geraakt. Ik begreep niet alle details. Hoe dan ook, mis ik het om hem te zien. Ben ik misschien het Stockholm syndroom aan het ontwikkelen?

Beneden draai ik me naar de keuken, met Mimi die achter me aan loopt, maar een geluid uit de woonkamer laat me stoppen waar ik ben en ik draai mijn hoofd om. Alle lichten behalve de lamp bij de voordeur zijn uit, dus het duurt een paar seconden voordat ik Sergei opmerk. Hij staat bij de bank met zijn rug naar me gekeerd en kijkt naar iets op de muur tegenover hem.

'Hé, cipier,' zeg ik en ga naar hem toe.

Hij antwoordt niet, blijft voor zich uit staren en tilt zijn rechterarm op. Een seconde later hoor ik een dreun. Ik volg zijn blik, en het kost me even om me op een smalle houten plank met een horizontale witte streep te focussen. Het is vergelijkbaar met die op de muur in de kamer waar ik slaap. Het licht is vaag, maar ik zie verschillende messen in een perfecte rechte lijn langs de streep in het bord zitten. Sergei heft zijn arm weer op, houdt een ander klein mes vast en gooit het weg. Het raakt het bord vlak naast zijn voorgangers en breidt de formatie uit.

Mijn ogen worden groot. 'Wauw. Dat is... indrukwekkend.'

'Dank je,' zegt Sergei met een afstandelijke stem waardoor ik naar hem opkijk.

Hij staat helemaal stil. Te stil. Net als die avond dat hij zich zorgen maakte over z'n vriend die neergeschoten was. Ik kan in het donker zijn ogen niet zien, maar als ik dat kon, dan ben ik er vrij zeker van dat ze net als toen ook niet zo gefocust zouden zijn.

'Sergei? Gaat het?'

'Ja.'

Hij klinkt niet goed.

Ik zou deze gelegenheid moeten gebruiken om te vluchten. Mimi is me naar beneden gevolgd, maar toen ze Sergei zag, is ze verdwenen. Felix is er niet. En in Sergei's huidige staat, is het mogelijk dat hij me niet zou volgen als ik probeer te vertrekken. Het is nu of nooit.

Ik doe een stap achteruit, draai me om en ga naar de deur. Hij volgt me niet. Slechts tien stappen scheiden me van mogelijke vrijheid. Ik draag een pyjama en mijn voeten zijn bloot, maar ik kan het niet riskeren om terug naar boven te gaan om schoenen te pakken. Zes stappen. Vijf. Hij is in orde, hij komt er zelf wel uit. Drie stappen. Ik moet aan mezelf denken. Zo'n kans krijg ik niet meer. Eén stap. Ik stop voor de deur en werp een blik over mijn schouder. Sergei staat nog steeds op dezelfde plek. Ik pak de knop.

'Fuck,' mompel ik, draai me om en ga terug.

Voorzichtig reik ik naar voren en leg mijn hand op Sergei's onderarm.

'Hé,' zeg ik en knijp zachtjes in hem. 'Kun je naar me kijken?'

Hij ademt uit, buigt zijn hoofd en kijkt naar beneden, maar ik kan zijn ogen nog steeds niet zo goed zien.

'Uhm... kun je die wegleggen?' Ik knik naar zijn linkerhand waar hij nog steeds twee messen vasthoudt.

Hij opent zijn vingers en de messen vallen op de grond. Mooi. Wat moet ik nu doen? Hij lijkt nog steeds niet helemaal hier aanwezig te zijn.

'Wat vind je van mijn pyjama? Ik had niet verwacht dat je een liefhebber van babypanda's was.'

Mijn idiote vraag is wat eindelijk zijn aandacht trekt. Hij laat zijn blik zakken om mijn lichaam te scannen en kijkt dan weer omhoog. ‘Hij is verschrikkelijk.’

‘Jij hebt hem gekocht,’ zeg ik grijnzend.

‘De verkoopster heeft hem uitgekozen. Ze heeft een slechte smaak.’

‘Ik vind hem leuk.’

‘Geloof me, dat is hij niet.’

Ik verwacht dat hij na die uitspraak begint te lachen, maar hij blijft daar maar staan. Ik vind het niet prettig hoe hij nu is. Ik til mijn hand op, leg mijn vingertop op de brug van zijn neus en trek er langzaam een lijn langs en voel een paar ribbels onder zijn huid. Het is de enige onvolmaaktheid op zijn onmogelijk knappe gezicht. ‘Hoe vaak heb je je neus gebroken?’

‘Vier keer.’

‘Hou je van bargevechten?’

‘Nee. Het is tijdens mijn training gebeurd.’

‘Wat voor soort training?’

‘Daar kan ik niet over praten.’

Het is vreemd hoe hij het gesprek gaande kan houden terwijl hij niet volledig aanwezig is. Tenminste, ik ben er vrij zeker van dat dat is wat er gebeurt. Het lijkt erop dat hij hier is, maar tegelijkertijd is hij er niet.

Ik strek mijn hand uit en leg mijn hand op zijn borst. ‘Bedankt dat je kleding voor me hebt gekocht. Me te eten geeft. Mijn haar hebt gewassen.’ Ik laat mijn handpalm naar boven glijden tot hij zijn gezicht bereikt, dat nog steeds uit harde lijnen bestaat. ‘Bedankt dat je mijn leven hebt gered, Sergei.’

Hij schudt zijn hoofd en kijkt me in de ogen. ‘Varya

heeft je gewassen. Romans huishoudster. Ik vond dat het niet gepast zou zijn om je naakt te zien,' zegt hij, zijn stem klinkt bijna normaal. 'Ik heb je alleen naar de badkamer gedragen en weer naar buiten toen ze klaar was.'

'Dat was attent van je.' Ik neem zijn rechterhand in de mijne. 'Ik heb honger. Zullen we een broodje voor me maken?'

'Wat jij wil.' Sergei knippert een keer, maar het is alsof zijn oogleden in slow-motion bewegen. Dan zakken zijn schouders een heel klein beetje.

Hij is terug. Ik slaak een zucht en draaide me naar de keuken, maar stop. Felix staat bij de voordeur, naar ons te kijken. Het licht van de lamp aan zijn linkerkant verlicht hem en laat een uitdrukking van totale verwarring vermengd met verrassing zien. Sergei's lichaam verstijft achter me. Het duurt maar een seconde. Hij springt dan naar Felix toe, slaat zijn rechterhand om de hals van de oude man en drukt hem tegen de deur. Ik snak naar adem en staar in shock naar Sergei. Felix beweegt geen spier, en probeert zichzelf niet te bevrijden. Hij blijft volkomen stilstaan met zijn rug tegen de deur gedrukt en Sergei's enorme hand om zijn hals, alsof dit eerder is gebeurd.

Ik zet een stap naar voren, maar dan steekt Felix zijn hand lichtjes op en geeft me het signaal om uit de buurt te blijven.

'Sergei?' zeg ik zachtjes.

Niets. Hij kantelt zijn hoofd naar de zijkant en staart Felix aan alsof hij besluit hoe hij hem af moet maken. Er klinkt een laag gejammer van mijn rechterkant. Zonder mijn ogen van Sergei af te wenden, zet ik twee stappen opzij en pak Mimi bij haar halsband, zodat ze zich er niet mee kan bemoeien.

'Sergei?' roep ik opnieuw, luider deze keer, en zucht van opluchting als hij zijn hoofd draait.

Nu er meer licht is, kan ik zien dat zijn ogen nog steeds een beetje ongefocust zijn. Ik had het eerder mis. Hij is niet helemaal hier. Ik werp een snelle blik op Felix. Onze ogen ontmoeten elkaar en hij knikt nauwelijks.

'Kom op, grote jongen. Je hebt me een broodje beloofd. Ik moet nog minstens vijf kilo aankomen om er weer als een mens uit te zien.' Ik glimlach een beetje en strek mijn hand naar Sergei uit. 'Ik weet niet waar je het brood bewaart. Alsjeblieft?'

Langzaam haalt Sergei zijn vingers van Felix zijn hals en draait zich om.

'Je mist veel meer dan vijf kilo,' zegt hij. Hij komt naar me toe, pakt mijn hand en sleept me de keuken in, terwijl Mimi ons volgt.

'Ham of kaas?' Hij opent de koelkast en begint het eten te pakken, zijn stem en gedrag zijn volkomen normaal.

'Allebei. En veel ketchup.'

'Dat is walgelijk,' zegt hij en kijkt naar Felix, die nu bij de eettafel staat. 'Hebben we ketchup?'

'Geen idee.' Felix haalt zijn schouders op, gaat naar de kast en begint borden te pakken alsof er een minuut geleden niets vreemds is gebeurd. 'Misschien in de voorraadkast?'

'Ik zal eens kijken.'

Sergei verlaat de keuken en zodra hij weg is, wend ik me tot Felix. 'Gaat het?'

'Yep. Hoezo?'

Hoezo? Meent hij dat nou? 'Omdat Sergei je bijna had gewurgd.'

'Hij was me niet aan het wurgen. Als hij me wilde vermoorden, dan zou hij mijn nek hebben gebroken.' Hij draait zich om en kijkt me aan. 'Ik denk dat hij me bij jou vandaan hield.'

'Dat slaat nergens op.'

'Had hij een aanval toen je hem vond?'

'Een aanval? Bedoel je dat hij niet in het hier-en-nu aanwezig was?'

'Ja.'

'Ik denk het wel. Hij reageerde eerst niet, maar toen was hij weer helder.'

'Hoeveel tijd is er verstreken?'

'Ik weet het niet. Enkele minuten. Ik vroeg hem om de messen neer te leggen — hij was ze tegen de muur aan het gooien toen ik binnenkwam — en toen vroeg ik wat onzin over mijn pyjama. Ik heb nog wat gepraat en kort daarna was hij weer helder.'

Felix staart me zonder te knipperen aan. 'Liet hij je zijn messen afnemen?'

'Nou, hij liet ze op de grond vallen.'

Er naderen voetstappen en ik kijk omhoog en zie Sergei met een blik tomatensaus binnenkomen.

'Ik heb alleen dit gevonden,' zegt hij en wendt zich dan tot Felix. 'We hebben bijna geen aardappelen meer.'

'Ik zal morgen een bestelling plaatsen bij de winkel,' zegt Felix terwijl hij de borden op tafel zet. 'Stuur me een bericht als jullie nog iets nodig hebben. Ik ga naar bed.'

Ik volg Felix met mijn blik terwijl hij naar de voordeur loopt, maar voordat hij vertrekt, werpt hij een snelle blik over zijn schouder in mijn richting. Het is nogal een vreemde blik. Serieus en berekenend, en zo heel anders dan zijn gebruikelijke nonchalante houding. En ik realiseer me dat ik niet de enige onder dit dak ben die dingen verbergt.

Felix

Zodra ik het huis uit ben, pak ik mijn telefoon en bel Roman Petrov. Hij neemt na één keer overgaan op.

'Wat is er gebeurd?'

'Je moet met het Sandoval-meisje praten,' zeg ik.

'Waarover?'

'We willen dat ze opbiecht waarom ze hier is. Als ze een spion is die bij ons terecht is gekomen, dan moeten we dat weten. En ze moet zo ver mogelijk bij Sergei vandaan gestuurd worden.'

'En als dat niet zo is?'

Ik kijk naar het huis achter me. 'Als dat niet zo is, dan moet je haar overtuigen om te blijven.'

'Waar blijven?'

'Hier. Bij Sergei. Tenminste voor een tijdje.'

'Hoe moet ik haar in godsnaam overtuigen om te blijven? Waarom zou ze bij Sergei willen blijven? Neuken ze?'

'Nee, dat denk ik niet.'

'Wat is er in godsnaam aan de hand, Felix?'

Ik stop voor de garage en kijk omhoog naar de donkere hemel. 'Het gaat niet zo goed met je broer.' Ik haal diep adem. 'Hij is de afgelopen maanden vaker de weg kwijtgeraakt en hij slaapt nauwelijks. Het is sinds een paar weken geleden erger geworden.'

'En dat vertel je me nu pas?'

'Je had genoeg aan je hoofd.'

'We hadden een afspraak, Felix. Je had het me moeten vertellen op het moment dat hij erger werd. Ik heb hem in godsnaam het veld in gestuurd!'

'Ik dacht dat het zou kunnen helpen!' snauw ik.

'Dat was duidelijk niet het geval! Heeft hij je verteld dat hij maandag Shevchenko heeft vermoord?'

'Wat? Nee.'

'Hoe slecht is hij er nu aan toe?'

'Tot vorige week was het echt erg. Maar het lijkt erop dat hij beter wordt sinds het Sandoval-meisje is gekomen.'

'Leg uit.'

'Ze kwam hem tegen terwijl hij midden in een aanval zat. Twee keer.'

'Jezus fuck. Heeft hij haar pijn gedaan?'

'Nee. Ze is er op de een of andere manier in geslaagd om hem beide keren te kalmeren.'

'Hoe?'

'Ik heb geen idee. Ze zei dat ze het over haar pyjama had.'

'Ze had het over een pyjama?'

'Ja.'

Roman lacht. 'Nou, dat moet een geweldige pyjama zijn geweest.'

'Hij was bedekt met panda's, Roman. Hoe dan ook, je moet met haar praten. Als ze Sergei kan helpen, dan moeten we haar hier houden.'

'Heb je onlangs nog tijd doorgebracht met Maxim?'

'Nee. Hoezo?'

'Omdat hij meestal degene is met gekke ideeën.' Er vallen een paar seconden stilte voordat hij verder gaat, 'Oké. Ik zal Sergei morgen bellen en tegen hem zeggen dat hij zijn kartelprinses naar het landhuis moet brengen. En ze kan maar beter geen spion zijn.'

'Wat ben je van plan met haar te doen als ze dat wel is?'

'Haar ter plekke doden, Felix.'

Hoofdstuk 9

Angelina

Ik ga de woonkamer binnen en ga naar de bank, met de bedoeling om even tv te kijken, als ik een stapel messen op tafel zie liggen. Zou Sergei het merken als ik er een wegnam? Waarschijnlijk wel, en ik heb nog steeds het hakmes en het steakmes. Hij heeft ze niet in beslag genomen. Ik ben er vrij zeker van dat hij vanmorgen heeft gezien dat ik de schaar in mijn zak stopte, maar hij zei niets. Het lijkt er niet op dat Sergei denkt dat ik een bedreiging ben.

Ik heb er geen probleem mee om geweld te gebruiken om mezelf te verdedigen, maar er is hier niets om mezelf tegen te verdedigen. Afgezien van het feit dat ik niet mag vertrekken, ben ik de hele tijd als een gast behandeld. Ik weet niet waarom ik de wapens blijf opstapelen.

Als de zending door een van de rivaliserende Mexicaanse kartels was onderschept, en ze me in die vrachtwagen hadden gevonden, dan zou ik waarschijnlijk meerdere keren zijn verkracht — en dan verkocht. Er loopt een rilling over mijn rug als ik eraan denk.

Ik pak een van de messen, houd hem voor mijn gezicht, en inspecteer de slanke vorm. Het lijkt niet op een gewoon mes. Er is geen standaard handvat, en het lijkt erop dat het hele ding van een enkel stuk metaal is gemaakt. Gebaseerd op zijn uiterlijk, had ik verwacht dat het lichter zou zijn. Ik draai me naar de op de muur gemonteerde houten plank, waar nog een paar messen in zitten, en loop door de kamer om het van dichtbij te inspecteren.

Er zitten langs de witte streep zes messen in het bord. Ze zijn zo gelijkmatig verdeeld, dat het lijkt alsof Sergei een verdomde liniaal heeft gebruikt om zich van hun exacte plaatsing te verzekeren. Ik kijk over mijn schouder en probeer de afstand tussen het bord en de plek bij de bank te berekenen waar ik hem gisteravond vond. Meer dan zes meter. Mijn blik gaat terug naar de perfect uitgelijnde messen. Hoe is dat überhaupt mogelijk? Er was nauwelijks licht in de kamer. Ik zet een paar stappen achteruit en vernauw mijn ogen naar de witte streep.

'Je staat te dichtbij,' zegt een diepe stem van achter me. Bij de volgende ademhaling slaat Sergei zijn arm om mijn middel en trekt me naar achteren.

'Zou het niet makkelijker zijn als ik dichterbij sta?' vraag ik terwijl mijn hartslag omhooggaat als hij mijn rug tegen zijn lichaam drukt.

'Nee. Je hebt meer afstand nodig, zodat je goed kunt gooien.' De arm om mijn middel wordt iets strakker en ik sluit mijn ogen en geniet van het gevoel van zijn vingers die langs mijn arm naar beneden lopen totdat hij mijn hand bereikt en het mes pakt. 'Je begint hier.' Hij tilt zijn hand op die het mes vasthoudt en demonstreert langzaam de beweging om te gooien. 'Eén vloeiende beweging. En dan laat je hem gewoon los. Niet met je pols bewegen.'

Sergei laat het mes los en het zet zichzelf in de plank vast, direct naast de vorige.

'Waar worden die eigenlijk voor gebruikt? Kun je hiermee iemand doden?'

'In theorie, ja,' zegt hij, nog steeds van achter me, en pakt dan een ander mes. 'In werkelijkheid is het te veel moeite. Je moet de afstand berekenen, zodat het mes zijn rotatie voltooit net voordat hij het doel raakt.'

Hij tilt zijn hand op, zwaait en gooit opnieuw. Weer een perfecte hit.

'Als je buiten bent, moet je ook rekening houden met de wind. En als het doelwit beweegt, dan raak je ze waarschijnlijk met een rand in plaats van met de punt. Zelfs als je ze raakt, zal het in de meeste gevallen niet dodelijk zijn. Het is veel gemakkelijker om ze te benaderen en neer te steken.'

'Waarom doe je het dan? Waarom zou je oefenen als het zinloos is?'

'Het ontspant me.' Hij laat zijn hoofd zakken en gaat met de huid van zijn wang langs die van mij. 'Wil je het proberen?'

'Ja,' fluister ik, maar het feit is dat ik niet geïnteresseerd ben in het oefenen van meswerpen.

Zijn arm verdwijnt om mijn middel. 'We kunnen het morgen doen als je wilt.'

'Wat jij wil,' zeg ik om het verlies van zijn nabijheid rouwend.

'We moeten gaan. De pakhan wil met je praten.'

Ik draai me op mijn hiel om en staar naar Sergei, in een poging om de paniek in mijn buik te beheersen.

'Waarom zou je baas met me willen praten?'

'Geen idee.' Hij haalt zijn schouders op.

'Moet ik echt gaan?'

'Je kunt de pakhan van de Bratva niet negeren als hij je oproept voor een bespreking.' De hoek van zijn mond komt iets omhoog. 'Tenzij je iets heel ergs verbergt.'

'Natuurlijk niet.' Ik doe alsof ik onverschillig ben. 'Wat moet ik aantrekken?'

'Dat is goed genoeg.' Hij knikt naar mijn jeans en T-shirt. 'Maar neem een hoodie mee en geen teenslippers.'

'Het is buiten tweeëndertig graden.'

'Je zult het koud krijgen op de motor.'

Ik trek mijn wenkbrauwen op en lach. 'Ik ga niet op dat ding zitten.'

'Waarom niet?'

'Ik hou mijn lichaam graag in één geheel, heel erg bedankt. Kunnen we met de auto gaan?'

Hij vernauwt zijn ogen naar me, legt een vinger onder mijn kin en kantelt mijn hoofd omhoog. 'Ik zou je nooit in gevaar brengen.' Hij streelt met zijn duim over mijn kin, en in plaats van weg te trekken, moet ik tegen de behoefte vechten om naar hem toe te leunen. 'Als je bang bent om met mij op de motor te gaan, dan nemen we de auto. Maar ik wil je graag meenemen voor een ritje op mijn motor.'

Ik kijk in zijn ogen, licht en helder, zo verschillend van hoe ze gisteravond stonden. Waar gaat zijn geest heen als hij uitzoomt? Het kan geen mooie plek zijn.

'Beloof je me dat je me niet van dat ding laat vallen?'

'Ik beloof het.' Hij gaat met zijn duim over mijn onderlip. 'Ik wacht buiten op je.'

Ik staar naar de deur waar hij net doorheen ging en vraag me af waarom zijn nabijheid me zo raakt. Zeggen dat Sergei er goed uitziet, zou een understatement zijn. Maar toch, hij houdt me in zijn huis gevangen. Ik zou me niet tot hem aangetrokken moeten voelen. Juist het tegenovergestelde. Ik schud mijn hoofd en ren naar boven naar de slaapkamer om een paar sokken en sneakers te pakken, mijn hoodie van de fauteuil te pakken en ga dan terug naar beneden.

Ik zie de enorme rode motor op de oprit voor me geparkeerd staan en sla mijn armen om me heen. Nee. Gaat niet gebeuren. Ik hou niet eens van fietsen. Het idee van een voertuig dat op slechts twee wielen rijdt, is me nooit goed bevallen.

Sergei gaat naar de motor, gooit er een been overheen, trapt de standaard omhoog en gaat zitten. 'Spring erop.'

Het past bij hem. De motor. Ik vraag me af hoe hij eruitziet als hij naar een bespreking gaat. Draagt hij dan een pak? Ik kan me hem moeilijk in een pantalon en een jas voorstellen. Of dat hij een stropdas zou dragen.

'Nerveus?' Hij lacht naar me en een aangename warmte spoelt over mijn lichaam. De behoefte om dicht bij hem te zijn overheerst mijn drang om het op een lopen te zetten.

'Nee,' zeg ik. Ik haal diep adem, sluit de afstand tussen mij en dat ding en klim er achter hem op.

'Hier,' zegt hij en geeft me een rode helm.

Ik kijk ernaar en doe hem dan over mijn hoofd. Ik voel me net een reuzenmier.

'Armen om mijn middel en hou je goed vast. We zullen het rustig aan doen. Als je wilt dat ik stop, knijp dan twee keer en dan stop ik meteen. Oké?'

Ik leun naar voren, plak mezelf tegen zijn rug aan en sla mijn armen om hem heen, waarbij ik zijn keiharde buikspieren onder mijn handpalmen voel. Sergei zet zijn helm op en start de motor, en zodra de motor tot leven komt, duw ik mezelf nog meer tegen zijn rug aan.

Eerst kan ik nergens anders aan denken dan mijn armen in een strakke greep rond Sergei vast te houden, maar na een tijdje vind ik genoeg moed om mijn ogen te openen en over zijn schouder te kijken. Het valt best mee. Terwijl hij blijft rijden, overtreft opwinding mijn angst. Ik ben nog nooit in extreme sporten geïnteresseerd geweest, omdat ik thuis genoeg opwinding had met alle invalpogingen en willekeurige schietpartijen rond het complex, maar dit… Ik zou hier wel aan kunnen wennen. Maar meer dan door de sensatie van de rit, ben ik beïnvloed door Sergei's nabijheid. Het voelt goed om op deze manier tegen zijn enorme lichaam aan te zitten, en zonder dat ik dat echt van plan ben, voel ik mezelf nog meer tegen hem aan leunen. Ik wou dat ik de helm niet op had, zodat ik mijn wang tegen zijn brede rug kon drukken.

Ik weet niet zeker hoeveel tijd er verstrijkt, zeker niet meer dan een half uur, als Sergei een zijweg neemt die lichtjes bergop gaat naar het landgoed dat zichtbaar wordt door het ijzeren hek. Hij stopt bij de poort, doet zijn helm af en knikt naar de bewaker. Nadat we gepasseerd zijn, rijdt hij een minuut of zo en stopt dan voor een enorm, wit landhuis dat door netjes gemaaid gras omringd is.

Sergei helpt me van de motor af te komen en ik heb een paar seconden nodig om aan de vaste grond onder mijn voeten te wennen.

'Alles goed?' vraagt hij nadat hij mijn helm heeft afgedaan.

'Beter dan verwacht,' zeg ik en grijns.

'Betekent dat dat je het leuk vond?'

'Misschien.'

Sergei reikt naar een haarlok die uit mijn korte

paardenstaart is gevallen en haakt hem achter mijn oor. Hij legt zijn handpalm op mijn wang en hij kantelt mijn hoofd omhoog zodat hij in mijn ogen kan kijken. Er gaat een opgewonden rilling door mijn lichaam en ik merk dat ik naar voren leun, met mijn blik op zijn lippen gericht. Ik vraag me af hoe het zou zijn, die harde lippen tegen de mijne gedrukt te voelen. Een bewaker opent de voordeur en brengt me terug naar de realiteit.

‘Hoe eerder we dit achter de rug hebben, hoe beter,’ mompel ik en doe een aarzelende stap achteruit. Sergei’s hand valt van mijn gezicht.

‘Oké.’ Hij knikt en leidt de trap op naar de deur van het landhuis.

We gaan het landhuis binnen en steken de grote foyer over en draaien dan naar links. Helemaal aan het einde van de lange gang klopt Sergei op de deur aan het einde en stappen we naar binnen. Ik doe mijn best om mijn uitdrukking neutraal te houden, en mijn lichaam ontspannen, terwijl ik in werkelijkheid, een brok zenuwen ben die klaar is om te ontploffen.

Roman Petrov, de pakhan van de Bratva, zit nonchalant achter het bureau aan de andere kant van de kamer en volgt me met zijn ogen. Hij draagt een op maat gemaakt overhemd, dezelfde tint als zijn inktzwarte haar, met de mouwen tot aan zijn ellebogen opgerold.

Er is een nauwelijks zichtbare glimlach op zijn gezicht, en ik heb geen *Pakhan voor Dummies* handleiding nodig om te weten dat het geen goed teken is.

‘Sergei,’ zegt hij zonder zijn ogen van me af te wenden. ‘Ik zou graag alleen met onze gast willen praten, alsjeblieft.’

Sergei legt zijn hand op mijn bovenarm. ‘Vind je dat goed?’

Ha, alsof ik een keuze heb. ‘Tuurlijk,’ zeg ik glimlachend.

Sergei knikt, wendt zich dan tot Roman en wijst met een vinger naar hem. 'Maak haar niet bang,' zegt hij, gaat dan weg en sluit de deur achter hem.

Petrov kijkt naar me en de kwaadaardige glimlach op zijn gezicht wordt een beetje breder.

'Leuk om je eindelijk te ontmoeten, juffrouw Sandoval,' zegt hij. 'Ga alsjeblieft zitten.'

Mijn benen voelen alsof ze in cement vastzitten terwijl ik een paar stappen in de richting van de stoel tegenover hem zet en er op plof.

'U wilde me spreken, meneer Petrov?' vraag ik.

'Ik wil dat je begint te praten.'

Ik zucht en sluit mijn ogen voor een seconde. Niemand bij zijn volle verstand zou tegen de leider van de Russische maffia liegen. 'Wat wilt u weten?'

'Laten we beginnen met hoe je verdomme in een Italiaanse drugslading terecht bent gekomen.'

'Het was de enige manier om weg te komen van Diego Rivera,' zeg ik.

'Wat heeft Diego ermee te maken?'

'Twee weken geleden is hij naar ons complex gekomen onder het voorwendsel om zaken te doen met mijn vader. Ze waren al jarenlang partners, dus het was niet ongewoon, en niemand vermoedde iets, ook al kwam hij met meer mannen dan normaal. Mijn vader nam hem mee naar zijn kantoor. Kort daarna hoorden we schoten.'

Petrov leunt naar voren, de verbazing is duidelijk zichtbaar op zijn gezicht. 'Heeft Diego Manny vermoord? Ik dacht dat het de politie was die hem had vermoord.'

'Dat is het verhaal dat Diego aan iedereen heeft verteld.'

'Het spijt me van je vader. We hadden niet de beste verstandhouding, maar ik respecteerde hem.'

'Dank u.'

'Dus, Diego besloot om de zaken van je vader over te nemen, neem ik aan.'

'Ja. En hij concludeerde dat het gemakkelijker zou zijn voor de mannen en metgezellen van mijn vader als ik met hem getrouwd zou zijn.'

'Natuurlijk vond hij dat. Dus, hoe ben je op die vrachtwagen terechtgekomen?'

'Diego zou als cadeau een van de meisjes met de zending meesturen,' zeg ik, 'ik heb haar plaats ingenomen.'

Petrov kantelt zijn hoofd naar de zijkant en leunt dan achterover. 'Oké, laten we zeggen dat ik dat verhaal geloof. Waarom loog je toen Sergei vroeg wie je bent en wat er is gebeurd?'

'Jullie zijn partners van Diego. Als jullie wisten wie ik was en dat hij waarschijnlijk naar me op zoek was, dan hadden jullie me teruggestuurd.' Ik hou hem vast met mijn blik. 'Ik sterf liever dan terug te gaan en met het varken te trouwen die mijn vader heeft vermoord.'

'Dus, wat was je plan?'

'Die was er niet. Mijn belangrijkste doel was om Mexico te verlaten en naar de VS te gaan. Ik heb hier vrienden die me hadden kunnen helpen. Ik was van plan om contact op te nemen met een van de partners van mijn vader om me bij het verkrijgen van documenten te helpen, zodat ik toegang kan krijgen tot mijn rekeningen en vervolgens zo ver mogelijk weg zou kunnen komen.'

'Welke partner?'

'Liam O'Neil.'

'Ik denk niet dat het een goed idee is om Liam O'Neil om hulp te vragen, juffrouw Sandoval.'

'Waarom niet?'

'Omdat uit de informatie die ik heb, blijkt dat Liam en Diego zijn gaan samenwerken.'

Ik vloek vanbinnen. Daar gaat mijn plan om de documenten te krijgen. Wat moet ik nu doen?

Petrov kijkt me door samengeknepen ogen aan en vraagt zich waarschijnlijk af wat hij met me aan moet.

'Ik heb een voorstel voor je,' zegt hij tenslotte.

'Wat voor voorstel?'

'Ik heb je hulp met iets nodig. Jij helpt mij, en ik bezorg je de documenten en alles wat je nodig hebt, en zorg er dan voor dat Diego je nooit zal vinden.'

'En als ik weiger?'

'Dan bind ik je vast met een strik en stuur ik je terug naar Mexico.'

'Dus, u chanteert me?'

'Yep. Het heeft in het verleden goed voor me gewerkt.' Hij lacht. 'Ik heb mijn vrouw gechanteerd om met me te trouwen. Twee keer.'

Die arme vrouw. Hij houdt haar waarschijnlijk ergens in het huis vastgebonden in een kamer. Klootzak.

'Wat wilt u dat ik doe?'

'Niets bijzonders.' Hij haalt zijn schouders op. 'Blijf voor de komende paar maanden gewoon waar je bent. Laten we er zes maanden van maken, dat is mijn favoriete chantageperiode.'

Ik staar hem aan. 'Sorry, ik begrijp het niet.'

'Ik wil dat je bij Sergei blijft en blijft doen wat je tot nu toe hebt gedaan.'

'Ik deed niets anders dan slapen, eten en door het huis dwalen.'

'Daar heb je het.' Petrov glimlacht. 'Dat klinkt niet moeilijk, toch? Zie het als een geïmproviseerde vakantie.'

'Dat is bespottelijk. Waarom zou u willen dat ik daar blijf en niets doe?'

'Omdat mijn broer een onverwacht positieve reactie op jouw aanwezigheid lijkt te hebben.'

'Uw broer?'

'Sergei is mijn halfbroer.'

Ik bekijk hem van top tot teen. Ze lijken op het eerste gezicht niet op elkaar, maar nu hij het zegt, zie ik de gelijkenis in de lijnen van zijn gezicht. De scherpe jukbeenderen, de kaaklijn, de bouw.

'Wilt u dat ik therapiehond speel voor Sergei?' vraag ik, ongelovig.

'Ja!' Hij slaat lachend met zijn handpalm op de tafel voor hem. 'Een therapiehond. Ik had het zelf niet beter kunnen zeggen.'

'Dat is... belachelijk.'

'Felix denkt van niet. Hij zegt dat je erin geslaagd bent om Sergei uit zijn aanvallen te halen. Twee keer.'

'Ik heb niks gedaan. Ik heb alleen wat onzin uitgekraamd. Iedereen kan dat.'

'Weet je wat er de laatste keer is gebeurd dat iemand Sergei benaderde terwijl hij in die toestand was, juffrouw Sandoval? De man heeft een maand lang op de IC gelegen.' Hij staat op, pakt de stok die tegen het bureau staat en komt voor me staan. 'Jij helpt mijn broer, en ik help jou.'

'Of ik word teruggestuurd naar Diego?'

‘Met een strik.’ Zijn lippen verbreden zich in een kwaadaardige glimlach.

‘Het is niet alsof ik een keuze heb, of wel?’ zucht ik. Het feit dat ik het idee om te blijven niet weerzinwekkend vind, moet ernstig verontrustend zijn. Mijn zelfdiagnose van het Stockholm syndroom klopte waarschijnlijk. ‘Is er iets met Sergei gebeurd? Waarom heeft hij die aanvallen?’

Petrov knarst met zijn tanden, draait zich naar de set laden aan zijn rechterhand en haalt een dikke gele map tevoorschijn, die hij op het bureau voor me gooit.

Ik trek de map naar me toe, open hem en begin door de stapel papieren te bladeren. Er staat op elke hoek een datum, en het begint elf jaar geleden. De laatste is vier jaar oud. Eerst begrijp ik niet waar ik naar kijk. Het lijkt alsof het een soort rapporten zijn, maar het grootste deel van de tekst is zwart gemaakt, en slechts delen van zinnen hier en daar kunnen gelezen worden. Een ding dat op alle documenten overeenkomt, is de handtekening onderaan. Felix Allen.

‘Wat is dit allemaal?’ vraag ik, terwijl ik probeer om de betekenis te begrijpen. Ik zie een aantal locaties, vooral Europa, maar er zijn er ook een aantal in de VS en Azië. ‘Bijna alles is gecensureerd.’

‘De rapporten over geheime missies zijn dat meestal.’

Mijn hoofd schiet omhoog. ‘Zat Sergei bij de black ops?’

‘Een zijeenheid. Een experimenteel project waarbij ze tieners opnamen die niemand zou missen, meestal dakloos, en ze trainden hen tot agenten voor de missies van de overheid.’

Ik kijk naar de stapel documenten, ga terug naar de eerste pagina en kijk naar de datum. ‘Hoe oud is Sergei?’

‘Negenentwintig.’

Ik doe een snelle berekening. 'Dit betekent dat hij op zijn achttiende voor hen begon te werken.'

Roman wuift naar de papieren. 'Die zijn van toen ze hem op de missies begonnen te sturen. Ze hebben Sergei opgenomen toen hij veertien was.'

Ik staar naar Petrov. Dat is onmogelijk.

'Wat heeft hij precies voor de regering gedaan?'

'Wat ze ook maar nodig hadden dat ze niet via reguliere kanalen konden bereiken. Maar meestal was het de eliminatie van doelen op hoog niveau,' zegt hij.

De rillingen lopen over mijn rug. 'U bedoelt...'

'Sergei is een professionele huurmoordenaar, juffrouw Sandoval.'

Ik staar hem even aan en laat dan mijn ogen weer naar de map voor me vallen. Er zijn tientallen rapporten. De man die me plaagde, die me droeg omdat ik moe was, die negen verschillende soorten douchegel voor me had gekocht, omdat hij niet wist welke geur ik graag zou willen... die mijn leven had gered... is een professionele moordenaar?

Petrov leunt naar voren, pakt de map uit mijn handen en stopt hem in de lade. 'Het is niet mijn bedoeling om je bang te maken, maar ik wil dat je begrijpt waar je mee te maken hebt. Ik geloof niet dat Sergei je pijn zal doen, zeker niet na wat Felix me heeft verteld, maar als er iets gebeurt waardoor je denkt dat hij helemaal de weg kwijt raakt, dan moet je je onmiddellijk terugtrekken. Is dat duidelijk?'

'Ja.'

'Begrijp je het? Echt?' Hij knijpt zijn ogen tot spleetjes. 'Vat dit niet verkeerd op, maar je ziet er niet uit als iemand die met Sergei's puinhoop om kan gaan.'

‘Oh?’ Ik trek een wenkbrauw op. ‘En hoe zie ik er precies uit?’

‘Zoals een bibliothecaresse. Je mist alleen de bril.’

‘Wat een toeval.’ Ik sla mijn armen over elkaar. ‘Ik heb twee maanden geleden voor de functie van bibliothecaresse bij de Atlanta University gesolliciteerd. Ik wacht echter nog steeds op hun antwoord.’

‘Neem je me in de zeik?’

‘Nee.’

Hij zucht en drukt op zijn slapen. ‘Perfect. Ik heb net een bibliothecaresse ingehuurd om over een getrainde moordenaar te waken.’

‘Daar lijkt het wel op.’

‘Nou, het is wat het is.’ Hij schudt met zijn hoofd. ‘Er is volgend weekend een inzamelingsfeest en Sergei zal in mijn plaats moeten gaan. Jij gaat met hem mee.’

‘Ik doe geen feestjes.’

‘Dat doe je nu wel. Er zullen daar veel belangrijke mensen zijn, en ik wil dat Sergei zich gedraagt. Hij slaat nooit door als het om zaken gaat, maar ik wil het niet riskeren.’

‘Ik weet niet eens hoe ik op hakken moet lopen.’

‘Draag dan platte schoenen.’ Hij zet me met zijn blik vast, die duidelijk zegt dat de discussie voorbij is. ‘Als je vragen hebt, praat dan met Felix.’

‘Bent u van plan om onze overeenkomst met Sergei te delen?’

‘Nee. Ik zal hem vertellen wat je me hebt verteld en zeggen dat we hebben afgesproken dat je blijft totdat de situatie met Diego is opgelost.’

‘Oké. Maar ik wil u om een gunst vragen.’

‘Ik luister.’

'Mijn nana verbleef in het complex in Mexico. Kunt u proberen om wat informatie over haar te krijgen? Om te kijken of...' Ik haal diep adem. 'Of ze nog leeft? Ik ben bang dat Diego haar misschien heeft vermoord, omdat ze me heeft geholpen om te ontsnappen.'

'De naam?'

'Guadalupe Perez.'

'Als ze nog leeft, wil je dan dat we proberen om haar hierheen te halen?'

'Ja.'

Hij knikt en steekt zijn hand uit. 'Jij helpt mijn broer. Ik bezorg jou je papieren en je nana.'

Ik staar even naar zijn hand, het voelt alsof ik een deal maak met de duivel, en neem hem dan aan. We schudden elkaar de hand en ik begin me weg te trekken, maar zijn vingers klemmen zich in een bankschroefachtige greep om mijn hand.

'Als je op je woord terugkomt,' — hij leunt voorover tot zijn gezicht recht voor de mijne hangt — 'dan kun je maar beter bidden dat Diego Rivera je eerder vindt dan ik, juffrouw Sandoval.'

Hij laat mijn hand los en knikt naar de deur. 'Laten we Sergei gaan zoeken. Ik zal je naar buiten begeleiden.'

Als we zijn kantoor verlaten en door de gang lopen, gaan de grote dubbele deuren aan de andere kant open en rent er een kleine, donkerharige vrouw naar buiten, die een pan in haar handen houdt. Ze ziet ons aankomen en rent op blote voeten naar ons toe.

'Roman! Help!' schreeuwt ze terwijl de deur achter haar weer opengaat en er een ronde man met een baard in de schort van een kok naar buiten stormt. Hij schreeuwt iets in het Russisch en gooit een keukendoek op de grond. De frustratie is overduidelijk zichtbaar op zijn gezicht, en hij draait zich dan om en stampt terug in wat ik veronderstel de keuken is.

De vrouw bereikt ons, ze lacht de hele weg, en stopt voor Petrov. 'Wil je wat Bolognesesaus, kotik?' zegt ze.

Kotik? Ik knipper met mijn ogen. Het betekent kitten in het Russisch. Heeft ze net de Russische pakhan kitten genoemd?

'Geef dat hier!' blaft Petrov en hij pakt de pan uit haar handen. 'Wat heb ik je gezegd over het dragen van zware spullen en rondrennen?'

'Het is maximaal twee kilo!' Ze komt naar voren om de pan terug te pakken, maar Petrov tilt zijn arm op en houdt deze buiten haar bereik.

'Angelina, dit is mijn vrouw,' zegt hij, en ik staar naar de vrouw voor me die momenteel op en neer springt en probeert de pan te bereiken.

'Stop verdomme met springen,' snauwt Petrov, 'je geeft mijn kind een hersenschudding.'

'Dief!' Ze trekt haar neus op, port hem in zijn ribben, draait zich dan naar me om en biedt me glimlachend haar hand aan. 'Ik ben Nina.'

Ze lijkt niet op iemand die gecharmeerd is om te trouwen.

'Bedankt voor de kleren.' Dat is het enige wat ik kan bedenken om te zeggen.

'Geen probleem.' Ze knipoogt naar me en wil nog meer zeggen als de voordeur opengaat en een oudere man in een pak naar binnenstormt.

'Maxim? Wat is er gebeurd?' vraagt Petrov.

'Giuseppe Agostini heeft een hartaanval gehad. Hij is dertig minuten geleden overleden.'

'Verdomme,' vloekt Petrov en hij duwt de pan in de

handen van de oudere man. 'Haal Sergei. Ik wil jullie over vijf minuten in mijn kantoor hebben.'

Ik concentreer me op de foto die aan de andere muur hangt, en probeer de behoefte onder controle te houden om de kamer uit te stormen en naar Angelina te zoeken. Zodra Roman hoorde dat de Cosa Nostra don was overleden, beval hij Maxim en mij naar zijn kantoor te komen om onze volgende stappen met betrekking tot de Italianen te bespreken. Maar het was moeilijk om het gesprek te volgen nu Angelina nog steeds niet bij me was.

In de stoel naast me zegt Maxim, 'Agostini heeft geen zonen. Ik denk dat Luca Rossi de meest waarschijnlijke opvolger is. Als dat gebeurt, denk je dan dat hij de wapenstilstand die we met de don hebben gesloten, zal respecteren?'

'Ik heb hem maar twee keer ontmoet. Hij is een *wild card*.' Roman legt zijn hand op de tafel en begint met zijn geagiteerde gewoonte om met zijn vingers te trommelen. 'Rossi is meer van de wapenhandel dan van drugs, maar dat kan veranderen als hij de don wordt. Hij zal mee moeten gaan met wat de meerderheid van de Chicago Cosa Nostra familie wil.'

'Ben je van plan om hem te ontmoeten?'

'Laten we eerst afwachten wat er uit deze klotezooi komt. We gaan gewoon verder met onze zaken, maar Maxim, stuur iemand om de Italianen in de gaten te houden,' zegt Roman en draait zich dan naar mij toe. 'Er is volgend weekend een inzamelingsactie voor dakloze kinderen. Ik wil dat je erheen gaat en een dikke cheque achterlaat. Ik wil dat de lokale autoriteiten gedurende de komende maand of zo niet onze kant opkijken. Kun je dat aan, of moet ik Kostya sturen? Maxim en ik zitten vast om het transport te regelen totdat Mikhail terug is.'

'Kostya zal alleen maar de vrouw van een of andere ambtenaar in het toilet neuken. Ik ga wel.' Ik knik.

'Mooi. Het evenement vereist een *plus one*. Angelina zal met je meegaan.'

'Roman, ik weet niet of dat verstandig is,' gooit Maxim erin. 'Wat als iemand haar herkent?'

'Voor zover ik weet, komen de kartelleden niet vaak op de fondsenwervingsfeestjes van onze regering,' zegt hij en draait zich naar mij toe. 'Je neemt je kartelprinses met je mee. En gedraag je.' Hij wijst met zijn vinger naar me. 'Er zijn geen wapens toegestaan.'

'Prima. Was dat het?' Ik kan er niet meer tegen. Ik moet Angelina vinden of ik ga in het bijzijn van mijn broer mijn shit verliezen. Ik weet dat er niets met haar zal gebeuren als ze in Romans huis is, omdat dit huis beter bewaakt wordt dan Fort Knox. Het feit dat mijn angst volkomen irrationeel is, vermindert de druk niet.

'Ja.'

'Dan ga ik er vandoor.' Het vergt een enorme zelfbeheersing om niet het kantoor uit te rennen en door de gang te hollen.

Ik vind Angelina in de lounge. Ze ligt in een van de grote ligstoelen, terwijl Nina voor haar op de grond zit en iets op een stuk papier schetst. Nina is nerveus als ze bij mij in de buurt is, dus in plaats van naar binnen te gaan, blijf ik in de deuropening staan en kijk ik toe hoe Angelina met een haarlok speelt, en het om haar vinger wikkelt. Ik herinner me dat het eens lang was. Ze kijkt op, en als ze me opmerkt, gaat er een vreemde blik over haar gezicht, maar het volgende moment is het verdwenen.

'Klaar om terug te gaan?' vraag ik.

'Ja hoor.' Ze staat op en wendt zich tot Nina. 'Mag ik het zien?'

'Natuurlijk niet. Het is maar een schets. Je krijgt het afgewerkte ding als ik klaar ben.' Nina verbergt het papier achter haar rug en kijkt me aan. 'Is Roman in zijn kantoor?'

'Ja. En hij is uitzonderlijk chagrijnig.' Ik strek mijn hand uit, pak Angelina's hand en de druk in mijn borst neemt af.

'Waar wilde Roman over praten?' vraag ik op het moment dat ik de motor voor mijn huis parkeer.

'Hij wilde dat ik opbiechtte wat ik hier doe.' Ze zucht. 'Het leek me niet verstandig om te blijven liegen, dus heb ik alles verteld. Ik heb hem verteld dat ik weg ben gelopen van Diego Rivera. En Petrov heeft me beloofd dat hij me niet naar hem terug zou sturen.'

'Wat heeft Diego ermee te maken?'

'Behalve het feit dat hij mijn vader heeft vermoord? Nou, hij sloot me op in mijn kamer en begon onze bruiloft voor te bereiden.'

Ik voel m'n lichaam verstijven. 'Heeft Diego je vader vermoord?'

'Hem gedood, zijn bedrijf overgenomen en hij besloot mij te dwingen om met hem te trouwen. Ja.'

Het beeld van Diego Rivera die met zijn vlezige handen

Angelina aanraakt, vult mijn geest, en het bekende zoemende geluid begint mijn oren te vullen. ‘Heeft hij iets gedaan?’

‘Nee, hij heeft niets gedaan… Sergei?’

Haar hand grijpt mijn onderarm, en het aardt me een beetje. Mijn demonen zijn op de een of andere manier bang om haar angst aan te jagen, dus trekken ze zich terug als ze in de buurt is.

‘Sergei, kijk me aan.’

De aanraking van haar warme handpalm streelt langs mijn nek, dan mijn gezicht.

‘Blijf alsjeblieft hier. Sergei?’

Ik knipper en Angelina’s gezicht bevindt zich recht voor me, haar handpalmen zijn aan weerszijden van mijn gezicht gedrukt en haar grote donkere ogen staren in de mijne.

‘Ben je terug?’ fluistert ze.

‘Ik ben terug.’ Fuck. Ik sluit mijn ogen. ‘Dus, wat nu? Ben je van plan om te vertrekken?’

Ik laat haar niet gaan, zelfs niet als ze ja zegt.

‘Je pakhan zei dat het verstandig zou zijn als ik wacht tot we zien hoe de situatie met Diego uitpakt.’

‘Mooi. Je blijft hier.’

‘Ben je het nog niet zat dat ik je kamer in beslag neem?’ Ze grijnst.

‘Nee.’ Ik pak haar hand en leid haar naar het huis. ‘Laten we eens kijken wat voor troep Albert voor de lunch heeft bereid.’

Hoofdstuk 10

Angelina

Ik kijk op uit het boek dat ik zat te lezen om Sergei met mijn ogen te volgen terwijl hij kleding uit de kast pakt en naar de badkamer gaat. Het geluid van stromend water bereikt me een minuut later. De andere slaapkamer heeft zeker geen badkamer. Ik probeer me te herinneren of ik hem daar ooit naar binnen heb zien gaan, maar dat is niet zo.

Ik leg het boek op het nachtkastje, stap van het bed en loop de kamer uit, om Mimi heen, die in het midden van het kleed ligt te slapen. De deur aan de andere kant van de gang is niet op slot, dus ik doe hem open en kijk in de bijna lege ruimte rond. Er staat aan de ene kant een dressoir, aan de andere kant twee niet bij elkaar passende stoelen en in de hoek bij het raam staat een stapel dozen. Geen bed. Op de grond ligt een legergroene slaapzak, met een gevouwen deken en een kussen erop.

Ik ga terug naar Sergei's slaapkamer en leun tegen de boekenkast, met mijn gezicht naar de badkamerdeur gericht en wacht tot hij tevoorschijn komt. Het water gaat uit en de deur gaat open. Sergei draagt een joggingbroek en een T-shirt en stapt naar buiten terwijl hij zijn haar droogt met een handdoek.

'Waar heb je geslapen sinds ik hier ben?'

Hij stopt en kijkt me aan. 'In de andere slaapkamer. Hoezo?'

'Er staat daar geen bed. Heb je de hele tijd op de vloer geslapen?'

'Het is een fijne vloer. Ik heb op ergere plekken geslapen.' Hij haalt zijn schouders op alsof het niets is.

'Je kunt niet in je eigen huis op de vloer slapen.' Ik zucht. 'Wil je dat ik een hotel zoek?'

'Je gaat niet naar een hotel. Je blijft precies waar je bent.'

'Maar...'

'Geen gemaar. Je blijft waar je bent.'

'Dan slaap ik beneden op de bank.'

Hij zet een paar stappen tot hij recht voor me staat, legt zijn vinger onder mijn kin en kantelt mijn hoofd omhoog. 'Je slaapt niet op de bank, Angelina. En maak je geen zorgen, ik slaap niet veel.'

'Hoeveel is niet veel?'

'Drie uur. Misschien vier.'

'Op dat beetje slaap kan niemand functioneren.'

'Ach, zo goed functioneer ik toch al niet. Zoals je waarschijnlijk al hebt gemerkt.' Hij lacht, maar ik vind het niet grappig. Hij heeft hulp nodig. De vinger op mijn kin begint langs mijn kaak te bewegen, vervolgens over mijn hals totdat zijn hand bij mijn nek eindigt.

'Roman heeft me bevolen morgen naar een of andere inzamelingsactie te gaan,' zegt hij. 'Jij gaat met me mee.'

'Dat heeft hij me verteld. Gaan we op de motor?'

Het is heel moeilijk om me op het gesprek te concentreren, want met elk woord buigt Sergei's hoofd iets meer, zijn mond komt steeds dichterbij.

'Ik weet niet zeker of in een avondjurk op een motor zitten verstandig is.'

'Ik heb hier geen jurken.'

Zijn hoofd zakt nog lager, terwijl zijn vingers door de haren aan de basis van mijn nek gaan, ze knijpen me en halen me over om mijn hoofd omhoog te kantelen.

'We zullen er morgen een kopen.' Zijn stem is diep, heser dan normaal, en zijn lippen strelen de mijne terwijl hij spreekt, maar slechts voor een fractie van een seconde.

'Hoe moet ik je terugbetalen? Ik heb op dit moment geen geld.'

Hij kijkt naar me en sluit dan de afstand tussen ons terwijl zijn lippen tegen de mijne drukken. Het is als donder en bliksem. Hard, onverwacht, oorverdovend en verblindend. Er is geen tijd om na te denken over wat ik doe, en ik heb niet de wil om me te verzetten, dus doe ik dat niet. Ik grijp naar de stof van zijn shirt en ga op mijn tenen staan, in een poging dichterbij te komen. Sergei's hand knijpt in de achterkant van mijn nek, zijn andere hand streelt de onderkant van mijn rug, drukt me strakker tegen zijn lichaam terwijl hij mijn mond aanvalt.

Het is niet genoeg. Er lag ergens een stapel boeken op de vloer. Ik kon niet beslissen wat ik moest lezen. Ik zet een stap naar links. Waar is die verdomde TBR stapel als ik hem nodig heb, verdomme? Waarom kan ik niet langer zijn? Sergei's mond verlaat de mijne en geeft vervolgens kusjes langs mijn kaak en hals. Ik haal diep adem en trek nog meer aan zijn shirt als een tintelend gevoel zich tussen mijn benen begint op te bouwen. Ik wil hem dichterbij hebben. Mijn tenen raken iets stevigs. Ja!

Ik stap op de stapel harde kaften die ik op de vloer heb gestapeld en sla mijn armen om Sergei's nek. Mijn mond vindt de zijne weer. De hand op mijn rug beweegt zich naar beneden om in mijn kont te knijpen, en gaat dan om mijn heup heen totdat hij de voorkant van mijn jeans bereikt. Hij schuift zijn handpalm naar beneden en pakt mijn vagina over de stof en drukt de denim naad in mijn kern.

'Sergei!' roept Felix van ergens in het huis.

Niet nu, verdomme! Ik pak Sergei's haar vast en probeer te voorkomen dat zijn lippen de mijne loslaten terwijl ik voel dat ik natter en natter word. Hij begint zijn handpalm tussen mijn benen te bewegen, naar voren en naar achteren. En ik denk dat ik onder zijn aanraking ga ontbranden.

'Sergei!' klinkt er nog een keer van beneden. 'Je broer doet je de groeten met een zeer levendige beschrijving van hoe hij je hoofd af gaat hakken en het in je anus zal stoppen als je je telefoon niet opneemt.'

Mijn ogen schieten open en ik staar Sergei aan. Hij heeft nog steeds zijn hand tussen mijn benen. Terwijl ik in zijn ogen kijk, drukt hij weer op mijn gefrustreerde vagina en een kreun verlaat mijn lippen.

'Zo.' Hij bijt zachtjes in mijn onderlip. 'Beschouw de jurk volledig terugbetaalt.'

Zijn handen verdwijnen van mijn lichaam, en het volgende moment is hij verdwenen. Hij heeft me midden in de kamer achtergelaten, waar ik op een assortiment van in echt leer gebonden Dostoyevski hardcovers sta, met een slipje dat volledig doorweekt is.

De volgende ochtend zie ik Felix met een stopcontact boven het fornuis rommelen. Hij kijkt naar me en gaat dan verder met wat hij aan het doen is.

‘Is Sergei weg?’ vraag ik en ga aan de eettafel zitten.

Ik heb de kamer sinds gisteravond niet verlaten, om Sergei te ontwijken totdat ik erin was geslaagd om de betekenis van die kus te verwerken… of wat dat betreft het hele gebeuren. Erover nadenken had niet veel geholpen. Ik kan nog steeds niet beslissen of ik het volledig moet negeren en doen alsof het nooit is gebeurd, of hem de volgende keer dat ik hem zie moet bespringen. Mijn hersenen zeggen het eerste. Mijn lichaam wil het laatste.

‘Hij is Mimi aan het uitlaten,’ roept Felix over zijn schouder. ‘Ik heb gehoord dat je blijft. Heeft Roman gisteren met je gesproken?’

‘Ja.’ Ik knik en pak de karaf sap die op tafel staat. ‘Ik denk dat we moeten praten.’

‘Waarover?’

‘Over die aanvallen die Sergei heeft. Ik moet weten waar ik mee te maken heb.’

Felix laat de schroevendraaier op het aanrecht liggen, draait zich om en kijkt me aan. ‘Je hebt te maken met het resultaat van wat er gebeurt als je een kind neemt dat niet gewelddadig is en hem met geweld in een koelbloedige moordenaar verandert.’ Hij legt zijn handen op het aanrecht, grijpt de rand ervan vast en kijkt naar het raam.

‘Sergei was een normaal kind. Geliefd. Maar toen hij nog maar twaalf was stierf zijn moeder, en werd hij naar pleeggezinnen gestuurd en later naar een tehuis. Er waren vechtpartijen, wat diefstalletjes, niets dat niet te verwachten was voor een kind in zijn situatie. Hij belandde in een jeugdgevangenis nadat hij en zijn vrienden hadden geprobeerd om een auto te stelen. Daar heeft Kruger hem gevonden.'

'Kruger?'

'De man die verantwoordelijk is voor het unit Z.E.R.O.-project. Ze hebben hem opgenomen en lieten hem trainen. Ik was daar een begeleider. Vanaf het moment dat ik Sergei zag, wist ik dat hij geen goede kandidaat was. Hij was niet agressief of gewelddadig en had niet de drang om iemand pijn te doen of dingen te vernietigen zoals sommige van de andere jongens die ze mee hadden genomen.' Hij draait zich om en kijkt me aan. 'Ik probeerde hem terug te sturen en dat mislukte. Kruger vond hem te leuk. Sergei was ongelooflijk wendbaar, en hij behaalde tijdens fysieke onderzoeken altijd de beste resultaten. Hij sprak ook perfect Engels en Russisch, evenals Spaans. Kruger vond dat erg leuk. Vloeiend meerdere talen kunnen spreken, is in ons vak zeer nuttig.'

'Je hebt geholpen om van jongens moordenaars te maken?' Ik staar hem vol walging aan. 'Wie doet er nu zoiets?'

'Iemand die voor de overheid werkt.' Hij zucht en schudt zijn hoofd. 'Ik ben niet trots op een aantal van mijn keuzes, Angelina, maar ik heb mijn best gedaan om mijn fouten zoveel mogelijk goed te maken.'

Hij loopt naar de fruitschaal op tafel, pakt een appel en begint hem in zijn hand te rollen, schijnbaar op een enkele vlek gefocust die zijn verder perfecte gele schil ontsiert.

'Ik merkte voor het eerst tekenen op dat er iets niet klopte nadat Sergei terug was gekomen van een missie in Colombia,' vervolgt hij. 'Tijdens veldmissies was zijn prestatie onberispelijk. Maar als hij terugkwam, zat hij uren voor zich uit te staren. Fysiek gezien was hij er. Maar mentaal gezien was hij weg. Op een keer kwam een van de jongens van zijn eenheid hem tegen, terwijl Sergei geestelijk niet aanwezig was. Ik weet niet zeker wat er precies is gebeurd, maar ik neem aan dat de man heeft geprobeerd om Sergei met het mes te porren dat we later naast zijn lichaam vonden.'

'Wat is er gebeurd?'

'Sergei heeft zijn nek gebroken,' zegt Felix. 'Daarna werd het erger. Elke keer als iemand hem tijdens een van zijn aanvallen benaderde, begon hij agressief te worden. Hij begon ook problemen te krijgen om de veldmissies van alledaagse situaties te onderscheiden.'

'Hoe bedoel je dat?'

'Het grootste deel van de training van de Z.E.R.O.-unit bestond uit het uitroeien van elk spoor van empathie of bewustzijn in de agenten, waardoor ze zich hoe dan ook op het voltooien van de missie concentreerden. Sommige missies, meestal die met betrekking tot high-profile doelen, resulteerden in aanzienlijke bijkomende schade.'

'Wat voor soort bijkomende schade?' vraag ik terwijl de onrust zich onderin mijn buik begint op te bouwen.

'Als een bepaald persoon geëlimineerd moest worden, en de enige manier om dat te doen was door de helft van het gebouw op te blazen, dan werd dat aanvaardbaar geacht. Die situaties waren zeldzaam, maar ze gebeurden. Sergei voerde de missies probleemloos uit, maar op het moment dat hij uit het veld was, werd zijn gedrag extreem. Op een keer zag hij een man die een dakloze vrouw mishandelde en hij heeft hem ter plekke opengesneden. Hij had niet het gevoel dat hij iets verkeerd deed. In zijn hoofd neutraliseerde hij de dreiging en dat was het.'

'Petrov zei dat jij hem er uiteindelijk uit hebt gekregen.'

'Ja, maar het was te laat. Toen Sergei steeds vaker door begon te slaan, heb ik aan wat touwtjes getrokken om ons vrij te krijgen. Ik heb kort daarna contact opgenomen met Roman. Hij had geen idee dat hij een broer had. Sergei wist echter wel van Roman. Zijn moeder had hem verteld dat Lev Petrov zijn vader was en dat hij een halfbroer had. Maar Sergei wilde nooit iets met Lev of Roman te maken hebben. Ik heb het achter zijn rug om moeten doen en toen hij erachter kwam, heeft hij me bijna gewurgd.'

'En waarom heeft niemand geprobeerd om hem wat hulp te bieden? Therapie? Of iets anders?'

'Sergei is niet alleen een getrainde moordenaar, Angelina. Hij is een top overheidswapen. Het beste scenario zou zijn dat Sergei gedrogeerd en vastgebonden in een of andere instelling terecht zou komen.' Hij kijkt me aan en knijpt in de appel in zijn hand. 'Het ergste zou zijn dat de regering hem neutraliseert zodra ze hem te pakken hebben. Sergei weet te veel, maar zolang hij deel uitmaakt van de Bratva, zullen ze hem niet aanraken. Roman betaalt veel geld onder de tafel om ze de andere kant op te laten kijken.'

'Heeft iemand geprobeerd om hem te helpen? Of wendt iedereen zijn ogen af en wachten ze op een wonder?' Ik gooi van frustratie mijn handen in de lucht. 'Hij kalmeerde en kwam terug toen ik met hem sprak. Misschien moet hij verdomme gewoon weten dat er iemand voor hem is.'

'Hij zou iedereen vermoorden die dicht bij hem komt als hij in die staat is, Angelina.' Felix kijkt naar de vloer. 'Ik weet niet waarom hij reageert zoals hij bij jou doet. Ik ben al vijftien jaar bij hem en ik durf hem niet te benaderen als hij mentaal niet aanwezig is. Je hebt misschien een beschermend instinct in hem opgewekt. Toen hij je die avond hierheen bracht, liet hij niemand dichtbij komen. We zijn er nauwelijks in geslaagd om hem ervan te overtuigen om de dokter naar je te laten kijken en om Varya je in bad te laten doen.'

'Denk je dat hij beter kan worden?'

'Ik heb geen idee.' Hij haalt zijn schouders op. 'Maar je moet één ding in gedachten houden. Als ik gelijk heb en Sergei om de een of andere reden denkt dat hij je moet beschermen, dan zal hij niet redelijk zijn.'

'Hoe bedoel je dat?'

'Ik bedoel, hij zal iedereen vermoorden waarvan hij denkt dat hij een bedreiging voor je kan zijn. Echt of ingebeeld.'

Hoofdstuk 11

Sergei

IK VOLG ANGELINA MET MIJN OGEN ALS ZE DE KLEEDKAMER verlaat. Ze neemt een bundel van zijde met zich mee en legt het op de toonbank voor me.

'Goud?' vraag ik.

'Yep. Ziet er glamoureuzer uit. Ik moet compenseren voor het feit dat ik op platte schoenen ga.'

'Geen meisje voor hoge hakken?'

'Nee. Regina, mijn vriendin van de universiteit, heeft me er ooit eens van overtuigd om haar tien centimeter hoge sandalen te dragen toen we uitgingen. Ik brak bijna mijn nek.'

Ik glimlach en geef de kassabediende mijn kaart, terwijl Angelina naast me staat te friemelen. Ze is de hele dag al nerveus, maar ze doet alsof er niets is veranderd. Ik verwacht steeds dat ze de kus van gisteravond zal benoemen, maar niets. Ze was zeker enthousiast, maar de kus was zo onschuldig, ik denk niet dat ze veel ervaring heeft. Dus, ik heb moeten weerstaan om vandaag nog meer stappen naar haar toe te zetten. Maar zodra we terug zijn van die verdomde inzameling vanavond, gaan we verder waar we gebleven waren.

‘Marlene heeft een afspraak voor je gemaakt voor een schoonheidsverzorging gebeuren,’ zeg ik. ‘Daar gaan we nu heen.’

‘Verzorging?’

‘Kapsel. Smeren van smurrie in het gezicht. Wenkbrauwen epileren. Dat soort onzin.’

Angelina gnuift en schudt haar hoofd. Ik hou van de manier waarop ze naar me kijkt, ik kan me de laatste keer niet herinneren dat iemand anders dan Felix naar me keek alsof ik een gewone man ben. Niet die halve gestoorde waarbij iedereen de behoefte heeft om op eieren te lopen.

‘Leid dan maar de weg naar de verzorgingssalon.’ Ze pakt de tas met de jurk. ‘Ik kan niet wachten om geplukt en besmeurd te worden met smurrie.’

We verlaten de winkel, en, om de menigte te vermijden, neem ik een kortere weg naar de parkeerplaats en ga een zijstraatje in. Een bezorger parkeert zijn motor op enige afstand voor ons, pakt een doos van de achterkant en haast zich in onze richting. Terwijl hij ons passeert, struikelt hij over een kei en botst daarbij tegen Angelina aan.

Het was een ongeluk, dat weet ik. Hij heeft haar amper aangeraakt, maar mijn hersenen ontkennen dat feit volledig, en alsof uit eigen beweging, schiet mijn hand naar voren en grijp ik hem bij zijn kaak. De doos die hij vasthield, tuimelt op de grond. De man snakt naar adem, zijn ogen gaan wijd open. Zijn handen krabben aan mijn vingers en proberen zichzelf uit mijn greep te bevrijden.

'Sergei...'

Ik hoor mijn naam genoemd worden, maar het voelt alsof het van ergens ver weg komt. Ik negeer het en buig mijn hoofd tot ik oog in oog sta met de klootzak die mijn meisje pijn heeft gedaan. Hij moet sterven. Ik beweeg mijn hand naar beneden totdat mijn vingers om zijn keel zitten en begin te knijpen.

'Sergei...' Een kleine hand landt boven de mijne en streelt lichtjes mijn vingers. 'Laat hem los.'

Nee. Hij heeft haar pijn gedaan. Ik adem door mijn neus en knijp harder, van de manier genietend waarop de ogen van de man uitpuilen terwijl hij vecht om adem te halen. Ik had zijn nek kunnen breken, maar dat zou te makkelijk zijn geweest. Ik voeg wat meer druk toe. De man begint te stikken.

Angelina's hand verdwijnt uit de mijne, en in mijn ooghoek, zie ik haar naar de doos rennen die de man heeft laten vallen en ze duwt hem naar me toe. Ik wil haar vragen wat ze verdomme met dat ding doet, maar ik kan mezelf niet dwingen om de keel van de man los te laten. De noodzaak om gewoon een einde te maken aan de dreiging die hij vertegenwoordigt, is te sterk, dus ik knijp iets meer. Angelina duwt de doos ergens achter me en verdwijnt uit mijn zicht. Ik leg mijn andere hand op de keel van de man, van plan om het te breken, als er iets groots op mijn rug landt. Ik snak naar lucht. Er slaan van achteren armen om mijn keel, en benen om mijn middel, die in me knijpen.

'Sergei,' fluistert Angelina in mijn oor, haar adem blaast over mijn huid. 'Kijk me aan. Alsjeblieft.'

Ik haal diep adem. Dan nog een. Angelina knijpt harder met haar armen en slaat haar benen strakker om me heen.

'Alsjeblieft, kijk me aan, grote jongen.'

De hitte van haar lichaam sijpelt in mijn rug, haar adem streelt mijn oor, en dan landt er een kus aan de zijkant van mijn nek. Ik probeer me op de man te concentreren die ik vasthoud, maar haar nabijheid leidt me af.

'Ik kan mezelf niet veel langer zo vasthouden, Sergei,' zegt ze terwijl haar greep om mijn nek iets losser wordt.

Ik laat de klootzak los en grijp haar onder haar dijen, zodat ze niet valt.

'Hoe ben je verdomme daar terechtgekomen?' vraag ik, terwijl ik mijn ogen op de bezorger gericht houd die hoestend voor me op de grond knielt.

'Ben op de doos geklommen,' zegt ze naast mijn oor. 'Toen ben ik op je rug gesprongen.'

'Waarom?'

'Waarom niet?' grinnikt ze.

Ik draai mijn hoofd naar de zijkant en stoot met mijn wang tegen haar neus.

'Waarom niet?' herhaal ik en lach. 'Nou, ik denk dat dat net zo goed is als elke andere reden.'

'Ik ga te laat komen voor mijn smurrie afspraak,' zegt ze en knijpt met haar benen om mijn middel. 'Kunnen we nu naar de schoonheidssalon gaan?'

Ik kijk neer op de man, die nog steeds hijgt. 'Kijk de volgende keer uit waar je loopt.'

Hij knikt snel en staart me aan. Ik loop om hem heen en ga het steegje in. 'Kom je er nog vanaf?' vraag ik, terwijl ik loop.

'Nee. Ik vind het hier wel leuk.'

'Oké.' Ik buk en pak de tas op met haar jurk die ik eerder heb laten vallen.

Ik pak mijn telefoon en blader door het nieuws. Ik kan me niet concentreren, dus gooi ik de telefoon op het dashboard en kijk naar de ingang van de salon. Drie en een half uur. Wat hebben ze gedurende die drie en een half uur in godsnaam met haar gedaan?

Het meisje dat Angelina was komen halen had me verteld dat het een tijdje zou duren, en dat ik een wandeling moest maken en later terug moest komen. Weggaan was natuurlijk uitgesloten, dus ik had in de wachtkamer naast een oudere vrouw gezeten met stukjes aluminiumfolie die uit haar haar staken en speelde wat met mijn telefoon. Kort daarna kwam er een andere vrouw uit een van de kamers naar binnen wankelen, op haar hielen lopend met wat roze schuim tussen haar tenen. Het zag er pijnlijk uit. Ze kwam aan de andere kant van me zitten, keek naar me en begon een gesprek met de vrouw rechts van me. Toen de discussie overschakelde van haarproducten naar zelfgemaakte constipatie recepten, besloot ik dat ik er genoeg van had en ben ik naar de auto gegaan om te wachten. Dat was drie uur geleden.

Wat als Angelina van gedachten is veranderd en besloot om te vluchten? Ik kan het haar niet kwalijk nemen. Iedereen bij z'n volle verstand zou van een gek weglopen, dus misschien besloot ze dat ze veiliger zou zijn als ze wegging.

Ik heb de ingang de hele tijd in de gaten gehouden, maar misschien hebben ze een achteruitgang. Shit. Ik laat de auto achter en haast me de salon in, net op het moment dat Angelina uit de gang aan de linkerkant komt en de paniek die zich aan het opbouwen was, verdwijnt.

'Dus? Wat zeg je ervan?' Ze steekt haar heup naar voren en trekt haar wenkbrauwen op.

Ik bekijk haar van top tot teen. Afgezien van haar haar, dat iets korter en steiler is, ziet ze er voor mij hetzelfde uit. Zelfs bedekt met modder was ze mooi, dus ik weet niet zeker wat ze verwacht dat ik zeg. Ik denk dat na drie en een half uur van kwelling, ze een bevestiging nodig heeft van een goed uitgevoerde klus of zoiets.

'Ik vind het haar leuk?'

Angelina zucht en schudt haar hoofd. 'Je bent een verloren zaak.'

'Wat had je dan gewild dat ik had gezegd?' vraag ik terwijl ik de assistent van de salon betaal.

'Hoe geweldig ik eruitzie?'

'Je zag er al geweldig uit voordat we hier kwamen. Wat heb je daar bijna vier uur lang zitten doen? Netflix zitten kijken?'

Ze houdt haar hoofd opzij en pruilt. 'Je hebt een interessante manier om complimenten te geven.'

'Ik maakte gewoon een opmerking.' Ik haal mijn schouders op, pak haar hand en ga naar de auto. 'We moeten opschieten. Die chique klootzakken vinden het niet leuk als mensen te laat zijn voor hun evenementen.'

'En wat is het doel van dit evenement?'

'Roman koopt de stadsambtenaren om.'

'In het openbaar?' Ze staart me aan.

'Hij geeft ook geld onder de tafel, maar hij doneert ook graag in het openbaar. Hij is daar snobistisch in.'

'Waarom gaat hij niet zelf?'

'Waarschijnlijk boetedoening. Hij zei dat hij er geen tijd voor had, maar ik denk dat hij nog steeds boos op me is voor… laten we zeggen, het verbreken van onze connecties met de Oekraïners.'

'Wat heb je gedaan?'

Ik kijk naar haar en vraag me af of ik haar de waarheid moet vertellen. Ze staart me aan met die chocoladekleurige ogen, wachtend op mijn antwoord, en ik kan het haar niet vertellen. Angelina is geen muurbloempje. Ze moet weten hoe de zaken in onze wereld gaan, maar ik wil niet dat ze bang voor me is.

'Ik heb gewoon, het contract beëindigd,' zeg ik tenslotte en open de autodeur voor haar.

Hoofdstuk 12

Angelina

Ik kijk met grote ogen de omvangrijke zaal rond, de gigantische kristallen kroonluchters en de gouden versieringen op de muren bewonderend, en trek dan zelfbewust mijn jurk recht. Ik voel me hier helemaal niet thuis. Ik draai me om en kijk naar Sergei, die naast me staat en naar de menigte kijkt.

Ik zie hem meestal in een spijkerbroek en een T-shirt, maar op dit moment draagt hij een grijs overhemd en een op maat gemaakt zwart pak dat hem perfect past. Hij ziet er verschrikkelijk knap uit.

'Laten we gewoon het geld achterlaten en weggaan,' mompelt hij.

We lopen naar de tafel bedekt met een wit zijden tafelkleed en bloemstukken. Er staan twee mannen in dure pakken naast en ze praten met een groep lachende vrouwen in dure jurken. Als we hen naderen, besluit ik een paar passen achter te blijven en naar Sergei te kijken terwijl hij de mannen de hand schudt. Ze wisselen een paar woorden uit, dan haalt Sergei een envelop tevoorschijn, die, naar ik aanneem, een cheque bevat, en legt die op tafel voor een vrouw die de donaties verzamelt. De man links, een korte kale man in een pak dat rondom zijn middel iets te strak zit, lacht en tikt Sergei op de schouder. Sergei knikt, buigt zijn hoofd en fluistert iets in het oor van de man en de man straalt.

'Wat heb je hem tegen hem gezegd?' vraag ik wanneer Sergei terugkomt.

'Het bedrag dat op de cheque staat.'

'Gebaseerd op zijn grijns, neem ik aan dat het een heel mooi bedrag was.'

'Eén miljoen.'

Mijn ogen worden groot. 'Wauw.'

'Yep. Aardig doen tegen de autoriteiten is vaak duur.' Hij knikt naar de uitgang. 'Laten we gaan. Politici geven me altijd de kriebels. Als we thuis zijn, kunnen we de motor pakken en een ritje gaan maken.'

Terwijl we door de hal lopen, vallen mijn ogen op een man die met een vrouw in de hoek staat te praten. Hij komt me vaag bekend voor, maar ik kan hem niet plaatsen. Ik zou hier niemand moeten kennen. Het zijn vooral hoge ambtenaren, niet mensen met wie ik ooit in contact zou zijn gekomen. Ik schud mijn hoofd. Misschien doet hij me gewoon aan iemand denken. We staan bij de deur als ik het weet, en ik blijf stil staan.

'Shit,' mompel ik.

'Wat is er?'

'Was dat Angelo Scardoni daar in de kamer?'

'Ja. Hoezo?'

'Hij heeft een paar dagen voordat Diego kwam mijn

vader bezocht. Het ging over zaken. Ik was op het complex, en hij heeft me in het voorbijgaan gezien. Wat doet hij hier?'

Sergei pakt mijn onderarm en draait me naar hem toe. 'Heeft hij je herkend?'

'Ik denk het niet. Hij was met iemand aan het praten.'

Hij kijkt me een paar seconden aan, pakt dan de autosleutels uit zijn zak en legt ze in mijn hand. 'Wacht op me in de auto.'

'Waarom?'

'Ik moet even een babbeltje met Scardoni maken.'

Gebaseerd op de moorddadige blik in zijn ogen, denk ik niet dat hij van plan is om alleen maar te praten.

'Dat is niet nodig. Als hij me had gezien, dan had hij waarschijnlijk wel iets gezegd.'

'Ik ga het risico niet nemen.'

'Ga je alleen met hem praten?'

'Ja.'

'Oké.' Ik knik en kijk naar hem als hij terug de hal in gaat, en ga dan naar buiten.

In de auto, besteed ik ongeveer twintig minuten aan het instellen van de telefoon die Sergei me heeft gegeven voordat we naar het feest gingen. Hij had hem in mijn hand gedrukt en zei dat hij de nummers van hem en Felix al had opgeslagen. Het verraste me enorm. Ik geloof dat hij denkt dat ik niet meer zal vluchten.

Ik ben Regina's paniekerige e-mail aan het beantwoorden — de elfde op rij — om haar te verzekeren dat ik in orde ben, wanneer de bestuurdersdeur opengaat en Sergei instapt.

'Scardoni heeft je niet gezien,' zegt hij en start de auto.

'Weet je het zeker?'

'Nu wel,' zegt Sergei lachend.

Terwijl hij achteruitrijdt, zie ik een mannelijk figuur door de dienstuitgang wankelen. Zijn arm is om zijn middel geslagen en hij is op weg naar een van de geparkeerde auto's. Hij pakt de autodeur en kijkt dan op in onze richting.

'Jezus, Sergei,' snauw ik. 'Je zei dat je gewoon met hem zou gaan praten.'

'We hebben gepraat. Hij zei dat je hem bekend voor kwam.' Hij haalt zijn schouders op. 'Ik heb hem ervan overtuigd dat hij het mis had. Hij is er nu absoluut zeker van dat hij je nooit heeft gezien.'

'Is dit je gebruikelijke werkwijze?'

Hij draait zijn hoofd om me aan te kijken, reikt met zijn hand naar me toe en trekt een lijn langs mijn kin. 'Nee. Als hij iemand anders was, had ik hem gewoon laten verdwijnen. De enige reden dat hij nog ademt, is omdat hij Mikhails zwager is.'

'Vind je dat niet een beetje extreem?'

Sergei stopt de auto voor een gesloten wasstraat, pakt me dan bij de achterkant van mijn nek en leunt naar voren tot vlak bij mijn gezicht. 'Ik zal iedereen elimineren die zelfs maar de geringste bedreiging voor je kan vormen, Angelina. Als ik, zelfs voor een seconde, het vermoeden had dat hij je herkende, dan zou hij dood zijn geweest.'

'Sergei…'

'Niemand. Bedreigt. Jouw. Veiligheid,' zegt hij door opeengeklemde tanden. 'Begrepen, Angelina?'

Ik knipper en knik dan.

'Goed,' zegt hij, knijpt in mijn nek en drukt zijn mond op de mijne.

Ik zuig lucht naar binnen. Hij draagt die cologne weer,

degene die met mijn hoofd rommelt. Ik pak zijn schouders vast, klim op zijn schoot en druk mijn kern tegen de bult in zijn broek. Op het moment dat ik zijn harde pik tegen mijn al tintelende poesje voel, gaat er een rilling door mijn lichaam.

Mijn pik is zo hard dat hij aanvoelt alsof hij gaat ontploffen, en dat Angelina er tegen aan wrijft, maakt het honderd keer erger. Ik schuif mijn handen langs haar lichaam, verzamel de stof van haar jurk in beide handen en duw het dan omhoog naar haar middel. Terwijl ik de achterkant van haar nek met één hand vastgrijp, schuif ik de andere tussen ons in en druk mijn vingers tegen haar slipje en ontdek dat ze volledig doorweekt is.

'Nu al zo verdomd nat voor me.' Ik beweeg haar slipje naar de zijkant en steek mijn vinger in haar.

'We zullen gearresteerd worden.' Angelina snakt naar adem en kreunt als ik er nog een vinger aan toevoeg. Dan begint ze met haar heupen te bewegen en op mijn hand te rijden.

'Mijn hebzuchtige kleine vos...' fluister ik in haar oor en bijt in haar oorlel. 'Is mijn vinger genoeg, of wil je meer?'

'Meer.' Ze ademt en kreunt als ik in haar clitoris knijp.

'Ik heb hier geen condoom, schat. Maar ik word regelmatig getest. Ik ben schoon.'

'Ik ben aan de pil. Ik heb vorige maand de injectie gehaald,' verzekert Angelina me en kreunt dan weer.

Ik begraaf mijn gezicht in haar hals, adem haar geur in en reik naar de knoop op mijn broek, net op het moment dat mijn telefoon op het dashboard begint te trillen. Dan te rinkelen. Het is de 'Gangsta's Paradise' melodie van Coolio, de ringtone speciaal voor de oproepen van Roman.

Fuck. Ik til mijn hoofd van Angelina's hals en reik naar de telefoon, terwijl ik mijn hand bezighoud met haar poesje.

'Nu niet, Roman,' zeg ik en breek het gesprek af. Hij begint weer te rinkelen.

Ik duw mijn vingers dieper in Angelina en neem de oproep aan.

'Dat is de eerste en laatste keer dat je ophangt,' blaft Roman. 'Begrepen?'

'Wat is er?' Ik leg de telefoon tussen mijn schouder en kin en masseer Angelina's clitoris met mijn duim, terwijl ik de vingers van mijn andere hand in en uit haar schuif.

'O'Neil heeft net gebeld,' zegt Roman.

'Dat is interessant.' Ik knijp lichtjes in Angelina's clitoris en glimlach als ze jammert. 'Wat wilden de Ieren?'

'Hij wil een ontmoeting. Vanavond. Ze hebben een deal met de Roemenen voor een aantal wapentransporten die uiteindelijk groter zijn dan verwacht, en ze wilden zien of we geïnteresseerd zijn om deel te nemen aan de deal.'

Angelina's handen vinden de rits van mijn pantalon. Ze realiseert zich dat ik vanavond geen boxershort droeg en ze bevrijdt mijn pik met gemak. Als ze erin knijpt, lukt het me nauwelijks om niet te komen. Ik leun naar voren en lik aan de boog van haar blote schouder.

'Hij weet dat we de wapens van de Albanezen afnemen,' zeg ik en haal mijn vinger uit Angelina's vagina, zet de telefoon op luidspreker en gooi het ding op de passagiersstoel.

Ik pak haar slipje vast, trek aan het materiaal en gooi het zwarte kant op de achterbank. Ik grijp haar onder haar kont, til haar op en positioneer me bij haar ingang. Angelina leunt naar voren, drukt haar lippen op de mijne en laat zich langzaam op mijn pik zakken. Ze kreunt terwijl ze me helemaal neemt. Haar gehijg wordt luider als ze me begint te berijden, dus druk ik de vinger die net tot twee knokkels diep in haar poesje begraven zat in haar mond. Haar perfecte lippen sluiten zich eromheen en ze begint te zuigen. Mijn pik springt in haar omhoog. Ik moet die verdomde telefoon ophangen. Pronto.

Ik hoor Roman iets anders zeggen, maar ik negeer zijn gebrabbel. Ik haalde mijn hand uit Angelina's mond en leg mijn vinger op mijn lippen in een stil zijn signaal. Als ze knikt, pak ik haar om haar middel, til haar op en ram haar op mijn pik. Ze schreeuwt een beetje, dan wiegt ze met haar heupen, haar handen zitten in mijn haar verstrengeld.

'Sergei!' schreeuwt Roman in de telefoon. Ik verplaats Angelina een beetje en dan stoot ik weer in haar en begin te hijgen.

'Wat?' blaf ik en stoot weer in haar en geniet van haar kleine kreun.

'Waar ben je verdomme?'

'In mijn auto. Met Angelina.' Ik schuif mijn hand tussen onze lichamen en knijp in haar clitoris, en ze jammert luid.

Er zijn een paar seconden van stilte, en dan vult Romans grommende stem de auto. 'Heb je seks terwijl je met me aan het bellen bent?'

'Misschien.' Ik glimlach, pak Angelina's nek en druk mijn mond tegen de hare, terwijl ik in haar stoot.

'Jezus, Sergei,' snauwt Roman en hangt op.

Angelina's lichaam begint te trillen, haar wanden knijpen in mijn pik. Ze is zo verleidelijk met haar haar in de war en het valt over haar blozende gezicht. Ik pak een handvol van de zwarte strengen en stoot hard in haar. Een licht geluid, als van een spinnend katje, komt van haar lippen. Doordat ik dat hoor en de manier waarop haar strakke poesje mijn pik vasthoudt als ze komt, duwt ze me over de rand. Ik stoot als een krankzinnige in haar tot mijn zaad in haar ontploft.

Ze mompelt iets onsamenhangends, zucht, zakt dan op me neer en begraaft haar gezicht in de kromming van mijn nek.

'Gaat het, schatje?' vraag ik.

'Ja,' fluistert ze en snuffelt aan mijn nek.

Ik glimlach, plaats een kus op de bovenkant van haar hoofd en bel Roman.

'Ben je al klaar?'

'Fuck you, Roman.' Ik leun achterover en streel met mijn handpalm langs Angelina's rug. 'Waarom zouden de Ieren ons een ingang voor die zending aanbieden?'

'Dus jij denkt ook dat dit stinkt?'

We staan niet op goede voet met de Ieren. Zij komen niet op ons terrein, en wij betreden die van hun niet. Je zou kunnen zeggen dat we elkaars aanwezigheid accepteren, maar ieder van ons zou erg blij zijn als de ander ophield te bestaan. Het is alarmerend dat O'Neil Roman belt, nadat hij twee weken geleden praktisch gezien had verklaard dat ze zouden proberen om hun handen in onze zaken te steken.

'Ja. Heel erg. Heb je Dushku gebeld om het hem te laten weten?'

'Ja. Ik zie hem vanavond,' zegt Roman. 'Ik heb O'Neil

verteld dat ik ergens anders nodig ben en dat jij in plaats daarvan zult komen.'

'Wanneer?'

'Over vier uur. Hij heeft een plek in het industriedistrict gekozen. Ik zal je de locatie sturen.'

'Oké.'

'Wees voorzichtig en bel me zodra je klaar bent. Ik vind dit maar niks.'

'Oké.' Ik verbreek de verbinding en kijk neer op Angelina, die nog steeds tegen mijn borst geplakt zit, haar ademhaling gaat moeizaam. Haar benen trillen nog steeds. Mijn telefoon piept. Dat moet het bericht van Roman zijn. Ik kijk er kort naar en stuur het door naar Felix.

'Ik moet Albert bellen. Daarna gaan we meteen naar huis.'

'Oké,' fluistert ze tegen mijn borst.

Ik blijf haar rug strelen terwijl ik op de sneltoets voor Felix druk. Ik hou hiervan, hoe ze in mijn armen aanvoelt.

'Wat?' blaft Felix op het moment dat de lijn zich verbindt.

'Jij bent in een goede bui.'

'Ik heb ruzie gehad met Marlene.'

Alweer? Die twee hebben relatietherapie nodig.

'Ik heb over vier uur een ontmoeting met Liam O'Neil,' zeg ik terwijl ik mijn hand beweeg om de bovenkant van Angelina's hoofd te aaien. 'Ik wil dat je ervoor zorgt dat je toegang tot de camera's rondom de ontmoetingsplaats krijgt en controleert of er iets verdachts te zien is. Ik heb je de locatie doorgestuurd die Roman heeft gestuurd.'

'Waar ben ik naar op zoek?'

'Ik weet het niet zeker. Ze zeiden dat ze zaken wilden

bespreken, maar het verhaal klopt niet. Heb je iemand in de buurt zitten die de locatie kan bekijken?'

'Laat me eens zien.' Er volgt een korte stilte. 'Hmm. Ik geloof dat Little Sams bakkerij in het volgende blok zit. Hij kan een kijkje nemen.'

'Mooi. We zijn zo thuis.'

Angelina

De rit naar Sergei's huis duurt een half uur, maar ik voel de hele weg terug nog steeds mijn benen trillen. Ik kan niet geloven dat we seks hebben gehad in een auto. Dat *ik* seks heb gehad in een auto. Ik heb maar één vriendje gehad, en de twee keer dat we met elkaar naar bed zijn geweest, was in een bed, met de lichten uit, in de missionaris positie. Het was niet echt een verbluffende ervaring, maar ik dacht dat het wel goed was. Impulsief is het woord dat het verste van me afstaat om mij te beschrijven, maar toen ik Sergei's handen op mijn poesje voelde, stond ik in vuur en vlam. Ik kon aan niets anders denken dan hem meteen in me te hebben.

De waanzin werd alleen maar erger toen ik hem aan de telefoon met zijn pakhan hoorde praten. Het voelde op de een of andere manier verboden, maar ook verleidelijk, ik die hem in zijn auto aan het berijden was, waar iedereen ons kon zien. Maar toen hij zijn vinger in mijn mond stak om me het zwijgen op te leggen zodat Petrov ons niet zou horen, duwde hij me over de rand.

Ik werp een blik op Sergei. Hij zei dat hij vanavond naar een bespreking moet, maar ik heb nog steeds dat tintelende verlangen tussen mijn benen. Zou hij bezwaar hebben tegen een tweede ronde?

Sergei parkeert op de oprit, maar doet geen moeite om de auto te verlaten.

'Heb je er spijt van?' vraagt hij, terwijl hij in het stuur knijpt. 'Het is goed als dat zo is. Vertel het me gewoon, en ik zal je niet meer aanraken.'

Ik staar hem alleen maar aan. Waar heeft hij het verdomme over?

'Je hebt de hele rit nog geen woord gezegd, Angelina.'

'Ik was… aan het verwerken.' Ik ben niet zo goed met relatie dingen, of met mensen in het algemeen. Het kost me meestal wat tijd om me voor iemand open te stellen. Het feit dat ik me zo aangetrokken voel tot iemand die ik amper ken, is beangstigend.

'Verwerken?' Hij zucht en begraaft zijn handen in zijn haar. 'Vertel het me gewoon eerlijk als je niets te maken wilt hebben met een mentaal instabiel persoon en…'

Ik spring op hem af. Er is geen beter woord om te beschrijven hoe ik van mijn stoel spring, bovenop hem ga zitten en mijn armen om zijn nek sla.

'Angelina?'

'Hou gewoon je mond,' snauw ik en druk mijn lippen tegen de zijne.

Mijn jurk eindigt weer rond mijn heupen, dus mijn naakte kern drukt direct op zijn kruis, met de stof van zijn broek als de enige barrière tussen mijn poesje en zijn harder wordende pik. Zonder mijn mond van de zijne te verwijderen, laat ik mijn handpalmen langs zijn lichaam glijden, ik bereik de tailleband van zijn broek en haal gehaast zijn pik eruit. Sergei glimlacht in mijn mond en, met zijn handen tussen onze lichamen reikend, begraaft hij zijn vinger in me. Maar net zo snel als het daar was, is het weg.

'We moeten snel zijn.' Hij pakt me om mijn middel, tilt me op en ramt me op zijn stijve pik.

Op het moment dat ik hem binnen in me voel, beginnen mijn wanden zich vast te klampen, en berijd ik hem als een maniak, terwijl ik de stof van zijn shirt tussen mijn vingers klem. Sergei kreunt en leunt dan een beetje achterover, waardoor zijn pik nog dieper in mijn poesje komt en me volledig vult.

'Kom je niet te laat voor de bespreking?'

'Fuck de bespreking.' Zijn handen dwalen over mijn lichaam naar mijn reeds verwarde haar en grijpen de strengen tussen zijn vingers. Ik buig mijn hoofd en bijt in de zijkant van zijn nek — hard — en voel zijn pik in me zwellen. De druk tussen mijn benen wordt heviger, en als zijn opwaartse gestoot heviger wordt in een bruut tempo, voel ik dat mijn orgasme me harder raakt dan ooit tevoren, en Sergei komt met me.

Ik probeer mijn haar en de jurk in de auto te herstellen om mezelf toonbaarder te maken, maar ik heb nog steeds het gevoel dat iedereen die naar me kijkt, weet wat we net hebben gedaan. Terwijl we de trap naar de voordeur beklimmen, kijk ik naar mijn hand die in die van Sergei vastgeklampt zit, onze vingers zijn verstrengeld.

'Ik moet me voor de ontmoeting met de Ieren douchen en omkleden,' zegt hij terwijl we naar binnen gaan.

'Oké.' Ik knik.

Sergei bukt en kantelt mijn hoofd met zijn vinger onder mijn kin. 'Weer aan het verwerken?'

'Soort van.'

'Doe je ding.' Hij knikt. 'En als ik terugkom, kunnen we het onderwerp nog wat verder bespreken. Om je meer materiaal voor verwerking te geven.'

Ik staar hem aan. 'Ik betwijfel of mijn poesje vandaag nog een andere discussie aankan.'

'Dat zullen we nog wel zien.' Hij drukt een snelle kus op mijn lippen en gaat naar boven.

Als ik de keuken binnenloop, zit Felix aan de eettafel met een robuust ogende laptop voor hem. Ik trek snel de voorkant van mijn jurk recht en haal mijn hand nog een keer door mijn haar. Het voelt alsof ik 'heb net twee keer seks gehad in de auto' op mijn voorhoofd getatoeëerd heb staan. Het feit dat ik geen slipje aan heb, helpt ook niet.

'Ga je daar de hele avond staan en er zo schuldig uitzien?' vraagt Felix zonder van de laptop op te kijken.

Ik til mijn kin omhoog en ga naar de koelkast om iets te drinken te pakken. 'Ik heb geen idee waar je het over hebt.'

'Jullie hadden hier een half uur geleden al moeten zijn.'

'Er was een file.'

'Oh?' Hij kijkt me over de rand van zijn bril aan. 'Noemen jullie kinderen het tegenwoordig zo?'

'Waar heb je het over?'

Hij rolt met zijn ogen. 'Ik ben niet blind en ik ben ook nog niet seniel.'

Ik negeer zijn opmerking en loop naar hem toe om achter hem te staan. Het scherm op zijn laptop toont een camera feed met verschillende hoeken van een straat. 'Zijn dat... verkeerscamera's?'

Hij knikt. 'Vier verkeerscamera's en één camera van een geldautomaat.'

'Hoe heb je daar toegang toe gekregen?'

'Dat is wat ik doe of deed — toen Sergei en ik samenwerkten. Hij ging het veld in en ik ondersteunde hem vanuit de militaire basis.'

'En de andere mensen in het team? Wat waren hun taken?'

Felix kijkt me weer aan. 'Er waren nooit andere mensen. Het was altijd één agent en één begeleider.'

'Werd hij alleen op missies gestuurd? Hoe zit het met back-up? Wat als er iets was gebeurd en hij hulp nodig had?'

'Sergei had zelden hulp nodig, Angelina.' Hij lacht en kijkt naar het scherm. 'Ik heb dit gemist.'

Ik hoor voetstappen achter me en draai me om en zie Sergei binnenkomen. Hij draagt een ander pak, deze keer met een zwart overhemd.

'Iets opvallends gezien?' vraagt hij, reikend naar de wapens op het aanrecht en plaatst ze in een schouderholster die verborgen zit onder zijn jas. Die had hij eerder niet.

'Tot nu toe niets.' Felix gebaart naar de laptop. 'Little Sam zal over een half uur gaan kijken.'

'Goed.' Sergei knikt, pakt een grote rechthoekige doos van de stoel en legt deze op tafel.

Wanneer hij het deksel opent om de inhoud te controleren, stap ik opzij om een kijkje te nemen en wankel. Het is een sluipschuttersgeweer. 'Ik dacht dat je naar een zakelijke bijeenkomst ging?'

'Iets aan deze bijeenkomst bevalt me niet.' Hij reikt naar

het oortje dat Felix aangeeft en stopt hem erin. 'Ik ga een controle uitvoeren als ik daar aankom. Laat het me weten zodra je de Ieren ziet aankomen.'

Hij sluit de doos met het geweer, pakt hem op en kijkt me aan. 'Ik ben over een paar uur terug.' Hij grijnst, en het volgende moment is hij weg.

Ik wacht tot ik de voordeur dicht hoor gaan en ga dan op de stoel naast Felix zitten. 'Hoe komt het dat Petrov Sergei zakelijke deals laat afhandelen? Gezien zijn mentale toestand.'

'Omdat zelfs geestelijk instabiel Sergei geweldig werk doet. En hoe dan ook, geen van de mensen met wie ze samenwerken is mentaal volledig in orde.'

'Krijgt hij nooit zo'n aanval tijdens een bespreking?'

'Nee. Niet tijdens een bespreking. En nooit in het veld,' zegt hij. 'Al kan hij af en toe weleens doorslaan.'

'Ja, dat heb ik gehoord. Hij heeft bijna vier van mijn vaders mannen gedood toen ze elkaar vorig jaar ontmoetten om over samenwerken te praten.'

'Dat weet ik nog. Hij was die dag waarschijnlijk in een goede bui.'

'Goede bui?'

Felix legt zijn bril neer en kijkt me aan. 'Ze waren met z'n vijven, vier bodyguards en je vader. Allemaal gewapend. Sergei was alleen. Ze hebben geprobeerd hem te ontwapenen. Het was van hun kant erg respectloos. Ik was aangenaam verrast dat hij ze niet allemaal had gedood, inclusief je vader.'

'Hoe heeft hij ze alle vier kunnen overmeesteren als iedereen gewapend was?'

'Met angstaanjagend gemak. De mannen van je vader

waren gewoon een paar ingehuurde gozers zonder echte training.'

Hij zet zijn bril weer op en kijkt weer naar het scherm. 'Dit zal wal eventjes duren. Ga maar slapen.'

Ik ben helemaal niet van plan om te slapen totdat Sergei terugkomt. Ik ren naar boven om te douchen en me om te kleden, dan ga ik terug en ga naast Felix zitten.

Hoofdstuk 13

Sergei

Ik ben klaar met het in elkaar zetten van het geweer, zet het op het dak, en richt het vizier op de kleine groep mensen die bij een auto in de steeg staan. Er zijn er vier bij de ontmoetingsplaats, en slechts één auto.

Ik zet de microfoon aan. 'Felix?'

'Wat, geen Albert meer?'

'Albert is de man die de afwas doet,' zeg ik. 'Bij het uitvoeren van surveillance ben je Felix.'

'Je bent hilarisch. Wat is de situatie?'

'Ze zijn vroeg. Ik zie er vier. Eén auto.'

'Ik heb iets verderop, achter een container, een andere auto gezien en twee verdacht uitziende kerels in de zijstraat om de hoek. Ik heb de locaties gemarkeerd en de kaart naar je telefoon gestuurd. Little Sam zei dat hij een andere auto had gezien die rondjes reed.'

'Hoeveel mensen zaten er in?' vraag ik.

'Geen idee. Getinte ramen.'

'Oké. Uit.'

Ik controleer de locatiemarkeringen die Felix naar mijn telefoon heeft gestuurd, en dan bel ik Roman. 'Waar ben je?'

'Thuis. Nina voelt zich niet goed. Ze heeft een virus opgelopen. We zitten op de dokter te wachten.'

'Hoe zit het met de ontmoeting met Dushku?'

'Ik heb Kostya gestuurd.'

'Dushku mag het kind niet, dat weet je.'

'Ja, nou, hij zal het ermee moeten doen. De verdomde DEA is een uur geleden bij Oeral binnengevallen. Ze kammen de zaak uit. Ik heb Maxim gestuurd om Pavel te helpen. Dimitri en Ivan zijn naar Baykal gegaan voor het geval de DEA daar ook een bezoekje gaat brengen. Er was verder niemand beschikbaar.'

Wat een ongebruikelijk toeval. Ik kijk neer op de Ieren. 'Welke auto heeft Kostya genomen?'

'Die van mij. Hij heeft twee dagen geleden weer een ongeluk gehad.'

'Ik wil dat je Kostya belt,' zeg ik, terwijl ik naar de mannen beneden kijk. 'Zeg hem dat hij zich om moet draaien en terug moet gaan naar het landhuis. Nu meteen. En verdubbel de beveiliging.'

'Waarom?'

'O'Neil staat hier met nog drie mannen op me te wachten. Maar Fitzgerald is er niet. O'Neil doet nooit zaken zonder hem. Er zijn ook twee andere auto's die uit het zicht staan, en een aantal mannen verstoppen zich in de steeg.'

'Hinderlaag?'

'Ja. Deze is voor mij. Hij heeft waarschijnlijk ook iemand die Kostya's auto volgt, die denkt dat jij het bent. Bel hem meteen, of ze zullen hem vermoorden.'

'Fuck!'

De lijn gaat dood. Ik blijf de mannen in de gaten houden. Op een gegeven moment grijpt O'Neil naar zijn telefoon en spreekt kort met iemand. Vijf minuten later trilt mijn telefoon.

'Twee auto's hebben Kostya bij de tunnel onderschept,' zegt Roman. 'De auto is daar met lekke banden achtergelaten.'

Ik haal diep adem en knars op mijn tanden. 'Bel Felix. Hij is al met de verkeerscamera's verbonden. Ik moet weten waar ze hem heen hebben gebracht. Ik zal het hier opruimen en teruggaan om me te bewapenen.'

'Je gaat niet alleen. Hoor je me?'

'Bel Felix,' blaf ik, breek het gesprek af en kijk weer door de telescoop.

Ik maak eerst O'Neil af. Eén schot, recht in de borst. De man rechts van hem is de volgende. Ze liggen allebei op de grond voordat de andere twee zich realiseren wat er gebeurt. De laatste twee rennen naar de auto. Ik dood er een, maar de laatste man weet uit het zicht te blijven.

Ik sta op met mijn geweer, loop naar de andere kant van het dak en neem weer mijn positie in, wachtend tot de laatste man zal proberen om in de auto te stappen. Hij doet precies dat. Als hij erin zit, schiet ik de laatste kogel door het open raam, recht door zijn hoofd. Vier neer. Nog zes te gaan.

Ik stop het geweer terug in de koffer en kijk naar mijn horloge. Ik kan me op zijn hoogst twintig minuten veroorloven. Ik stel de timer in, pak mijn handwapen en ga terug het gebouw in.

De twee jongens in de zijstraat zijn gemakkelijk af te handelen — ze zien me niet eens aankomen — maar de laatste vier zullen moeilijker zijn om mee af te rekenen, omdat ze in een afgesloten, en waarschijnlijk gepantserde auto achter de container zitten. Er is niet genoeg tijd om het pistool te gebruiken. Een kijkje op mijn horloge. Nog vijf minuten te gaan. Fuck. Ik ren de straat over naar mijn auto, berg het sluipschuttersgeweer op in de kofferbak en haal een kleine granaatwerper uit het verborgen compartiment. Luca zei dat de nauwkeurigheid onberispelijk is. Maar goed dat de Ieren een verlaten plek voor de ontmoeting hebben uitkozen.

Ik ren naar de hoek, mik en schiet. Een paar seconden later ontploft de auto met de Ieren, die een prachtige knal de nacht in stuurt.

'Ik heb ze,' mompelt Felix naast me.

Hij heeft de afgelopen veertig minuten de opnames van de verkeerscamera's bekeken, op zoek naar de auto die de tunnel verliet met Kostya erin. Ik heb geprobeerd te traceren wat Felix op het scherm zag, maar hij is te snel. Ik kon amper een glimp opvangen van de twee zwarte SUV's hier en daar toen hij tussen de videobeelden wisselde.

De voordeur barst open en Sergei rent door de woonkamer naar de trap die naar de kelder leidt.

'Heb je ze?' roept hij.

'Ja. Een verlaten huis ten zuiden van de stad. Ik zal je de locatie sturen.'

'Wat is er aan de hand?' vraag ik.

'Sergei gaat Kostya halen.'

'Nu?'

'De Ieren zullen proberen zoveel mogelijk informatie uit

hem te krijgen, daarna zullen ze hem vermoorden. Het moet binnen een uur of zo gedaan worden,' zegt Felix en knikt.

'Wie gaat er met hem mee?'

'Hij haalt Dimitri onderweg op, maar hij zal bij de auto blijven. Sergei gaat alleen naar binnen.'

'Wat?' Ik kijk met grote ogen naar hem. 'Je weet niet hoeveel mensen er zijn! Hij kan gedood worden!'

'Er konden niet meer dan zes of zeven mensen in die auto's zitten. Ze hebben waarschijnlijk niemand op de locatie. Dit was niet gepland. Ze hadden Roman verwacht en ze zouden hem gewoon hebben vermoord als hij in die auto had gezeten.'

'Het is nog steeds zeven tegen één!'

'We kunnen het niet riskeren om iemand anders te sturen, Angelina. Als de Ieren ze zien aankomen, dan zullen ze Kostya meteen vermoorden.'

Het geluid van snelle voetstappen bereikt me en Sergei rent even later de keuken in. Ik kijk naar hem, mijn ogen gaan over het kogelvrije vest dat over een zwarte T-shirt met lange mouwen zit, zwarte legerbroek met beenholsters met messen, extra magazijnen, en een pistool, en nog twee wapens in schouderholsters. Hij ziet eruit alsof hij oorlog gaat voeren.

'Zit het goed tussen ons?' vraagt hij.

'Ja.' Felix kijkt naar hem op. 'Ga niet dood.'

Sergei knikt en draait zich naar me toe. Hij zegt niets, kijkt me een paar seconden aan, reikt dan naar voren en trekt met zijn vinger een lijn over mijn wang. Ik open mijn mond om iets te zeggen, maar hij draait zich om en marcheert naar de voordeur. Het enige wat ik kan doen is naar zijn rug staren als hij vertrekt.

'Er zit een man in de geparkeerde auto verderop in de straat. Twee bij de deur,' klinkt Sergei's lage stem door de koptelefoon die Felix me heeft gegeven. 'Nog drie in het huis. Met Kostya.'

'Leeft hij nog?' vraagt Felix.

'Ja. Maar hij is behoorlijk in elkaar geslagen. Zeg Roman dat de dokter op ons moet wachten in het landhuis.'

'Doc is er al.'

'Goed zo. Ik ga naar binnen.'

Gedurende een paar minuten, is het enige wat ik kan horen Sergei's ademhaling. Dan klinkt er plotseling een verstikkend geluid dat een paar seconden duurt. Ik doe mijn best om nog iets anders op te vangen, maar het enige geluid dat doorkomt, is een nauwelijks hoorbare ademhaling.

Geritsel. Iets dat op de grond valt. Een korte stilte, dan begint er iemand te hijgen en klinkt er weer een verstikkend geluid.

Ik pak de rand van de tafel voor me en probeer mijn eigen ademhaling onder controle te houden.

Stemmen in de verte. Drie snelle schoten achter elkaar. Iemand schreeuwt. Gegil. Meerdere schoten. Sergei die vloekt. Een bons. Weer schoten, gevolgd door geschreeuw. Rennende voeten. Een enkel schot. Een geluid van iets dat breekt. Nog twee schoten. Dan, is er stilte, alleen onderbroken door het geluid van een zware ademhaling.

'Kostya!' Sergei's stem. '*Davay. Poshli.*'

Gekreun. Een paar Russische vloeken.

'Ik heb hem,' zegt Sergei in de microfoon. 'Zeg tegen

Dimitri dat hij de auto naar de voorkant moet brengen. Het kind weegt een ton en hij is nauwelijks bij bewustzijn.'

Ik slaak een zucht en sluit mijn ogen, en luister naar Felix terwijl hij Dimitri belt, en daarna iemand anders. Ik let niet op wat er gezegd wordt, want ik ben verdiept in het geluid van Sergei's lichtelijk vermoeide ademhaling. Gaat het goed met hem? Hij klinkt niet zo goed. Is hij neergeschoten? Ik kijk naar Felix die nog aan de telefoon is, maar hij ziet er niet bezorgd uit.

Ik schakel de microfoon op mijn koptelefoon in.

'Sergei? Gaat het?' vraag ik.

Hij zegt niets. Er is een geluid van een naderende auto, dan, het gepiep van banden.

'Sergei?' probeer ik opnieuw.

Na een paar ogenblikken stilte krijg ik een droog antwoord, 'Het gaat goed met me. Dimitri is er, ik moet gaan.'

Ik hoor de autodeur opengaan, geritsel, nog een paar vloeken, en dan knalt de deur dicht. De audio-feed wordt verbroken.

Dertig minuten eerder.

Er is op 100 meter van het huis een schuur waar ze Kostya vasthouden. Ik heb liever iets dat dichterbij is, voor het geval ik het kind snel naar buiten moet dragen, maar het komt wel goed. Nadat ik de auto achter de schuur heb geparkeerd, pak ik de zwarte muts uit mijn zak en doe hem op. Op een nachtelijke missie gaan met haar dat zo licht is als het mijne, is gewoon om een kogel in het hoofd vragen.

'Ik ga met je mee,' zegt Dimitri vanuit de passagiersstoel en haalt zijn pistool tevoorschijn.

'Als je het waagt om deze auto te verlaten,' zeg ik terwijl ik mijn handschoenen aantrek, 'dan sla ik je bewusteloos en gooi ik je in de kofferbak.'

'Verdomme, Sergei.'

Ik kijk op, recht in zijn ogen. 'Blijf. Hier.'

Dimitri staart me aan en gooit het pistool op het dashboard. Mooi.

Na het verlaten van de auto steek ik het brede stuk gras over naar de achtertuin. Het duurt langer dan ik zou willen om het hek te bereiken, want ik moet ervoor zorgen dat ik niet op de rommel trap die op de grond verspreid ligt en de Ieren waarschuw. Ik maak een brede cirkel rondom het huis en de tuin om te zien waar de mannen zich bevinden, en kom dan dichterbij om een kijkje te nemen in de kamer waar ze Kostya vasthouden.

Er zitten drie bullebakken binnen met Kostya. Ze hebben hem in een hoek aan een stoel vastgebonden. Twee van de kerels staan aan de zijkant, en de derde is bezig om met zijn vuisten Kostya's inwendige organen te bewerken. De zijkant van Kostya's gezicht is gezwollen en bloederig, en een van zijn armen hangt in een onnatuurlijke hoek. Het kind ziet er vreselijk uit.

Ik loop terug naar de voorkant van het huis, hurk achter een struik en licht Felix in over de status op de locatie. Nu ik dat gedaan heb, ga ik naar de voorste poort, met mijn rug tegen de zijkant van het huis gedrukt om uit het zicht te blijven. Ik focus me op de man in de geparkeerde auto. De man is zo verdiept in porno kijken op zijn telefoon, dat hij niet eens merkt dat ik de achterbank in glij en mijn arm om zijn keel sla. Ik weet zeker dat hij dood is, maar ik breek zijn nek voordat ik de auto verlaat. Voorkomen is beter dan genezen.

Ik blijf in de schaduw en kruip dichterbij langs de muur naar de twee kerels bij de voordeur. Ze roken en kletsen, en hun wapens zitten vast in de holsters alsof ze geen zorg in de wereld hebben. De ene staat met zijn rug naar me toe, dus concentreer ik me op de andere en pak een van mijn werpmessen. Ze zijn misschien geen goede keuze als je iemand af wilt maken, maar ze zijn zeker een geweldige afleiding. Na het inschatten van de afstand, mik ik en laat het mes los. Het vindt zijn doelwit en raakt de man midden in zijn nek.

Het kost me precies drie seconden om hen te bereiken. Ik dood met mijn jachtmes eerst de man die met zijn rug naar me toe staat. De idioot is zo op het mes gefocust dat uit de nek van zijn vriend steekt dat hij niet eens naar zijn wapen reikt. Ik laat het lichaam vallen, snij de keel van de andere man door en maak de klus af.

Nu, het moeilijkste gedeelte.

Als de situatie anders was geweest, dan had ik alle zes de Ieren, één voor één, met mijn sluipschuttersgeweer afgemaakt, maar het feit dat Kostya's leven op het spel staat, verandert de zaken. Ik kan het me niet veroorloven om iemand van hen mijn aanwezigheid op te laten merken, of ze zullen het kind vermoorden voordat ik bij hem ben. Het is ofwel onopvallend of al schietend naar binnengaan. De laatste drie kerels zijn in de kamer met Kostya, dus er is geen mogelijkheid om naar binnen te sluipen en ze individueel te neutraliseren. Ik moet naar binnen stormen en ze allemaal in één klap doden.

Ik haal mijn pistool tevoorschijn, stap het huis binnen en doorkruis de smalle gang. De deur aan het eind staat op een kier, de stemmen van de ontvoerders bereiken me als ik dichterbij kom. Als ik er ben, hef ik mijn pistool op en trap ik tegen de deur. Ik schiet drie kogels naar de eerste man die ik zie, en dan schiet ik degene neer die zijn pistool op Kostya richt. Ik schiet en mik op zijn hoofd. De klootzak beweegt op dat moment, en mijn kogel vindt de muur in plaats van hem. Ik vuur nog twee keer op hem, raak mijn doel, maar snak naar adem en struikel als ik in mijn borst wordt geraakt. Het was waarschijnlijk een klein kaliber, dus slaag ik erin om me een fractie van een seconde later te herstellen. Ik haal diep adem, negeer de pijn en schiet op de enige overgebleven man. Mijn kogel raakt hem in het midden van zijn hoofd, en zijn lichaam valt achterover, op een salontafel.

Ik ga de kamer binnen, schiet voor de goede orde een kogel in het hoofd van elk levenloos lichaam, dan haast ik me naar Kostya en snijd het touw om zijn polsen door.

'Kostya!' Ik sla mijn arm om zijn rug. '*Davay. Poshli.*'

Zelfs halfbewust slaagt hij erin om op te staan, en kreunt in het proces. Ik sla zijn goede arm om mijn nek en begin hem naar buiten te slepen.

We staan aan de voorkant van het huis op Dimitri te wachten, als ik de stem in mijn oortje hoor en me wezenloos schrik.

'Sergei? Gaat het?'

Ik sluit mijn ogen en wil iets slaan. Ze heeft de hele tijd geluisterd.

Sergei arriveert een uur later. Zodra ik de voordeur open zie gaan, spring ik op van de bank waar ik heb zitten wachten. In plaats van naar me toe te komen, kijkt hij alleen in mijn richting en gaat naar de trap. Ik sta in het midden van de woonkamer, naar zijn vertrekkende gestalte te kijken, me afvragend wat er in hemelsnaam aan de hand is. Dan neem ik een beslissing. Als hij met rust gelaten wil worden, dan zal het een andere keer moeten zijn, want ik moet weten of hij in orde is.

Ik kom net op tijd boven aan de trap om hem zijn slaapkamer in te zien gaan. Als ik de kamer in kom, is hij nergens te bekennen, maar het water loopt in de badkamer.

'Sergei?' roep ik, en als ik geen antwoord krijg, ga ik naar de deur en doe hem open.

Sergei staat voor de wasbak, zijn hoofd is gebogen en zijn handen grijpen zo hard de rand vast dat zijn knokkels wit zijn geworden.

'Felix had je niet naar de audio moeten laten luisteren,' zegt hij zonder zijn hoofd op te heffen.

Ik zet een paar stappen naar voren en leg mijn hand op de zijne. 'Waarom niet?'

'Omdat ik het idee niet prettig vind dat je luistert terwijl ik mensen vermoord, Angelina.'

Hij wil me nog steeds niet aankijken. In plaats daarvan concentreert hij zich aandachtig op de wasbak, met zijn kaken stevig op elkaar geklemd. Ik zet het water uit, leg dan mijn hand op zijn wang en draai langzaam zijn hoofd naar me toe.

'Mensen gedood horen of zien worden is niets nieuws voor me, Sergei.' Ik streel met de achterkant van mijn hand langs de zijkant van zijn gezicht. 'Je zit onder het bloed.'

'Het is niet van mij.'

'Goed.' Ik knik en begin zijn vest los te maken.

Terwijl hij het vest over zijn hoofd trekt, ontsnapt er een sis uit zijn mond. 'Shit,' mompelt hij, pakt zijn shirt en trekt het uit, en onthult een naar uitziende rode vlek tussen de zwarte lijnen van zijn tatoeages.

'Sergei!' Ik snak naar adem en leun naar voren om het te inspecteren. 'Is dit van een kogel?'

'Het is maar een blauwe plek. Het vest heeft de kogel tegengehouden.'

Ik strek mijn hand uit en streel de beschadigde huid lichtjes met mijn vingertop. Hij had dood kunnen zijn. Hoe konden ze hem daar alleen naar binnen laten gaan?

Er is een zachte aanraking op mijn kin terwijl hij hem tussen zijn vingers neemt en mijn gezicht omhoog kantelt. 'Het is gewoon trauma aan het zachte weefsel. Dat gebeurt soms.'

Hij zegt dit alsof neergeschoten worden geen groot probleem is. Wat als hij het kogelvrije vest niet had gedragen? Wat als het een kogel was geweest die het vest kon doorboren? Ik kijk in zijn ogen, die naar mij kijken, pak zijn gezicht tussen mijn handen en druk mijn lippen op de zijne. Hij reageert gedurende een seconde of twee niet, maar dan grijpt hij me om mijn middel en drukt me tegen hem aan terwijl zijn lippen de mijne beginnen aan te vallen.

De arm rond mijn middel wordt strakker en tilt me op de plank naast de wasbak. Sergei's lippen verdwijnen van de mijne, en ik open mijn ogen en zie hem met zijn hoofd schuin naar me kijken.

'Weet je wel waar je aan begint, Angelina?' vraagt hij en ik kijk met grote ogen toe hoe hij naar het mes reikt dat aan zijn dij is vastgebonden.

Ik volg het enorme lemmet terwijl hij hem naar mijn borst beweegt en de licht gebogen punt onder de eerste knoop van mijn shirt plaatst. Er zijn een paar donkere vlekken op het gladde metalen oppervlak te zien die eruitzien als opgedroogd bloed. Probeert hij me af te schrikken?

'Ja.' Ik draai mijn hoofd omhoog en kijk recht in zijn lichte ogen. Ik zie er misschien wat schuchter uit, maar ik ben niet snel bang. Mensen die bereid zijn te doden om te beschermen, jagen me geen angst aan. Ik ben alleen bang voor degenen die anderen pijn doen om van hun pijn te genieten.

Ik steek mijn hand uit en sla mijn vingers om de hand die het mes vasthoudt. De knoop vliegt weg en klettert op de vloer.

Hij beweegt het mes naar beneden en haakt de punt onder het volgende doelwit. 'Weet je dat zeker?'

Ik knik en de tweede knoop valt op de grond. De derde volgt kort daarna, en ik zit onbeweeglijk, terwijl hij ze blijft afsnijden totdat ze allemaal weg zijn. Ik haal diep adem, schud het shirt van me af en laat het vallen. Sergei's lippen komen omhoog en mijn adem stokt wanneer het koude mes lichtjes tegen het midden van mijn borst drukt.

'Ik hou van deze beha,' zeg ik moeizaam.

'Ik ook,' zegt hij, terwijl hij zijn vinger onder de stof haakt die de cups bij elkaar houdt, en hij de punt van het mes omhoog beweegt. 'Maar ik heb liever dat hij uit is.'

Hij snijdt het dunne stuk stof door, en mijn vagina klemt zich samen en doordrenkt mijn slipje.

Zonder mijn ogen van de zijne te halen, gooi ik het geruïneerde stuk kant weg, laat het bij mijn shirt vallen en leun achterover. Sergei laat het mes in de wasbak vallen, steekt dan zijn vingers in de tailleband van mijn jeans en buigt zijn hoofd totdat zijn gezicht recht voor de mijne hangt.

'Hierna is er geen weg meer terug, schat,' zegt hij.

Ja, ik denk inderdaad dat dat zo is. Terwijl ik mezelf met mijn handpalmen op het badkamerkastje ondersteun, til ik mijn kont op terwijl hij mijn broek langs mijn benen schuift. Ik had verwacht dat hij mijn slipje uit zou doen, maar in plaats daarvan reikt hij weer naar het mes, haakt de punt onder de band en snijdt het door.

'Vind je het leuk om mijn ondergoed te verpesten?'

'Ontzettend.' Hij grijnst en herhaalt de actie aan de andere kant. Het laatste stukje stof dat me bedekt valt eraf, waardoor ik volledig bloot ben, voor hem tentoongesteld onder het felle fluorescerende licht. Als het een andere man was geweest, dan zou ik nerveus zijn. Bij Sergei heb ik dat niet. Hij heeft me al op mijn slechtst gezien, dus ik heb geen behoefte om me voor hem te verstoppen.

Terwijl hij zijn ogen op de mijne gericht houdt, begint hij de holsters van zijn dijen los te maken en laat hij de wapens achter elkaar op de vloer vallen. Een pistool. Verschillende extra magazijnen. Nog een mes. Uiteindelijk trekt hij zijn broek en boxers uit en staat hij in al zijn naakte glorie voor me. Terwijl ik al die strakke spieren zie, rauw en onberispelijk gedefinieerd, ontstaat er een besef. Zijn lichaam is mooi, maar het is niet alleen voor de show. Net als de geweren en messen die hij neer heeft gegooid, is Sergei's lichaam een wapen, tot in de perfectie getraind en in staat om iemands leven met minimale inspanning te beëindigen — precies dat waar ik vanavond getuige van ben geweest.

Hij komt dichterbij en grijpt met zijn linkerhand naar de achterkant van mijn nek, glijdt met zijn rechterhand langs mijn ruggengraat en trekt me naar voren totdat het puntje van zijn harde pik op mijn kern drukt. Ik zou me zorgen moeten maken over het feit dat hij net met dezelfde handen die me nu vasthouden meerdere levens heeft beëindigd. Er zitten bloedspetters op z'n armen en gezicht. Maar dat doe ik niet. In plaats daarvan sla ik mijn benen om zijn middel en geniet van het gevoel van zijn pik die in me glijdt. Hij is te groot en ik snak naar adem terwijl mijn wanden zich uitstrekken om me aan zijn grootte aan te passen. Ik heb nog steeds een beetje pijn van eerder, maar het kan me niet schelen. Geen van ons beide beweegt zich een paar ogenblikken, terwijl we in elkaars ogen staren.

Dit voelt op de een of andere manier anders. In de auto, waren het gewoon twee mensen die aan seksuele aantrekkingskracht bezweken en ernaar handelden. Maar dit… dit is iets anders.

Tot vanavond begreep ik niet wie Sergei Belov eigenlijk is. Ik heb geluisterd terwijl hij zes gewapende mannen doodde, snel, efficiënt en zonder aarzeling. Nu weet ik waarom. Ik word verliefd op een koelbloedige moordenaar.

Gehypnotiseerd. Mijn pik voelt aan alsof hij gaat ontploffen, maar ik beweeg me niet. Angelina's wijd opengesperde ogen staren in de mijne, en hebben me volkomen gehypnotiseerd. Er is geen angst in hen te zien. Geen terughoudendheid. Mensen kijken me zelden in de ogen. En als ze dat doen, dan wenden ze hun hoofden snel af, alsof ze bang zijn voor wat ze zien wanneer ze te goed kijken. Haar hand rust op mijn schouder, haar nagels doorboren mijn huid terwijl ze erin knijpt, terwijl ze tegelijkertijd haar benen om mijn middel aanspant en me nog dichterbij trekt.

Ik laat mijn vingers langs haar rug gaan en pak een handvol van haar lokken vast, terwijl ik haar hoofd omhoog kantel. Ze huivert en bijt op haar onderlip en sluit haar ogen.

Ik trek me bijna volledig uit haar en trek lichtjes aan haar haren. 'Kijk me aan, schat.'

Ik wil dat ze naar me kijkt. Op het moment dat haar ogen opengaan, stoot ik met al mijn kracht in haar. Angelina kreunt, terwijl ze zich aan mijn schouders vastklampt, terwijl ik mezelf tot mijn schacht in haar begraaf.

'Sneller,' zegt ze.

'Nee.' Ik glimlach en glijd naar buiten, alleen om weer naar binnen te stoten, langzamer deze keer. Het geluid van haar gehijg klinkt als muziek in mijn oren. De uitdrukking op haar gezicht is onbetaalbaar, iets tussen opgetogenheid en frustratie. Ik laat haar haren los en pak haar kin, nog steeds zo langzaam als ik kan in en uit haar stotend, en verslind Angelina's lippen. Ze smaakt naar honing en zonde, en mijn controle verdwijnt. Ik pak haar kont met mijn linkerhand en stoot in haar, onze monden op elkaar gedrukt houdend terwijl onze ademhaling zich vermengt. Angelina's handen pakken mijn bovenarmen vast, ze knijpen alsof haar leven ervan afhangt, en ik stoot keer op keer in haar. Ze kreunt en sluit haar ogen. Nee.

'Ogen, Angelina,' blaf ik en pak haar kin weer vast. 'Ik wil dat je naar me kijkt.'

Haar handen bewegen omhoog totdat ze aan weerszijden van mijn gezicht rusten, en ze kijkt me aan zoals ze altijd doet — alsof ze *mij* ziet, niet iemand die ze naar binnen sturen wanneer dingen vernietigd of mensen geëlimineerd moeten worden. Niet de losgeslagen man waar iedereen bang voor is, dat hij hen zal doden als ze hem verkeerd aankijken. Gewoon… ik.

'Ik hou je, lisichka,' zeg ik tegen haar lippen en stoot weer in haar. 'Je bent van mij.'

Angelina kreunt terwijl trillingen haar lichaam laten schudden, en ik blijf in haar stoten totdat ik mijn eigen ontlading vind. Haar blik laat mij geen moment los.

'Ik moet douchen,' zegt Sergei tegen mijn mond en bijt dan op mijn lip. 'Ik zit onder het bloed.'

Ik zucht, nog steeds aan het bijkomen van de high. 'Zou je het erg vinden om gezelschap te hebben?'

'Nee.'

Zijn handen landen op mijn armen en glijden naar beneden en bewegen dan naar mijn middel. Hij zet me op de grond en verstrengelt zijn vingers met de mijne. Zijn ogen zijn half gesloten van aanhoudende opwinding terwijl zijn greep op mijn hand strak blijft. Hij trekt me naar de douche en draait aan de hendel. Het water stroomt over hem heen, stroomt langs zijn gezicht en lichaam en wast het bloed weg.

Het water aan zijn voeten is roze, en ik ben gebiologeerd als het ronddraait voordat het in de afvoer verdwijnt. Als ik opkijk, kijken Sergei's ogen me aan. Wachtend. Ik zet een stap naar voren en ga bij hem onder de straal staan, mijn voeten naast de zijne in een mix van bloed en water.

Hij trekt een wenkbrauw op. 'Je had kunnen wachten tot het bloed was weggespoeld.'

'Dat had gekund,' zeg ik terwijl ik in zijn ogen kijk.

'En het stoort je niet?'

Ik kijk naar het water rond mijn voeten. Er is nog steeds een lichtroze tint te zien. 'Nee, niet echt.'

Hij reikt met zijn hand naar voren en haalt een paar haarlokken weg die tegen mijn wangen geplakt zitten. 'Je bent een geval apart.'

'Dat ben ik niet,' zeg ik en reik naar de douchegel. 'Ik ben waarschijnlijk de meest saaie persoon die ik ken.'

Ik kijk toe hoe hij mijn kin tussen zijn vingers pakt en mijn hoofd omhoog kantelt.

'Jij komt niet eens in de buurt van saai, schatje.'

'Je broer zei dat ik op een bibliothecaresse lijk.'

'Ik heb geen idee hoe een bibliothecaresse eruit hoort te zien, maar als het zo is...' Zijn vrije hand rust op mijn schouder en beweegt zich naar mijn borst, knijpt in mijn borst, beweegt zich dan lager langs mijn buik en stopt uiteindelijk tussen mijn benen. 'Bibliothecaressen zijn dan verbijsterend sexy kleine dingen.'

Hij buigt zijn hoofd en drukt zijn lippen tegen de mijne terwijl zijn hand naar mijn achterwerk gaat. 'Met de lekkerste, stevigste billen,' zegt hij tegen mijn mond en slaat lichtjes op mijn kont.

'Als jij het zegt.' Ik glimlach en dan slaak ik een kreet als hij op mijn lip bijt.

'Ja, dat zeg ik.'

Ik grijns en knijp een beetje van de douchegel op mijn handpalm.

Sergei kreunt. 'Niet de aardbei.'

Ik kijk naar mijn hand en zie dat ik er een van mij heb gepakt. Sluw glimlachend knijp ik er nog wat meer uit. Terwijl ik zijn borst was, zachtjes om de plek heen waar de kogel hem heeft geraakt, kijk ik naar de tatoeages die zijn voorkant bedekken. De meeste zijn macabere scènes, die tot in detail zijn gedaan. Hier en daar, staan er tussen de talrijke geometrische patronen en mythologische wezens, woorden in het Russisch geschreven.

Ik ga met mijn vinger langs de staart van een gevleugelde slang op zijn borstbeen en volg hem naar zijn schouder. Sergei draait zich om en geeft me zijn rug en ik ga verder langs het lichaam van het wezen dat over zijn schouderblad in een gigantisch hoofd met openstaande kaken eindigt. Ik heb op de voorkant van Sergei's lichaam maar één litteken gezien, een korte horizontale lijn aan de zijkant van zijn nek, maar er zitten er op zijn rug verschillende. Een rond litteken bij het hoofd van de slang op zijn schouder, en nog een op zijn heup. Ik streel ze allemaal met mijn vingers, leun dan naar voren en plaats een kus op zijn bovenarm. Er is een scherpe snak naar adem, en het volgende moment, word ik tegen de muur gedrukt met Sergei's mond die de mijne verslindt, en zijn harde pik die tegen mijn buik klopt.

'Dat heeft niet lang geduurd.' Ik ga met mijn hand over zijn lengte. 'Proberen we een record te breken? Ik weet niet zeker of ik dit tempo bij kan houden.'

'Maak je geen zorgen. Uithoudingsvermogen komt met oefening.' Hij zet het water uit, pakt een handdoek van de plank en legt die om mijn schouders. Nadat hij me heeft ingepakt, tilt hij me in zijn armen en draagt me uit de badkamer naar bed.

'Dit voelt bekend aan,' zeg ik en begraaf mijn gezicht in de kromming van zijn nek. 'Deze keer ruik je wel anders.'

'En wiens schuld is dat?'

Glimlachend lik ik aan zijn nek en bijt dan een beetje in zijn huid. 'Ik was niet aan het klagen.'

Hij legt me op het bed en klimt boven me. 'Nu is het mijn beurt om te proeven.'

In plaats van voorover te leunen om mijn nek te proeven zoals ik had verwacht, beweegt hij zich langs mijn lichaam, pakt mijn benen en plaatst ze over zijn schouders. Ik kijk toe hoe hij zijn hoofd laat zakken en mij likt.

'Perfectie,' mompelt hij en likt er dan nog een paar keer aan, waardoor ik naar adem snak. Hij zuigt op mijn klit, en trillingen nemen mijn lichaam over. Ik wil dat hij doorgaat, maar tegelijkertijd, heb ik het gevoel dat ik ga imploderen als hij niet weer in me komt. Als hij er een vinger aan toevoegt, jammer ik en grijp naar zijn haar, terwijl mijn kern trilt. Sergei haalt zijn mond van mijn poesje, en ik kreun van frustratie, maar het volgende moment vult zijn pik me volledig. Zijn lichaamsgewicht komt bovenop me te liggen en zijn hart bonkt tegen het mijne. Hij slaat een arm om me heen en streelt mijn wang met zijn andere hand. Ik hijg en hou zijn blik vast terwijl hij zich in me stoot.

Mijn vagina is rauw, maar het kan me niet schelen. Elke stoot, elk pijntje, elke keer als zijn pik mijn wanden uitrekt, voelt als een soort bewijs dat we leven. Ik had vanavond zo in angst geleefd. Ik zal die twintig minuten nooit vergeten. Ik ben het zo zat om iedereen waar ik om geef te zien sterven.

Met één hand die hem vasthoudt voor alles wat ik waard ben, breng ik mijn andere omhoog om hem op zijn wang te leggen. Mijn ogen prikken. Hij is hier. Hij leeft. Sergei spietst me weer, en begraaft zijn pik tot de schacht in me. Zijn hartslag versnelt. Nog een stoot. Hij leeft. Leeft. Leeft.

Hoofdstuk 14

Angelina

Gefluisterde Russische woorden. Een beweging naast me. Meer woorden, sneller en iets luider. Ik open mijn ogen, nog steeds een beetje slaperig als slaap weigert om zijn greep los te laten, en het kost me een paar seconden om te registreren waar ik ben. Het ochtendlicht baadt de kamer in een zachte gloed, en het enige wat ik hoor, is Sergei's gemompel. Ik draai me om en zie hem naast me op zijn rug liggen, met zijn kaak in een harde lijn en zijn ogen strak gesloten. Ik ga rechtop in bed zitten en druk mijn handpalm lichtjes tegen zijn wang.

'Sergei?'

Zijn ogen schieten op hetzelfde moment open dat zijn hand omhoogschiet en zich om mijn keel wikkelt. Ik snak naar adem, pak zijn pols met beide handen en trek eraan, maar het brengt me nergens.

'Dasha!' snauwt Sergei, zijn gezicht een toonbeeld van haat.

Er is geen tijd om na te denken over wie Dasha is, want zelfs in schaars licht, kan ik zien dat zijn ogen leeg zijn. Ik zuig adem naar binnen en dwing mijn lichaam om stil te blijven liggen. Hij doet me geen pijn, maar ik zou liegen als ik zei dat zijn enorme hand op mijn keel niet een beetje angstaanjagend was.

'Sergei, ik ben het. Angelina,' zeg ik met een kalme stem.

Ik laat zijn pols los, leg mijn hand weer op zijn wang en begin heel langzaam mijn hand naar het midden van zijn gezicht te bewegen.

'Sergei. Kom alsjeblieft terug, grote jongen.' Ik ga met een vinger over zijn neus. 'Ik ben gefascineerd door je neus, weet je dat?'

Hij knippert met zijn ogen.

'Dat is goed,' zeg ik en glij met het puntje van mijn vinger weer over zijn neus. 'Kom terug, Sergei.'

'Lisichka?' fluistert hij.

'Yep. Jij bedkaper.'

Ik kijk toe terwijl hij diep ademhaalt, zijn blik naar de hand afdwaalt die nog steeds mijn keel vasthoudt, en verstijft.

'Jezus, fuck.' Hij laat mijn keel los alsof hij zich heeft verbrand en springt van het bed. Hij wankelt achteruit tot hij tegen de muur botst en laat zich dan op de grond zakken en staart me de hele tijd aan.

'Ik ben in slaap gevallen.' Zoals hij het zegt, klinkt het alsof het het meest gruwelijke is wat hij had kunnen doen. 'Ik kan niet geloven dat ik naast je in slaap ben gevallen.'

'Sergei…'

'Ik had je kunnen doden.' Hij begraaft zijn handen in zijn haar, sluit zijn ogen en slaat met de achterkant van zijn hoofd tegen de muur. 'Het spijt me, schat.'

Ik wikkel de deken om me heen, ga uit bed en kniel voor hem op de grond neer.

‘Niet doen!’ Ik pak zijn gezicht met mijn handen vast. ‘Het is mijn schuld. Felix had me gewaarschuwd om je niet aan te raken als je slaapt. Ik was het vergeten.’

‘Het is niet jouw schuld dat ik gestoord ben,’ zegt hij. ‘Ik breng je vandaag naar een hotel. Je bent niet veilig bij mij in de buurt.’

‘Ik ga niet naar een hotel.’

‘Oké. Dan ga ik.’

Ik druk mijn lippen op elkaar. ‘Jij gaat ook nergens heen.’

‘Angelina —’

‘Nee. We blijven allebei hier. En we zullen een manier vinden om hier aan te werken.’

Zijn hoofd schiet omhoog en hij staart me met grote ogen aan. ‘Ben je gek geworden? Ik heb je bijna gewurgd, in godsnaam.’

‘Je hield me gewoon bij je vandaan. De volgende keer wacht ik tot je wakker bent voordat ik je aanraak.’

‘Er komt geen volgende keer, Angelina. Ik ga niet dezelfde fout maken en ik breng je nooit meer in gevaar.’

‘Ik heb je midden in een nachtmerrie wakker gemaakt, Sergei. Je dacht dat ik een bedreiging was. En toch heb je me geen pijn gedaan.’

‘Dat had wel gekund.’ Hij schudt met zijn hoofd. ‘Je moet bij me uit de buurt blijven.’

Ik leun voorover tot mijn neus de zijne aanraakt. ‘Gaat niet gebeuren. Laten we terug naar bed gaan.’

‘Nee. Ik ga naar de andere kamer. Het zal onmogelijk zijn om te slapen na wat er is gebeurd, maar gewoon voor het geval dat.’

'Oké.' Ik knik. 'Ik neem het kussen mee en dan ga ik met je mee. En even dat je het weet, ik haat het om op de grond te slapen. Ik ben een keer gaan kamperen toen ik in groep vijf zat. Een van de ergste ervaringen van mijn leven, en dat is een zeer competitieve lijst.'

'Je slaapt niet op de vloer, Angelina.'

'Dan wordt het het bed. Ik ben blij dat we het daarover eens zijn.' Ik pak zijn hand en sta op. 'Kom mee. Alsjeblieft.'

Hij laat me hem overeind trekken en volgt me met tegenzin door de kamer. Ik klim het bed in, schuif naar voren om ruimte voor hem te maken en klop op het kussen naast mijn hoofd. Sergei kijkt naar me, zijn gezicht staat grimmig, gaat dan op het bed zitten met zijn rug naar me toe en laat zijn hoofd hangen. Hij zit naar de vloer tussen zijn voeten te staren. Het is duidelijk dat hij niet van plan is om te gaan liggen. Ik verplaats me om achter hem te gaan zitten met mijn benen aan weerszijden van zijn heupen, terwijl ik mijn armen om zijn borst sla. Ik laat mijn linkerhand net boven zijn hart rusten en leg mijn wang op zijn rug.

Sergei haalt diep adem en bedekt mijn hand met de zijne. 'Ik ben naar de klote, Angelina. Serieus naar de klote.'

'Dat geeft niet. Ik vind je leuk zoals je bent.' Ik sluit mijn ogen en snuffel met mijn neus aan zijn rug. 'Wie is Dasha?'

Zijn lichaam verstijft, maar de hartslag onder mijn handpalm neemt toe. Gedurende een lange tijd zegt hij niets. Hij beweegt geen spier, en ik weet zeker dat mijn vraag onbeantwoord zal blijven.

Maar dan begint hij te praten. 'Dasha was mijn vrouw,' fluistert hij en mijn ogen schieten open.

'We hebben elkaar per ongeluk ontmoet,' vervolgt hij, 'of dat is wat ik toen geloofde. Zes jaar geleden. Ze was een paar jaar ouder dan ik, een serveerster in een koffieshop waar ik kwam. Verlegen. Een beetje onzeker over zichzelf. Ze was Russisch. Ze was hier op een werkvisum, en ze probeerde om haar papieren te krijgen.' Hij gnuift. 'Ik was jong. Dom. Ik geloofde de schijnvertoning. En ik mocht haar graag. Felix had natuurlijk haar achtergrond gecontroleerd. Het leek solide. Toen ik hem vertelde dat ik met haar ging trouwen zodat ze haar verblijfsvergunning kon krijgen, werd hij gek. Tenminste in het begin, maar toen zei hij dat het misschien goed voor me was om iemand te hebben. Ik zat toen niet goed in mijn vel.'

'Dus ben je met haar getrouwd?'

'Ja. Ze is bij mij ingetrokken. Het was de eerste paar maanden leuk.' Hij knijpt in mijn vingers. 'Toen begon ze me naar mijn werk te vragen. Kleine dingen, in het begin. Waar ik was geweest. Wat ik precies had gedaan. Ik vertelde haar dat ik voor de overheid werkte, en dat ik geen werkgerelateerde informatie kon delen. Ze begon me steeds meer onder druk te zetten en ze raakte gefrustreerd toen ik niets zei.'

Hij haalt diep adem. 'Op een avond kwam ik thuis van een lange missie. Ik was moe en had slaaptekort. We waren toen zes maanden samen, maar ik was twee weken eerder gestopt met in ons bed te slapen, en ik was van plan haar te vragen om ergens anders te gaan wonen. Ik ben op de bank neergestort. Er was iets wat me later wakker maakte. Het was geen geluid of iets dergelijks. Dasha was te goed getraind om op te vallen. Misschien was het instinct. Het ene moment lag ik diep te slapen en het volgende moment sprongen mijn ogen open en zag ik haar boven me hangen met een van mijn messen op mijn keel.'

Hij steekt zijn hand op en legt hem op de rechterkant van

zijn hals, over het horizontale litteken dat ik zag toen we aan het douchen waren.

'Ik aarzelde maar even, genoeg om haar in mijn huid te laten snijden, maar toen sloeg mijn training in werking. Ik greep haar vast en brak haar nek.' Hij schudt met zijn hoofd. 'De volgende ochtend heeft Felix aan wat touwtjes getrokken en slaagde hij erin om haar vingerafdrukken door de internationale database te halen. Ze was een agent voor de Russische regering. We vonden een geheim e-mailaccount op haar telefoon waar ze haar opdrachten op ontving. In de laatste communicatie had ze gemeld dat ik niet wilde praten, en vroeg ze toestemming om zich terug te trekken. Het antwoord dat ze had gekregen was om mij te doden, zodat ik haar dekmantel niet kon verraden.'

O mijn God. 'Hield je van haar?'

'Ik weet het niet. Misschien.' Hij kijkt naar de deur. Hij heeft me niet één keer aangekeken sinds hij me over zijn vrouw begon te vertellen. 'Begrijp je wat er eerder had kunnen gebeuren?'

Ik kus zijn rug. 'Ja.'

'Goed.'

Hij knikt en begint op te staan, maar ik knijp mijn armen samen en sla mijn benen om hem heen. 'Het betekent niet dat je naar de andere kamer gaat.'

'Schatje…'

'Jij' — ik kus zijn linkerschouder — 'blijft'— een andere kus op zijn arm — 'bij mij.'

Ik beweeg mijn handen omhoog, haak me vast onder zijn armen, en verschuif dan mijn hele gewicht naar de zijkant. Hij leunt met me mee tot we allebei op het bed liggen.

'Je demonen maken me niet bang,' fluister ik in zijn oor.

'Je vergeet dat ik in het hol van een hyena ben opgegroeid, Sergei. Ik ben misschien wel beschaafd. Mijn vader heeft ervoor gezorgd dat ik de beste opleiding kreeg, maar ik bracht nog steeds het grootste deel van mijn leven met mannen door die slecht of gek waren.'

Ik pak zijn hand en leg zijn handpalm op de zijkant van mijn dij, over het litteken waar hij me ooit naar had gevraagd. 'Ik ben niet uit een boom gevallen. Toen ik zeven was ben ik ontvoerd. Ik werd door een kogel geraakt toen het mannetje van mijn vader me uit een schuur droeg waar mijn ontvoerder me voor losgeld vast had gehouden.'

Hij zuigt adem naar binnen en ik kus z'n nek. Dan til ik mijn rechterhand op en spreid mijn vingers voor zijn gezicht om hem het lange vervaagde litteken op mijn handpalm te laten zien. 'Een van de mannen op het complex probeerde me te verkrachten toen ik dertien was. Ik heb me in mijn hand gesneden toen ik probeerde zijn mes van hem af te pakken.'

'Is het hem gelukt?' vraagt Sergei, zijn stem nauwelijks hoorbaar. 'Heeft hij je verkracht?'

'Nee. Hij was te dronken. Ik heb zijn pistool gepakt, dat hij op het nachtkastje had laten liggen, en heb hem in zijn gore ballen geschoten. Hij schreeuwde als een varken dat werd afgeslacht.'

Sergei draait zich om, kijkt me aan, stopt zijn hand in mijn haar, en kijkt me vol verbazing aan. 'Weet je hoe je een pistool moet afvuren?'

Ik grinnik. 'Iedereen op het complex weet hoe je een pistool moet gebruiken.'

'Je zit vol verrassingen, niet waar juffrouw Sandoval?'

'Het is gewoon een kwestie overleven, denk ik.' Ik haal mijn schouders op. 'Zelfs mijn nana weet hoe ze moet schieten.'

Ik lach, maar het is triest. Het doet pijn om aan haar te denken, me af te vragen of ze nog leeft. ‘Kun je je pakhan aan zijn belofte herinneren?’

‘Welke belofte?’

‘Hij zei dat hij zal proberen om wat informatie over haar te krijgen. Ik weet niet zeker of Diego haar iets heeft aangedaan toen hij erachter kwam dat ze me heeft geholpen om te ontsnappen.’

‘Dat zal ik doen, schatje.’ Hij leunt naar voren en geeft een kus op mijn voorhoofd. ‘Ga maar weer slapen.’

‘Blijf je?’

Ik voel zijn borst onder mijn handpalm omhoogkomen terwijl hij diep ademhaalt. ‘Ik blijf.’

Glimlachend begraaf ik mijn gezicht in zijn nek en, zijn wilde, vertrouwde, troostende geur inhalerend, sluit ik mijn ogen en geniet van het gevoel van zijn armen die me omhullen, en zijn adem in mijn haar. Hij is bang dat hij me onbedoeld pijn doet, maar ik kan me niet herinneren dat ik me voor het laatst zo beschermd heb gevoeld als in Sergei’s omhelzing.

‘Waag het niet om dit bed te verlaten,’ mompel ik en laat mezelf in slaap vallen.

Ik wacht tot Angelina in slaap valt, sta dan op, ga naar mijn kast om wat kleren aan te trekken, en snuffel door de laden tot ik mijn voorraad sigaretten heb gevonden. Ik pak het halfvolle pakje en haal onderweg mijn telefoon op, verlaat de kamer en fluit voor Mimi, die een paar seconden later de trap op rent.

Ik wijs naar de slaapkamerdeur en geef haar het bevel om het te bewaken, dan ga ik de trap af en ga naar buiten. Ik pak de asbak die onder de eerste tree verborgen staat, neem plaats op de veranda, en bel Roman.

'Hoe gaat het met het kind?' vraag ik.

'Christus, Sergei!' schreeuwt-fluistert hij in de telefoon. 'Het is vijf uur 's ochtends.'

Er zijn wat ritselende geluiden, waarschijnlijk gaat hij naar een andere kamer, en dan gaat er een deur dicht. 'Het komt wel goed met hem. Olga en Valentina zijn de hele nacht bezig geweest om zijn verpleegsters te zijn.'

'Weten ze dat hij met hen allebei naar bed is geweest?'

'Nou, op basis van de scène die ik zag toen ik eerder bij hem ging kijken, weten ze het. Ik vond hem uitgestrekt in bed, met Valentina rechts van hem en Olga links van hem. Ze lagen met z'n drieën bij elkaar.'

'Mooi.'

'Weet je, soms vraag ik me af of er iemand onder dit dak woont die niet gek is.' Hij zucht. 'Hoe gaat het met je?'

'Het gaat goed.' Ik steek een sigaret op en inhaleer diep. 'Wat gaan we met de Ieren doen?'

'Ik heb Yuri en Dimitri die bar van hen laten afbranden. En ik heb Patrick een bericht gestuurd, want ik neem aan dat hij het nu overneemt.'

'Oh? Wat was de boodschap?'

'Ze hebben twee dagen om Chicago te verlaten. Iedereen die blijft, zal sterven.'

'Denk je dat hij het zal doen?'

'Fitzgerald is een lafaard. Ze zullen vertrekken.'

'Goed.' Ik leun met mijn rug tegen de reling en neem nog een trekje. 'Roman?'

'Ja?'

'Dank je,' zeg ik. 'Dat je me tolereert.'

Er zijn een paar momenten van stilte van de andere kant voordat hij antwoordt. 'Je hoeft me nergens voor te bedanken, Sergei. Je bent goed in wat je voor de Bratva doet.'

'Ja. Als ik geen dingen opblaas of mensen vermoord, die ik niet zou moeten opblazen of vermoorden,' gnuif ik.

'Daar heb je een punt.' Hij gaapt. 'Varya doet altijd te veel zout in de soep. Kostya crasht elke maand auto's. Ik denk dat niemand perfect is.'

Ik barst in lachen uit. Laat het maar aan Roman over om een parallel te trekken tussen mijn gedrag en Varya's kookkunst. 'Bel me morgen om me te laten weten hoe het met de Ieren is gegaan.'

Ik verbreek de verbinding en laat mijn hoofd tegen de paal achter me rusten en sluit mijn ogen. Ik had gehoopt dat Roman me zou afleiden van wat er eerder met Angelina is gebeurd. Dat is niet het geval. En ik heb geen idee wat ik met haar moet doen. Ook al weet ik dat het het beste zou zijn, de gedachte om haar weg te sturen zorgt ervoor dat ik alles kort en klein wil slaan.

'Sergei?'

Ik open mijn ogen en zie Angelina gewikkeld in een deken bij de voordeur staan. Ze kijkt me bezorgd aan. Haar voeten zijn bloot, haar haar zit in de war en staat alle kanten op, en ze heeft slaapkreukels op haar linkerwang. Mimi staat twee meter achter haar, maar als ze me ziet, blaft ze en draait ze zich om, waarschijnlijk op weg naar de woonkamer om te slapen.

'Je zult kouvatten,' zeg ik.

Angelina haalt haar schouders op, komt in een paar snelle

stappen naar me toe, gaat tussen mijn benen zitten en leunt achterover tegen mijn borst aan.

'Dat is een vreselijke gewoonte.' Ze knikt naar mijn hand waar ik de sigaret in vast heb.

'Vind je het vervelend?'

'Nee. Ik zeg het alleen maar.'

Ik maak de sigaret uit en haal de asbak weg.

'Is alles goed?' vraagt ze.

'Ja.' Ik sla mijn armen om haar heen en stop mijn neus in haar haren en adem haar bloemige geur in. 'En met jou?'

'Ik mis mijn vader,' fluistert ze en kijkt naar de ochtendhemel. 'Het is vreemd. We hebben nooit veel tijd samen doorgebracht, vooral in de laatste paar jaar niet. Ik ging alleen tijdens de zomervakantie naar Mexico, en het was meestal maar voor een week of twee. Ik probeerde zoveel mogelijk bij die gekte uit de buurt te blijven. Toch mis ik hem.'

'Waren jullie niet close?'

'Ik zou niet zeggen dat we niet close waren.' Ze haalt haar schouders op. 'We zagen elkaar niet vaak, maar hij belde stipt elke zondagavond. Hij was erg trots op me, omdat ik naar de universiteit ging. Niemand in mijn familie had een hogere opleiding.'

'Was het je vader die erop stond dat je naar de VS zou verhuizen?'

'Ja. Zijn belangrijkste doel was om mij weg te krijgen van het kartel, en hij wilde niet dat ik elke zomer terug zou komen naar Mexico, maar ik moest hem en mijn nana minstens één keer per jaar zien. Ze waren mijn enige familie.'

Ik verplaats mijn hoofd naar de zijkant van haar nek en besnuffel haar met mijn neus, en hou van de manier waarop ze zich omhoog kantelt om me meer toegang te geven. 'En je moeder?'

'Ze is overleden toen ik klein was. Kanker. Ik herinner me haar niet eens. Het waren altijd alleen mijn vader en Nana Guadalupe.'

'We zullen haar bevrijden,' zeg ik en knijp mijn arm om haar middel. 'Ik beloof het.'

Angelina ademt uit en leunt met haar hoofd achterover op mijn schouder. Ik denk niet dat ze me gelooft, maar ik beloof mezelf plechtig dat ik haar nana hierheen krijg, ongeacht de gevolgen.

'Sergei?' fluistert ze. 'Waar ga je heen als je met je gedachten afdwaalt?'

Ik verstijf even, niet voorbereid op haar vraag, leg dan mijn kin op haar schouder en staar naar de horizon. 'Ik weet niet goed hoe ik het moet uitleggen,' zeg ik. 'Het is alsof ik hier ben, maar slechts gedeeltelijk. Ik kan horen en zien wat er om me heen gebeurt, maar ik heb geen controle over mijn daden. Je zou uit m'n buurt moeten blijven als ik zo ben. Ik wil je geen pijn doen, zelfs niet onbedoeld.'

Angelina draait zich om en kijkt me aan, haar ogen kijken in de mijne en houden mijn blik vast terwijl ze haar hand op de zijkant van mijn gezicht legt. 'Ik denk niet dat je me ooit pijn kunt doen, Sergei. Wel of niet met opzet.' Ze houdt haar hoofd omhoog totdat haar lippen zachtjes tegen de mijne drukken. 'Ik ben niet bang voor je, grote jongen.'

'Dat zou je wel moeten zijn, Angelina,' zeg ik tegen haar mond. 'Je hebt me nooit helemaal de controle zien verliezen, schat. Als je dat had gezien, dan was je weggelopen en had je nooit meer omgekeken.'

'Is dat wat andere mensen doen als je doordraait? Van je wegrennen?'

'Als ze slim zijn, ja.'

Angelina glimlacht en legt het puntje van haar vinger op mijn neus, waarbij ze de lijn langs mijn neusbrug volgt totdat ze mijn mond bereikt. 'Nou, ik ben niet van plan om te vluchten, Sergei. Ik ben zelfs van plan om nog dichterbij te komen en je vast te houden totdat je terugkomt van waar je ook heengaat.' Haar mond vindt de mijne, en terwijl haar lippen de mijne verkennen, vergeet ik even het bloed en de moorden. De woede waar ik al zo lang mee leef, verdwijnt.

Hoofdstuk 15

Angelina

'Waar gaan we naartoe?' vraag ik als we naar de motor lopen.

'Dat zie je vanzelf wel,' zegt Sergei met een grijns.

Ik vernauw mijn ogen naar hem en pak de tas die hij bij zich heeft. 'Wat zit er in?'

Hij verplaatst de tas buiten mijn bereik. 'Niet gluren.'

'Gaan we picknicken? Heb je ketchup meegenomen?'

'We gaan verdomme niet picknicken.' Hij bindt de tas aan de achterkant van zijn motor vast en geeft me de helm. 'Waarom zou ik je meenemen om te picknicken?'

'Omdat meisjes dat leuk vinden?'

'Bullshit. Geen enkel meisje wil op het gras zitten en van een plastic bord eten terwijl ze probeert de mieren en vliegen weg te jagen.'

'Nou, als je het zo stelt.' Ik haal mijn schouders op en stap op de motor achter hem.

Sergei start de motor en ik sla snel mijn armen om zijn middel en grijp hem stevig vast. Die eerste ruk als hij wegrijdt, is het ergst. Zelfs na de vele keren dat hij me voor een ritje heeft genomen, heb ik nog steeds een paar minuten nodig om aan het idee te wennen dat ik achterop een motor zit. Ik kan er niets aan doen. De gedachte dat voertuigen met twee wielen niet zouden moeten bestaan, zal niet bij me verdwijnen. Maar ik herinner me dat het Sergei is die rijdt, dus ik ontspan me en laat mezelf van de adrenalinepiek genieten.

Ik heb hem alleen op de motor zien rijden. Het is gewoon belachelijk. Ik blijf maar denken dat hij ergens tegenaan zal botsen. Toen ik hem vorige week dat idiote ding op één wiel zag doen, kreeg ik bijna een hartaanval. Hij probeert dat nooit als ik bij hem ben, godzijdank.

We rijden ongeveer veertig minuten over de snelweg voordat hij een bocht neemt naar een zijweg, en dan naar een smal zandpad dat tussen de velden door loopt. Ik ben ervan overtuigd dat we verdwaald zijn als hij vertraagt en parkeert. Er is niets anders dan gras te zien.

'Zijn we verdwaald?' vraag ik wanneer ik mijn helm heb afgezet.

'Nee.' Hij lacht, pakt me om mijn middel en tilt me van de motor. 'Laten we gaan.'

Hij maakt de tas van achteren los, pakt mijn hand in zijn vrije hand, en leidt me over het veld aan onze rechterkant. Honderd meter verder, bereiken we een ruw gemaakte houten tafel, die in niemandsland staat. Iets verderop zie ik verschillende metalen staanders met peddels aan weerszijden, op verschillende afstanden van de tafel geplaatst. Oefen doelwitten.

'Ik wist niet wat je leuk vond,' zegt Sergei en legt de tas op tafel.

Ik kijk met grote ogen toe hoe hij verschillende handwapens pakt en ze op het houten oppervlak op een rij legt. Twee Glocks. Een Sig Sauer, kleiner model. Een Beretta. En nog twee pistolen. Ik herken de fabrikant niet, maar het lijkt wel een militair wapen.

'Kies maar.' Hij knikt naar het assortiment wapens.

Ik trek een wenkbrauw op. 'Heb je me meegenomen voor een schiettraining?'

'Het is beter dan een picknick.' Hij lacht. 'En ik wil je zien schieten.'

Ik vernauw mijn ogen tot spleetjes naar hem. 'Geloofde je me niet toen ik zei dat ik wist hoe ik een pistool moest hanteren?'

'Natuurlijk geloofde ik je.' Hij leunt naar voren en drukt zijn lippen op de mijne. 'Maar ik wil zien of je echt iets kunt raken.'

Ik glimlach tegen zijn lippen. 'Oké.'

Hij draait me om, om naar de tafel te kijken en gaat achter me staan. 'Wat dacht je van de Sig? Die zou het makkelijkst voor je zijn om te gebruiken. Weet je hoe je de veiligheid eraf moet halen?'

Hij is zo lief. 'Ik hou niet van Sigs.' Ik steek mijn hand uit en pak de Glock 19. Het is relatief licht en heeft een dubbel terugslagsysteem. Ik kijk naar het magazijn. 'Ik zal een ronde van zes doen. En dan mag jij. We zullen zien wie er het meeste heeft geraakt.'

Sergei barst in lachen uit. 'Afgesproken.'

Het eerste doel is vrij dichtbij, dus ik besluit voor het tweede doel te gaan. Als ik rond de tafel kom, hef ik het pistool op en mik op de peddel linksboven. Mijn eerste schot is raak. Ik raak de volgende drie ook, dan mis ik de vijfde. Shit.

De zesde is weer raak. Ik zet de veiligheidspal erop, laat het pistool zakken en draai me om en zie Sergei naar me staren.

'Nou, het lijkt erop dat ik wel iets heb kunnen raken, hè?' zeg ik grijnzend.

Hij staart me gedurende een paar hartslagen aan, dan grijpt hij me zo plotseling om mijn middel, dat het pistool uit mijn hand valt. Hij tilt me op, trekt me tegen zijn lichaam aan en onze monden komen samen.

Gewelddadige, wanhopige kussen en dan… 'Er is niets sexyer dan een meisje dat weet hoe ze met een pistool moet omgaan.' Hij neemt mijn onderlip tussen zijn tanden en bijt er lichtjes in. 'Wanneer heb je leren schieten?'

'Pap begon het me te leren toen ik elf was.' Ik sla mijn armen om zijn nek en begraaf mijn handen in zijn blonde lokken. Hij heeft het mooiste haar dat ik ooit heb gezien. 'Nu jij.'

Sergei lacht en zet me op de grond. Hij reikt naar een van de wapens die ik niet herkende. Terwijl hij het controleert, loop ik om hem heen om achter hem te staan. Ik wacht tot hij het wapen opheft om te richten en leg dan mijn handen op zijn heupen. Langzaam schuif ik mijn handen langs de tailleband van zijn spijkerbroek naar voren en laat ze dan zakken totdat mijn handen op zijn kruis rusten.

'Angelina?' Hij kijkt over zijn schouder. 'Wat ben je aan het doen?'

'Hebben ze je niet getraind om onder druk te werken?' Ik glimlach en masseer zijn pik door zijn spijkerbroek.

Zijn mondhoek gaat omhoog. Hij kijkt weer naar het doelwit en schiet. Het is raak. Ik moet mijn spel verbeteren. Ik druk mijn borsten tegen zijn rug, maak de knoop van zijn spijkerbroek los en trek zijn rits naar beneden. Hij schiet weer. Nog een keer raak. Verdorie. Ik schuif mijn hand erin.

'Ik denk niet dat ik ooit seks heb gehad in een veld,' zeg ik en haal zijn pik eruit, streel hem, en geniet van de manier waarop hij onmiddellijk hard wordt. Er klinkt een schot. Ik kijk naar het doelwit. 'Oh. Het lijkt erop dat je die gemist hebt, schatje. Leid ik je af?'

'Nee,' komt zijn korte antwoord.

'Het geeft niet. Dat kan iedereen wel eens gebeuren.' Ik duik onder zijn opgeheven arm door en ga voor hem staan. Er klinkt nog een schot, maar ik draai me niet om om te kijken of het raak is. In plaats daarvan laat ik me op mijn knieën vallen en lik ik aan het puntje van zijn pik.

Sergei kreunt.

'Let maar niet op mij. Ga rustig verder.' Ik pak zijn nu volledig rechtopstaande pik met mijn rechterhand en streel hem terwijl mijn linkerhand onder zijn shirt glijdt.

Gefluisterd gemopper. Nog een schot, gevolgd door een stroom van Russische vloeken. Ik glimlach en lik zijn pik weer. Er klinkt een dreun in het gras naast me waar Sergei zijn pistool neergooit, en het volgende moment lig ik op de grond met zijn lichaam over het mijne.

'Jij kleine valsspeler.' Hij bijt op mijn kin terwijl zijn handen met mijn broek rommelen. 'Drie van de vijf gemist. Waag het niet om het aan iemand te vertellen.'

'Je geheim is veilig bij mij,' zeg ik, en snak dan naar adem als zijn vinger in me glijdt.

Hij cirkelt met zijn duim om mijn klit terwijl hij zijn vinger nog dieper duwt en ik voel mijn vocht over zijn hand stromen. Mijn rug kromt als hij er nog een andere vinger in laat glijden, mijn wanden oprekkend, en ik kom bijna, maar de boef verwijdert abrupt zijn hand.

'Ik heb een geweldig idee dat ik graag zou willen

bespreken,' fluistert hij naast mijn oor en bijt dan in mijn oorlel.

'Nu?' snauw ik en pak zijn pik. 'De enige discussie die op dit moment gaat plaatsvinden, is tussen jouw pik en mijn poesje.'

Sergei's arm wikkelt zich om mijn middel, en hij rolt ons om totdat hij onder me ligt, met mijn lichaam over zijn borst gedrapeerd. Ik streel hem, positioneer mezelf boven zijn harde lengte en laat mijn lichaam langzaam zakken totdat ik hem helemaal in me neem.

'Wat vind je ervan om een tatoeage te nemen?' vraagt hij en pakt mijn billen.

'Gaat niet gebeuren,' zeg ik terwijl ik hem berijd.

'Het kan een kleintje zijn.' Hij knijpt in mijn kont en tilt me op, terwijl hij me boven zijn pik houdt. 'Ik zal je in ruil daarvoor leren om met een sluipschuttersgeweer te schieten.'

Zijn lichtblauwe ogen kijken me met een ondeugende glinstering aan. Ik streel zijn kaaklijn met mijn vinger. 'En wat wil je dat ik op mezelf tatoeëer, jij gek?'

Sergei's lippen vormen een glimlach en het volgende moment duwt hij me op zijn pik. Ik snak naar adem en bijt op mijn onderlip als hij in me begint te stoten.

'Niets bijzonders,' zegt hij, het tempo versnellend, 'slechts een paar woorden.'

Ik gooi mijn hoofd achterover en geniet van het gevoel dat hij van onder me in me stoot. Sergei's handen glijden onder mijn shirt en gaan omhoog om in mijn borsten te knijpen. Ik kijk op hem neer en ga met mijn handen langs zijn armen, waarbij ik zijn spieren onder mijn vingertoppen voel. 'Welke woorden?'

Sergei grijnst. Mijn God, hij is zo knap. Ik hoop dat ik die lege blik in zijn ogen nooit meer zal zien. Hij stoot weer in me en ik schreeuw terwijl ik klaarkom, maar blijf met mijn heupen bewegen, het orgasme berijdend totdat ik op zijn borst inzak. Hij beweegt zijn handen naar mijn heupen om me vast te houden terwijl hij in een straffend tempo in me blijft stoten. Na nog een paar harde stoten vindt hij zijn ontlading.

Ik kruis mijn armen over zijn borst en plaats mijn kin op mijn handen, terwijl ik naar hem kijk. Zijn ogen zijn gesloten, zijn ademhaling moeizaam. Hij heeft mijn vraag niet beantwoord, maar ik ben dol op de absolute gelukzaligheid die ik op zijn gezicht zie.

'Welke woorden wil je dat ik tatoeëer, Sergei?'

Hij opent een oog. 'Doet het ertoe?'

'Natuurlijk doet het ertoe.' Ik trek mijn neus naar hem op en schud mijn hoofd.

'Ik dacht aan iets in de trant van *Prinadlezhit Sergeyu Belovu*.' Hij sluit zijn oog weer. 'Op je onderrug. Wat zeg je ervan?'

Ik staar naar hem, maar zodra ik over de schok heen ben, flap ik eruit, 'Je gaat me niet brandmerken als je bezit.'

'Waarom niet?' Hij haalt zijn schouders op en opent zijn ogen om naar me te kijken.

Ik staar hem aan. Hij meent het. Een warm gevoel explodeert in mijn borst en verspreidt zich totdat het mijn hele lichaam vult. Mezelf optrekkend zodat mijn hoofd recht boven het zijne hangt, buig ik me voorover om in zijn oor te fluisteren.

'Oké,' zeg ik.

Sergei gromt, grijpt me achter in mijn nek en claimt mijn mond.

Hoofdstuk 16

Angelina

IK OPEN DE ZAK MET HONDENVOER EN PAK MIMI'S VOERBAK terwijl armen om mijn middel wikkelen en er een kus bovenop mijn hoofd belandt.

'Waarom heb je me niet wakker gemaakt?' vraagt Sergei en laat zijn kin op mijn schouder rusten, terwijl hij toekijkt hoe ik hondenvoer in de voerbak giet.

'Je slaapt al amper.' Ik kijk hem zijdelings aan. 'Wanneer ben je van plan om in bed te gaan slapen?'

Het is bijna een maand geleden dat we voor het eerst samen met elkaar hadden geslapen. Sindsdien liggen we elke avond samen in bed te knuffelen, maar wanneer ik wakker werd, lag Sergei op de grond te slapen. Ik heb geprobeerd hem ervan te overtuigen om bij mij te slapen, maar hij had alleen zijn hoofd geschud. Hij wachtte vervolgens tot ik in slaap viel en ging dan naar zijn slaapzak op de vloer naast het bed.

'Is Felix in de buurt?' Hij verandert altijd van onderwerp als ik hierover begin te praten.

'Ik heb hem niet gezien,' antwoord ik.

'Hij is waarschijnlijk bij Marlene. Laten we Mimi voor het ontbijt uitlaten.'

Sergei fluit en Mimi komt de hoek om gerend. Ze tilt haar hoofd op zodat Sergei haar nek kan krabben, draait zich dan naar mij en likt aan mijn handpalm. Ik vind het nog steeds moeilijk te geloven dat zo'n enge hond zo'n zacht karakter kan hebben. Felix heeft ooit gezegd dat Mimi een man in minder dan een minuut kan doden, maar als ik naar haar kijk terwijl ze om ons heen rent, eerst Sergei met haar neus duwt en dan mij, vraag ik me af of hij me gewoon aan het plagen was.

'Ik weet wat jij en Felix hebben gedaan voordat je bij de Bratva kwam,' zeg ik terwijl we over de stoep lopen, waardoor Sergei stopt waar hij staat.

'Heeft hij het je verteld?' vraagt hij tussen opeengeklemde tanden. 'Wanneer?'

'Een tijdje geleden.' Ik zeg niet dat het meeste van wat ik weet ik dat van de pakhan heb gehoord, en dat Felix alleen de gaten in heeft gevuld.

'Ik ga hem vermoorden.'

Ik knijp in zijn hand. 'Hoe was het? De training, bedoel ik. Ik weet dat je niet over de missies kunt praten.'

Sergei haalt diep adem, slaat zijn arm om mijn middel en leidt ons naar het park. 'Geloof het of niet, ik vond het leuk,' zegt hij. 'Ik was niet goed bezig toen ze me binnenbrachten en ze boden me een doel aan. Op een bepaalde manier gaven ze me een gevoel van erbij te horen. Het voelde goed. Althans, in het begin.'

'Hoe waren de andere jongens in de groep. Waren jullie vrienden?'

'Ik kan niet echt zeggen dat we vrienden waren.' Hij haalt zijn schouders op. 'Maar we zaten in dezelfde situatie, dus het creëerde een gevoel van kameraadschap.'

'Weet je waar ze nu zijn?'

'Een van hen stierf al vroeg tijdens een missie. David. Hij was een goede jongen. De andere, Ben, die heb ik gedood,' zegt hij en kijkt op me neer, wachtend op mijn reactie. Het was waarschijnlijk de man die Felix had genoemd, degene die hem aanviel toen Sergei een aanval had. Ik staar zonder te knipperen recht in zijn ogen.

'En de anderen?' vraag ik.

Sergei kijkt een paar seconden naar me, kijkt dan weg en loopt verder. 'Kai en Az. Kai was een extreem gestoorde man. Gewelddadig. Agressief. Als hij ergens op gefixeerd was, ongeacht wat het was, dan kon niemand het uit zijn hoofd krijgen. Ze hebben hem een paar keer vast moeten binden. Az was het tegenovergestelde. Teruggetrokken. Een kluizenaar. In al die jaren die we samen hebben doorgebracht, heeft hij volgens mij minder dan twintig zinnen tegen de rest van ons gezegd.' Hij lacht. 'Hij speelde wel extreem goed poker. Zelfs Felix, met al zijn valsspelen, kon hem niet verslaan.'

'Az?' vraag ik. 'Dat is een ongewone naam.'

'Het is een bijnaam. Niemand wist hoe hij echt heette. Hij wilde het niet vertellen. Kruger, de man die de eenheid leidde, heeft geprobeerd het uit hem te slaan. Hij heeft hem zonder papieren van de straat geplukt, en toen ze de vingerafdrukken van Az controleerden, kregen ze niets. Maar zelfs toen

Kruger zijn arm brak, wilde Az zijn naam niet zeggen. Dus uiteindelijk was hij gewoon Az.' Hij grinnikt. 'Gekke klootzak.'

'Wat is er met hen gebeurd?'

'Ik neem aan dat Kai nog steeds voor de overheid werkt. Az is zes maanden voordat Felix en ik vertrokken, verdwenen.'

'Vermist gegaan tijdens een missie?'

'Nee. Hij is gewoon verdwenen.' Sergei kijkt naar Mimi, die tussen een paar bomen door rent, en fluit. 'Er was een verkeersongeval. De vrouw van Az werd door een dronken bestuurder gedood. De volgende dag vonden ze zijn huis die tot de grond was afgebrand. Geen spoor van Az.'

'Jezus. Heeft iemand zijn huis in brand gestoken?'

'Hij heeft het zelf in brand gestoken.'

'Hoe kun je daar zo zeker van zijn?'

'Iedereen in de eenheid had een specialiteit. Ik werd meestal naar binnen gestuurd als het nodig was om ergens meerdere vijanden onschadelijk te maken. Az handelde undercover missies af, en als ze iemand dood wilden hebben zonder verdenking op te wekken, dan was dat wat hij deed. Zijn favoriete techniek was het zo grondig platbranden van dingen dat het forensisch team niets kon vinden.'

'Denk je dat hij nog leeft?'

Sergei lacht. 'Az is extreem moeilijk te doden. Hij leeft nog.'

We gaan net het huis binnen als Sergei's telefoon gaat. Op het moment dat hij naar het scherm kijkt en het nummer van de beller ziet, verandert zijn houding van ontspannen naar verstijft. Zijn arm gaat om mijn middel en hij drukt me tegen zijn zij terwijl hij de telefoon naar zijn oor tilt.

'Diego,' zegt hij, en ik verstijf. 'Wat kan ik voor je doen?'

Ik kan Diego's antwoord niet horen, maar door de manier

waarop Sergei's arm om mijn middel ontspant, is het niets ergs. Ik adem uit. Even was ik bang dat hij had ontdekt waar ik ben.

'Oké. Vanavond om tien uur. Ik zal je de coördinaten sturen.' Sergei verbreekt de verbinding. 'Ik heb vanavond een afspraak met Diego's mannen. Jammer dat hij niet komt.'

'Hij zou nooit het risico nemen om persoonlijk naar de VS te komen,' zeg ik. 'Denk je dat hij weet dat ik hier ben?'

'Dat betwijfel ik. Hij zou iets hebben geïnsinueerd als hij het had geweten.' Hij laat zijn hoofd zakken en geeft een kus op mijn wang. 'Maak je geen zorgen, op het moment dat er zich een kans voordoet maak ik een einde aan die klootzak.'

'Sergei, nee.' Ik pak zijn hand en draai hem naar me toe. 'Hij heeft te veel bondgenoten. Als je Diego iets aandoet, dan zal een van hen je vermoorden.'

'Ze kunnen het proberen.' Hij lacht, maar het is geen glimlach die ik gewend ben bij hem te zien. Het is berekenend en koel. De glimlach van een roofdier dat zijn prooi in het vizier heeft.

Elke keer als ik Sergei in een pak zie, sta ik versteld van de transformatie. Weg is de eng uitziende man met haar dat in de war zit en die bedekt is met tatoeages. In zijn plaats staat er een zakenman, iemand die voor een CEO van een bedrijf of een politicus door zou kunnen gaan.

Ik veeg een denkbeeldig pluisje van zijn jas. 'Waar ontmoet je Diego's mannen?'

'In een van de magazijnen. Pasha laat me de clubs niet meer gebruiken.'

'Waarom niet?'

'Ik heb er de laatste keer een beetje een puinhoop gemaakt.'

'Wat? Ben je dronken geworden of zo?'

Hij lacht. 'Ik drink nooit, schatje. Ik ben van mezelf al gek genoeg.'

'Nee.' Ik druk mijn vingertop op zijn lippen. 'Je bent niet gek. En ik wil dat je stopt met dat te zeggen,' zeg ik en zijn mondhoeken komen iets omhoog alsof ik iets grappigs heb gezegd. 'Maak me wakker als je terug bent, oké?'

'Ik ben niet voor twee of drie uur terug. Diego's mannen praten graag.'

'Het maakt niet uit.' Ik ga op mijn tenen staan om zijn lippen lichtjes te kussen, maar hij slaat een hand om mijn rug en drukt me tegen zijn lichaam, en valt dan mijn mond aan.

Achter me schraapt Felix zijn keel. 'Sergei. Je komt te laat,' zegt hij.

'Fuck you, Albert,' mompelt Sergei tegen mijn mond, waarna hij mijn lippen nog vijf minuten blijft verslinden. Hij streelt met de rug van zijn hand mijn wang voordat hij vertrekt.

'Zijn er nog aanvallen geweest?' vraagt Felix op het moment dat Sergei de deur achter zich sluit.

'Nee. Niet in de afgelopen paar weken.'

'Goed.' Hij loopt naar de kast naast de koelkast en haalt zijn laptop tevoorschijn. Hij draagt hem naar de eettafel en begint kabels aan te sluiten.

'Ben je van plan om naar de ontmoeting te kijken?'

'Ja.' Hij knikt. 'Er zitten in het noordelijke magazijn twee camera's.'

'Doe je dat altijd?'

'Nee. Maar ik heb een slecht gevoel over deze ontmoeting.'

'Waarom?'

'Ik weet het niet. Het is gewoon zo.' Hij zet de laptop aan. 'Kun je Mimi even uitlaten? Ik moet de verbinding opzetten.'

'Tuurlijk.'

Op het moment dat ik de riem van de haak haal, rent Mimi naar mijn zijde en begint tegen mijn hand te duwen. Ik maak de riem aan de halsband vast, wetende dat het niet veel uit zou maken als ze zou besluiten om ervandoor te gaan. Ze weegt minstens twintig kilo zwaarder dan ik. Het is maar goed dat ze zich goed gedraagt, tenzij er bloemen in de buurt zijn. Ik moet uit de buurt van Meggie's tuin blijven.

Ik was aanvankelijk van plan om een korte wandeling te maken, maar het is een prachtige avond. In plaats van dicht bij huis te blijven, neem ik Mimi mee naar een groep bomen een paar straten verderop. We zijn bijna aan de rand als ik een vrouw op de stoep zie lopen, die onze kant opkijkt. Ze komt me vaag bekend voor, waarschijnlijk een buurvrouw die we misschien al eerder zijn tegengekomen. Ik steek mijn hand op om te groeten. De vrouw kijkt even naar me, dan naar Mimi, zwaait terug en vervolgt haar weg.

Ik zet een stap in de richting van de bomen, maar Mimi blijft staan waar ze staat. Ze observeert de omgeving, en laat een vreemd laag gegrom horen. Ze beweegt zich niet, zelfs niet als ik aan de riem trek, totdat de vrouw om de hoek is verdwenen.

'Geen fan van roodharigen, hè?' mompel ik.

Ik slenter bijna een uur met Mimi door de buurt. Tegen de tijd dat ik de trap op loop naar de voordeur van Sergei's huis, ben ik klaar om in te storten. Op het moment dat ik de deur opendoe, word ik meteen wakker door de verheven stem van Felix. Hij zit achter zijn laptop, praat met iemand door de telefoon, maar als hij me ziet, schiet zijn hoofd omhoog.

'Kom hier!' Hij beweegt met zijn hand en blijft in de telefoon praten. 'Probeer hem van achteren te benaderen en leg de telefoon tegen zijn oor. Wees voorzichtig, Yuri. Misschien herkent hij je niet.'

Ik ren de keuken in en om de tafel heen, zodat ik naast Felix sta. Ik open mijn mond om te vragen wat er aan de hand is, maar als mijn ogen op het scherm van de laptop vallen, sterven de woorden op mijn lippen. De videobeelden tonen Sergei die naast een man staat, die uitgestrekt op de motorkap van een auto ligt. Sergei's rechterhand zit om de keel van de man terwijl hij het hoofd van de man tegen het voertuig slaat. Rechts van hem liggen nog twee mannen op de grond, geen van beiden beweegt. Bij degene die het dichtst bij Sergei ligt, is zijn hoofd in een onnatuurlijke hoek gedraaid, terwijl de andere met zijn gezicht naar de grond ligt, met een plas bloed aan weerszijden van hem. Terwijl ik toekijk, nadert een man met donker haar in een wit overhemd Sergei van achteren en hij houdt een telefoon in zijn uitgestrekte hand.

'Praat tegen hem.' Felix duwt de telefoon in mijn hand.

Ik druk de telefoon tegen mijn oor, maar het kost me even om mezelf genoeg te vermannen om de woorden te vormen.

'Sergei?' zeg ik moeizaam, en ik hou mijn ogen op het scherm gericht. Hij reageert niet. 'Sergei!' schreeuw ik in de telefoon.

Sergei's hoofd schiet opzij. Hij staart gedurende een seconde of twee naar de telefoon die door Yuri wordt vastgehouden, steekt dan zijn hand uit en drukt hem tegen zijn oor.

'Lisichka?' vraagt hij. Zijn stem is volkomen kalm, alsof ik hem bel terwijl hij 's ochtends koffie zit te drinken. 'Is er iets aan de hand?'

Ik kijk naar Felix, die knikt en beweegt om door te gaan. Ik staar hem alleen maar aan. Waar verwacht hij dat ik over praat?

'Ik… Ik was met Mimi aan het wandelen en ze heeft iets gegeten. Ik heb niet gezien wat. Ze begon te hoesten en braakte toen.'

Felix sluit zijn ogen en knikt.

'Misschien moeten we haar naar de dierenarts brengen,' ga ik verder. 'Kun je naar huis komen?'

'Is ze nog steeds aan het overgeven?'

Ik kijk naar Mimi, die op de bank in de woonkamer ligt te snurken, en beweeg dan mijn ogen terug naar het scherm. Sergei heeft nog steeds zijn linkerhand om de keel van de man zitten. 'Ja. Kun je alsjeblieft komen?'

'Ik ben er over een half uur.' Hij laat de man los en begint naar de andere kant van het magazijn te lopen waar zijn auto geparkeerd staat. 'Ga Albert halen, zodat hij kan helpen totdat ik er ben, voor het geval dat. De oude man ligt waarschijnlijk te slapen, maak hem maar wakker.'

Hij gooit de telefoon naar Yuri, stapt in zijn auto en verlaat even later het magazijn. Ik laat de telefoon naar de tafel zakken en wend me tot Felix, die zich in zijn stoel laat vallen en zijn hoofd schudt.

'Wat is er gebeurd?' vraag ik en plof neer op de stoel tegenover hem.

'Diego Rivera heeft zijn mannen gestuurd om het bericht door te geven dat hij zijn prijzen met twintig procent zal verhogen.'

'Is Sergei daardoor doorgeslagen?'

'Nee. Hij heeft ze net laten weten dat we geen producten meer van ze zullen afnemen.' Hij zucht. 'Maar toen ze hem vertelden dat Diego nu een groot marktaandeel heeft nadat hij Manny Sandoval had vermoord en zijn dochter had gepakt, flipte Sergei.'

'Jezus.' Ik leg mijn ellebogen op tafel en druk mijn handen tegen mijn ogen. 'Gebeurt dit vaak?'

'Nee. Ik denk dat de vermelding van Rivera die jou vasthield hem triggerde. Hoeveel slaapt hij?'

'Ik weet het niet. Vier uur, misschien vijf.' Ik haal mijn schouders op. 'Hij gaat meestal na mij slapen, dus ik weet het niet zeker.'

'Slapen jullie in hetzelfde bed?'

'Hij wacht tot ik slaap, pakt dan zijn slaapzak en slaapt op de grond.'

'Goed zo. Hou het zo.'

'Ik zal het zeker niet zo houden,' zeg ik. 'Ik probeer hem al weken te overtuigen om bij me in bed te slapen.'

'Wat? Ben je gek geworden?'

Ik sla mijn armen over elkaar en kijk Felix aan. 'Is het ooit bij je opgekomen dat hij misschien beter kan worden als iedereen stopt met hem als een wild dier te behandelen?'

'Heb je gezien wat er daar is gebeurd, Angelina?' Hij wijst naar het scherm van de laptop. 'Weet je hoeveel tijd hij nodig had om drie gewapende mannen te overmeesteren? Vijftien seconden!' blaft hij. 'Ik denk dat Roman en ik een fout hebben gemaakt door dit allemaal op jou af te schuiven. Een meisje dat zo afgeschermd als jij is opgevoed kan onmogelijk begrijpen waartoe sommige mensen in staat zijn.'

Ik hou mijn hoofd schuin en staar hem aan. 'Weet je wat ze in het kartel met verklikkers doen, Felix? Of met dieven?'

'Nee.'

'Laat me je dan uitleggen hoe afgeschermd ik ben geweest.' Ik leun achterover in mijn stoel en kijk uit het raam naar de tuin. 'Er stond niet ver van ons huis een grote boom, net achter het bloembed waar ik graag bij in de buurt speelde. Ik weet niet wat voor boom het was, maar hij had hele lange en dikke takken,' zeg ik. 'Als iemand betrapt werd op het geven van informatie aan de autoriteiten of andere kartels, dan hingen ze hem op aan een van de lagere takken. Mensen ophangen was mijn vaders favoriete manier van straffen. Ik werd meestal geadviseerd om niet naar dat deel van de tuin te gaan als de boom bezet was.'

'Jezus, fuck.' Felix staart me met zijn ogen wijd open aan. 'Deden ze dat terwijl er kinderen in de buurt waren? Wat als sommigen van hen de lichamen zagen?'

'Oh, we hebben de lichamen zeker gezien. Iedereen was aanwezig als er iemand werd opgehangen. Het was verplicht. Een soort waarschuwing. Mijn nana wilde niet dat ik daar naar toe ging vanwege de geur.'

'De geur?'

'Ja, soms lieten ze de lichamen een dag of twee hangen. De stank was zo sterk, dat zelfs nadat ze de lijken hadden verwijderd, de geur dagenlang in mijn neus bleef hangen.' Ik haal mijn schouders op. 'Dan was er nog de jacht. Dat werd vooral gebruikt voor dieven.'

Ik vind het nogal grappig, de manier waarop Felix naar me kijkt, alsof hij me voor het eerst ziet. Ik weet zeker dat hij weet wat voor jacht het was, maar ik ga toch door.

'Mijn vaders mensen bonden de handen van de dieven achter hun rug en stuurden ze blootsvoets het bos in. Ze kregen meestal een voorsprong van twintig minuten. Dan pakten ze hun wapens en gingen op jacht. Soms, als er meerdere dieven werden opgejaagd, dan kon het de hele nacht duren. Ik lag dan in mijn bed en hoorde dan af en toe een schot, en vroeg me dan af of het wel of niet raak was.' Ik leg mijn handpalmen op de tafel en leun naar voren. 'Dus waag het niet om conclusies te trekken over wat ik wel of niet aankan, Felix.'

Ik sta op en loop naar de koelkast, pak een blikje cola en ga dan naar de woonkamer om op Sergei te wachten.

'Als Sergei komt, doen we alsof er niets is gebeurd,' zeg ik terloops.

'Angelina?'

Ik stop en kijk Felix over mijn schouder aan. 'Ja?'

'Betekent dit dat je blijft?'

'Ja, dat betekent het.'

Hoofdstuk 17

Angelina

De deken begint langs mijn lichaam te glijden. Ik pak de rand om hem over me heen te houden en open een oog. Het is nog donker buiten. Er wordt nog een keer aan de deken gerukt, deze keer harder, en de hoes glijdt tussen mijn vingers vandaan.

'Hoe laat is het?' mompel ik en begraaf mijn gezicht in het kussen.

'Half zes,' fluistert Sergei in mijn oor en geeft een kus in mijn nek. 'Ik heb je hulp met iets nodig.'

'Wat?'

'Dit.'

Ik voel zijn lichaam tegen mijn zij drukken, zijn harde pik duwt tegen mijn heup, en ik glimlach. 'We gaan om zeven uur open. Als je bediend wilt worden, moet je wachten.'

'Oh nee, wat jammer.' Zijn lippen bewegen naar de zijkant van mijn nek. 'Dan zal ik mezelf moeten helpen.'

Ik kantel mijn hoofd en open mijn ogen een beetje en kijk

naar hem terwijl hij naar de lade in het nachtkastje reikt en het steakmes uit mijn voorraad pakt.

'Ik wist dat je obsessie met scherp keukengerei van pas zou komen,' zegt hij, terwijl koud metaal tegen mijn onderrug drukt, waar mijn T-shirt naar boven is gekropen. 'Ik hoop dat je niet te gehecht bent aan dit shirt, schatje.'

'Wat ben je aan het doen?'

'Ik help mezelf,' zegt hij en terwijl hij het mes onder mijn top schuift, en het stof helemaal van mijn zoom tot aan de nek lossnijdt.

Ik draai me om, maar hij drukt zijn handpalm in het midden van mijn rug en houdt me op mijn plaats. Zijn andere hand schuift onder mijn lichaam en glijdt dan van mijn buik naar tussen mijn benen.

'Sergei?'

'Ssst... Je zei dat je op dit moment niet beschikbaar bent,' zegt hij naast mijn oor en legt dan zijn hand op mijn poesje. 'Daarom mag je je dus niet bewegen. Of spreken.'

Er gaat bij zijn woorden een rilling door mijn lichaam, en dan nog een wanneer ik het koude metaal op mijn heup voel. Een snelle ruk, en de band van mijn slipje knapt. Hij schuift het mes naar mijn andere heup en snijdt de band aan die kant door. Ik reik naar beneden om het geruïneerde slipje weg te halen, maar Sergei's hand wikkelt zich om mijn pols.

'Ik zei... niet bewegen, schatje.' Hij laat mijn hand los en drukt zijn handpalm op de basis van mijn ruggengraat, terwijl mijn bekken tegen het bed wordt gedrukt. 'Nog geen centimeter.'

Hij tilt zijn andere hand van mijn vagina en gaat met zijn vingertoppen over mijn heupbeen, vervolgens langs mijn bil en tussen mijn benen. Het slipje dat nog steeds tussen mijn lichaam en het bed vastzit, begint weg te glijden terwijl hij hem naar achteren en naar boven trekt, waardoor het kanten materiaal mijn poesje plaagt. Er ontsnapt gejammer van mijn lippen van het onverwachte gevoel. Vervolgens verandert hij de hoek voordat hij hem er volledig uittrekt. Ik knijp in het kussen en begraaf kreunend mijn gezicht erin.

'Geen geluid, Angelina,' fluistert Sergei en steekt zijn vinger in me.

Het kussen dempt mijn gekreun, maar als hij nog een vinger toevoegt, ontsnapt er een kleine schreeuw.

'Hoorde ik daar iets, schatje?' Hij streelt mijn ruggengraat met zijn hand terwijl hij zijn vingers dieper laat glijden. 'Ik denk van wel.'

Een seconde later voel ik zijn tanden in mijn bil bijten. Ik kreun van de pijn hard tegen het kussen. Hij schaart zijn vingers in mijn pijnlijke poesje en ik voel de bekende tekenen dat ik op het punt sta om te komen. Sergei maakt een 'kom hier' beweging met zijn vingers in me en mijn hele lichaam staat in vuur en vlam. Ik kom over zijn hele hand. Trillingen laten mijn lichaam nog steeds schudden als Sergei zijn arm om mijn middel slaat en me optrekt totdat ik op handen en voeten op het bed zit.

'Spreid je benen, schatje,' zegt hij en gaat achter me zitten. De arm rond mijn middel wordt strakker. 'Iets meer. Ja, dat is perfect.'

Hij haalt zijn vingers uit mijn poesje en schuift zijn pik naar binnen en strekt langzaam mijn wanden uit. Ik snak naar adem. Er is in de wereld geen beter gevoel dan die eerste langzame stoot, als ik voel hoe mijn lichaam zich aan hem aanpast. Als hij volledig in me is, slaat hij zijn beide armen om mijn middel en buigt hij voorover om een kus in het midden van mijn rug te geven. Hij zegt iets in het Russisch, maar ik kan de woorden niet onderscheiden. Een rilling beweegt mijn lichaam heen en weer. Langzaam trekt hij zich terug, stoot dan weer in me en de druk in mijn kern wordt steeds groter. Ik pak het kussen en knijp erin. Nog een stoot, die me nog meer uitrekt terwijl hij zich tot zijn schacht in me begraaft.

'Adem, schatje.'

Ja, dat was ik even vergeten. Ik hap naar adem terwijl hij in me stoot. Met het straffende tempo van zijn stoten diep in me, krijg ik weer een orgasme. Vlammende witte sterren exploderen voor mijn ogen.

Ik verwacht dat hij doorgaat, maar in plaats daarvan trekt hij zich terug en slaat zijn arm om mijn middel, en dan laat hij me op mijn rug zakken.

'Ik wil dat je naar me kijkt terwijl ik in je kom,' fluistert hij en bedekt mijn lichaam met het zijne, en komt weer bij me binnen.

Ik sla mijn benen om hem heen en knijp. 'Waarom?'

Zijn pik glijdt naar buiten en stoot weer in me. 'Als je naar me kijkt, dan weet ik dat ik nog leef.'

Hij begint in me te bewegen. Hard. Ruw. Zonder zich in te houden. Dan sneller, totdat ik tussen de stoten door amper adem kan halen. Ik kom voor de derde keer als hij in me klaarkomt.

Het is al ochtend. Ik moet opstaan en me klaarmaken voor het werk, maar ik kan mezelf er niet toe zetten om me te bewegen.

'Albert is al een week op zoek naar zijn vleesvork,' zeg ik terwijl ik Angelina's rug streel. 'Ik zag hem in de kast, achter je shirts.'

'Kan hij er niet nog een kopen?' mompelt ze tegen mijn borst.

'Waarom? Ben je er… om de een of andere reden aan gehecht geraakt?'

'Misschien.' Ze beweegt zich omhoog op mijn lichaam en gaat met haar neus in de kromming van mijn nek liggen. 'Het heeft echt een lange steel. Geweldig bereik.'

'Dus, je bent van plan om hem te houden?'

'Absoluut. Ik heb ook het santokumes gepakt, aangezien je het toch had aangeboden. Het ligt achter je verzameling Stephen King-boeken op de plank.'

Hoe toepasselijk.

'Waarom blijf je wapens verzamelen?' vraag ik. 'Denk je dat iemand hier je kwaad zou willen doen?'

'Natuurlijk niet. Het is iets dwangmatigs.' Ze haalt haar schouders op. 'Het geeft me een veiliger gevoel om te weten dat ik op elk moment een wapen binnen handbereik heb. Dat begon ik te doen toen ik zeven jaar oud was, nadat ik de eerste keer ontvoerd was.'

Mijn hand verstijft in het midden van haar rug. 'De eerste keer?'

'Ja. De tweede keer was ik veertien. Ze lieten me vrij nadat mijn vader het losgeld had betaald. Daarna heeft hij me naar de VS gestuurd.'

'Dat moet moeilijk zijn geweest. Alleen. In een nieuw land.'

'Zo erg was het niet.' Ze legt haar hand op mijn borst en zucht. 'Het was eerder vreemd. Maar een goede soort vreemd. Ik hoefde niet de hele tijd over mijn schouder te kijken. Mensen waren een gewoon leven aan het leiden.'

'Had je vrienden?'

'Een paar. Maar het waren meer kennissen. Ik vond het heel moeilijk om een verbinding te voelen met meisjes wier belangrijkste zorgen waren wat ze die dag zouden dragen, of welke jongen hen op had gemerkt.' Ze gnuift. 'Het leek zo dom. En ik was een beetje jaloers op ze, denk ik. Uiteindelijk gaf ik de voorkeur aan boeken boven mensen.'

'Dat herinnert me eraan. Albert heeft me gevraagd om je te vertellen dat er gisteren een pakketje voor je is aangekomen. Hij heeft het in de woonkamer gezet.' Ik laat mijn hoofd zakken om in haar oor te fluisteren. 'Hij zei dat hij erin had gekeken en een hoop paperbacks had gevonden met naakte mannen op de kaft, en nu denkt hij dat je porno leest.'

'Het is mentale porno,' zegt ze doodleuk.

Ik barst in lachen uit. 'Moet ik me zorgen maken?'

'Ik weet het niet. Zou je dat moeten doen?' Ze kantelt haar hoofd, steekt haar hand in mijn boxershort en slaat haar vingers om mijn pik. 'Een aantal van die boeken leggen de lat erg hoog.'

'Meen je dat nou?' Ik pak haar om haar middel en rol ons om tot ik bovenop haar lig. 'Maar je moet één ding weten, schatje. Ik ben een zeer competitief persoon.'

'Heb ik even geluk.' Ze lacht en trekt haar slipje uit.

Hoofdstuk 18

Sergei

Een aanraking van een hand op mijn borst, en mijn ogen schieten open. Angelina's adem streelt mijn zij terwijl ze dichterbij kruipt en een van haar benen over de mijne slaat.

'Angelina?'

'Ja?' mompelt ze tegen mijn borst.

'Je moet terug naar bed, schatje.'

'Nee. Ga weer slapen.'

Ik sluit mijn ogen. Ze staat er al weken op dat we een bed delen, in het midden van de nacht probeert ze naar me toe te sluipen om naast me te liggen. Het doet me pijn om steeds weer nee tegen haar te zeggen, maar ik kan het risico niet nemen. Ze begrijpt niet hoe bang ik ben dat ik haar iets aan zal doen. Dus, zoals elke avond, schuif ik mijn hand over haar lichaam en verwijder haar slipje.

'Deze keer zal het niet werken, Sergei,' fluistert ze en kust mijn schouder.

'Wat?'

'Je strategie om me suf te neuken, me bijna in coma te laten gaan, zodat je me in bed kunt leggen zodra ik in slaap val.'

'Ik ben zo'n achterbakse klootzak.' Ik sla mijn arm om haar middel en draai ons om zodat ik over haar heen hang, dan leun ik voorover en kus haar.

'Ja, dat ben je,' zegt ze en hijgt als mijn vinger haar clitoris begint te plagen.

Ik geef vederlichte kusjes op de zijkant van haar nek, bijt als ik het gevoelige plekje onder haar oor bereik die ik een paar dagen eerder heb ontdekt. Dan beweeg ik naar beneden, totdat ik haar rechterborst bereik. Angelina kreunt terwijl ik langzaam om haar tepel heen lik, met hetzelfde tempo als met mijn vinger op haar klit, voordat ik naar de andere ga. Haar rug kromt zich terwijl ik mijn tong over haar buik laat gaan totdat ik haar kern bereik. Twee langzame likken aan haar hitte voordat ik haar clitoris bereik en hem in mijn mond zuig. De geluiden die ze maakt, als een klein katje, maken me gek.

Ze steekt haar handen in mijn haar en trekt eraan terwijl ik haar poesje nog een paar keer lik voordat ik mijn tong weer naar boven laat bewegen, helemaal tot aan haar lippen.

'Mijn kleine vos,' fluister ik in haar mond en neem haar gezicht tussen mijn handen, en staar in haar donkere ogen. Zo onbevreesd. En koppig. Ze kijkt me zonder een spoor van angst of terughoudendheid aan. Ik vraag me af of ze weet hoe stapelverliefd ik op haar ben. Ik kus mijn weg naar de zijkant van haar nek en knabbel aan haar tere huid. 'Jij bent het enige dat mijn duisternis weghoudt, lisichka.' Ik kus haar schouder. 'Als je op een dag besluit dat je genoeg van mijn shit hebt, ga dan gewoon weg en kijk nooit meer om. En zorg ervoor dat je je goed verbergt.'

'Waarom?' vraagt ze en slaat haar benen om mijn middel.

'Omdat ik je zal volgen en terugslepen. En er is geen plek waar je je kunt verstoppen als ik besluit achter je aan te gaan, Angelina.'

Ze kijkt me in de ogen terwijl er zich op haar lippen een ondeugende glimlach vormt. 'Dan is het maar goed dat ik blijf.'

Ik ga met mijn vingers door haar haren en trek aan de zachte lokken. We kijken elkaar aan, en ik duw mijn pik in haar. Zonder haar los te laten, glijd ik langzaam naar buiten voordat ik weer naar binnen ram. Mijn linkerhand wikkelt zich om Angelina's nek en voelt haar hartslag onder mijn hand pulseren. Ik heb me nooit gerealiseerd hoe dood ik me van binnen voelde totdat deze kleine vos op mijn pad kwam en me uit de afgrond trok.

Ze hijgt als ik in haar stoot, steeds weer opnieuw en opnieuw, terwijl ze zich aan mijn schouders vastklampt. Ik heb morgen waarschijnlijk overal krassen op mijn rug staan. Dat besef duwt me bijna over de rand. Mijn ballen worden strak, dus bijt ik op mijn tanden. Ik houd me in en verander het tempo totdat ik zo langzaam in en uit haar glijd dat mijn pik aanvoelt alsof hij gaat ontploffen. Angelina laat een klein kreetje horen, haar spieren trekken samen om mijn pik, en ik laat mezelf eindelijk komen.

Laag gefluisterde woorden wekken me uit mijn slaap, en voor even, denk ik dat Sergei met iemand aan het bellen is. Maar als ik mijn ogen open doe, zie ik hem naast me met zijn ogen dicht op zijn rug liggen. Hij moet in slaap zijn gevallen nadat we eerder seks hebben gehad, en hij is vergeten om me terug naar het bed te brengen. Sergei's hand op mijn buik trilt, en een Russische vloek verlaat zijn lippen. Hij heeft weer een nachtmerrie.

Ik weet dat ik waarschijnlijk aan de kant moet gaan, zoals hij me had gezegd te doen als dit gebeurt, maar als ik gewoon blindelings gehoorzaam, komen we hier nooit overheen. Dus in plaats daarvan ga ik op zijn borst liggen en sla ik mijn armen om zijn nek en plaats mijn wang naast de zijne. Zijn lichaam verstijft even, en dan begint hij van links naar rechts te woelen, om me van zich af te schudden. Ik beweeg mijn hoofd naar zijn schouder en knijp hem steviger vast.

'Het is goed, grote jongen,' fluister ik in zijn oor en geef dan een kus op zijn wang. 'Het is goed.'

Zijn ademhaling is snel, moeizaam, maar hij stopt met woelen en draait zijn hoofd opzij, onze neuzen raken elkaar. Ik duw met het puntje van mijn neus tegen die van hem en geef een kus op zijn strak op elkaar geklemde lippen.

Zijn ogen zijn nog gesloten, zijn mond beweegt niet, maar ik blijf hem kussen. 'Ik wil dat je me morgen weer meeneemt voor een ritje op je motor.' Nog een kus. 'Misschien kun je mij een stukje laten rijden? Ik wed dat het net als fietsen is. Het kan vast niet zo moeilijk zijn.'

Zijn ademhaling vertraagt, maar zijn hand op mijn rug trilt nog steeds.

'Ik heb echter maar één keer op een fiets gereden en ben toen in een brandnetelstruik aan de kant van de weg gevallen,' blijf ik brabbelen. 'Nana Guadalupe was zo boos toen ik thuiskwam, en onder de blaren en bloedende snijwonden op mijn benen zat.'

Langzaam gaan Sergei's ogen open en hij knippert naar me. 'Ik zou alles voor je doen, schat,' mompelt hij. 'Maar je raakt mijn motor niet aan.'

'Oké,' zeg ik met een lach en leg dan mijn wang op zijn borst. 'Laten we maar weer gaan slapen.'

Hoofdstuk 19

'Ik vind die leuk.' Sergei wijst naar het rode leren jack dat op de paspop zit.

Ik reik naar het label om naar de prijs te kijken en mijn ogen worden groter. 'We kunnen deze halen zodra ik toegang heb tot mijn bankrekening.'

'Roman heeft gezegd dat zijn mannetje nog minstens twee weken nodig zou hebben om je nieuwe identiteitsbewijs klaar te hebben. Een goede vervalsing heeft tijd nodig.' Hij haalt het jasje van de paspop en biedt het aan me aan. 'Pas hem eens.'

'Het kan wachten. Je hebt al alles voor me gekocht. Het voelt niet goed terwijl ik een hoop geld op mijn rekening heb staan.'

'Ik koop graag dingen voor je.' Hij komt met zijn hoofd omlaag en geeft een kus op mijn lippen. 'Behalve het badspul. Er is zoveel verschillende shit, elke keer als ik in een van die chique geurende winkels kom word ik onrustig.'

'Heb je daarom de vorige keer de hele winkel leeggekocht? Ik heb genoeg shampoo om twee jaar vooruit te kunnen.'

Sergei neemt een streng van mijn haar tussen zijn vingers, tilt het naar zijn neus en inhaleert. 'Ik vind deze lekker. We gaan er meer van kopen.'

'Pas als ik minstens de helft van de voorraad die ik al heb op heb gemaakt,' zeg ik lachend.

'Oké.' Hij laat mijn haar vallen, slaat dan een arm om mijn middel en trekt me tegen zijn lichaam. 'Laten we voor het jasje betalen en terug naar huis gaan.'

'Oh? Heb je iets specifieks in gedachten?'

'Ja.' Zijn lippen drukken op de mijne. 'Ik heb Albert gezegd dat we de hele middag bezig zullen zijn en dat ik hem morgen pas wil zien. Hij heeft Mimi met zich meegenomen.'

'En waar zullen we dan mee bezig zijn?'

Zijn lippen vormen een zelfvoldane glimlach en hij leunt naar mijn oor om te fluisteren. 'Ik wil je in elk deel van mijn huis neuken, op elk meubelstuk. Op die manier, als ik dan weer uitzoom, heb ik minstens één van die plekken in het zicht. Dat zal het veel gemakkelijker maken om weer terug te komen, denk je niet?'

'Dat vind ik een goed idee.' Ik bijt op zijn onderlip. 'Ik ben een groot voorstander van alternatieve therapietechnieken.'

Hij gromt. 'Kassa. Auto. Keuken. Laten we gaan.'

'Ik moet na de kassa eerst naar het toilet, maar ik heb geen klachten over de rest van het schema.'

Zodra we klaar zijn met het betalen van mijn jas, brengt Sergei me naar een toilet in het winkelcentrum dat we in een van de gangen vinden, en hij gaat dan op de bank buiten zitten om op me te wachten. Ik ben net m'n handen aan het wassen als de deur achter me opengaat. Ik til mijn hoofd op, kijk naar de spiegel en zie de roodharige vrouw die ik laatst tijdens het wandelen met Mimi had gezien. Onze blikken ontmoeten elkaar in de spiegel en haar lippen vormen een glimlach.

'Angelina Sofia Sandoval,' zegt ze met een geaccentueerde stem en de koude angst stroomt over mijn rug. 'Er is iemand die graag met je wil praten.'

Ze zet een paar stappen naar me toe en legt een telefoon naast de wasbak. Ik staar naar de naam op het scherm, probeer mijn onregelmatige ademhaling onder controle te krijgen, pak dan de telefoon op en druk hem tegen mijn oor.

'Diego,' zeg ik, terwijl ik probeer mijn stem kalm te laten klinken. 'Wat kan ik voor je doen?'

'Dacht je echt dat je van me kon weglopen, jij kleine teef?' blaft hij.

'Ja. Dat had ik wel gehoopt.'

Hij lacht als een gek. 'Ik zal ervan genieten om je geest te breken, palomita. Niemand ontsnapt aan Diego Rivera.'

'Ik ga niet terug naar Mexico, Diego. Nooit. Voor zover het iemand aangaat, ben ik een Amerikaans staatsburger. Dus zolang ik hier ben, kun je me niets doen.'

'Ik kan je vermoorden,' zegt hij. 'Of nog beter, ik kan die Rus doden die je hebt geneukt. De autoriteiten zullen niet eens knipperen als een van de Bratva mannen op straat wordt vermoord. Of met zijn auto wordt opgeblazen. Ze zullen me waarschijnlijk bedanken.'

Ik zuig adem naar binnen en recht mijn rug. 'Je zult het lef niet hebben om hem te doden. Het zou het einde van je samenwerking met de Russen betekenen, en zij zijn je grootste afnemer.'

'Dat is waar. Ik zou liever een goede relatie met ze hebben, zelfs als je gekke minnaar de laatste keer mijn mannen heeft vermoord. Russen brengen goed geld op tafel, wat betekent dat je vrijwillig terug zult komen,' snauwt hij. 'Ik laat je al wekenlang in de gaten houden, en van wat ze zeggen, lijk je erg close te zijn met die krankzinnige Rus. Vertel me eens, palomita, ben je verliefd op Belov?'

'Natuurlijk niet,' lieg ik. 'Ik gebruik hem alleen om te krijgen wat ik nodig heb.'

'Dan zul je het vast niet erg vinden als een van mijn mannen die aan de andere kant van de gang wachten, hem ter plekke neerschiet?'

Ik pak de rand van de toonbank voor me vast. 'Doe dat alsjeblieft niet.'

Er klinkt een waanzinnige lach aan de andere kant van de lijn. 'Het kleine weggelopen kreng is verliefd. Wat handig,' gnuift hij. 'Dus, wat zal het zijn? Kom je terug? Of dood ik je geliefde?'

'Je zult Sergei niet aanraken.' Ik sluit mijn ogen en probeer te voorkomen dat de tranen vallen. 'Ik kom terug.'

'Perfect. Luister nu goed naar me. Je gaat Juana appen hoe laat je morgen alleen thuis bent en je weg kunt glippen zonder dat iemand het merkt. Er zal een auto voor je klaar staan.'

'Morgen?' zeg ik moeizaam.

'Ja. Je hebt één dag om uit te vogelen hoe je de situatie aan je Rus kunt uitleggen. Maar houd één ding in gedachten. Als hij achter je aankomt, dan wordt hij gedood zodra hij een voet in Mexico zet. Is dat duidelijk?'

'Ja.'

Hij lacht weer. 'Ik kijk er zo naar uit om je hier te hebben, palomita. Ik verveel me de laatste tijd behoorlijk met Maria en ik weet zeker dat jouw poesje veel strakker is dan de hare.'

Ik gooi de telefoon op de wastafel en staar naar mijn

spiegelbeeld. Het is voorbij. Ik slik gal door, draai me naar de roodharige trut toe, die de hele tijd naast me heeft gestaan, en vertel haar mijn nummer. Ze slaat hem op, knikt en verlaat met een grijns op haar gezicht het toilet. Een paar seconden later piept mijn telefoon met een inkomend bericht. Ik kijk naar het nummer van het korte bericht — het nummer van Juana — en knijp met al mijn macht in de telefoon.

Eén diepe ademhaling. Dan nog een. Ik zet het water aan en spetter wat op mijn gezicht. Het helpt een beetje, maar ik sta nog steeds op instorten. Ik gooi meer water in m'n gezicht, kijk dan naar mijn spookachtige bleke gelaat, en vraag me af wat ik ga doen. Moet ik het op een lopen zetten? Diego zal Sergei in dat geval zeker vermoorden. Ik kan Sergei de waarheid vertellen. Hij is meer dan in staat om zichzelf te verdedigen. Maar wat als die smeerlappen een bom in zijn auto plaatsen? Of in zijn huis? Je kunt jezelf niet tegen een bom verdedigen.

Nee, er moet een andere manier zijn. Shit. Denk na, verdomme. Politie? Ja tuurlijk.

Misschien kan ik teruggaan naar Mexico, en dan weer proberen te vluchten? Het zou kunnen werken, maar het zou weken of maanden duren voordat ik Rivera kan overtuigen dat ik volgzaam genoeg ben voor hem om de beveiliging te versoepelen. Maakt niet uit. Ik zal alles verdragen als het betekent dat ik vrij ben van die klootzak. Maar het zou ook betekenen dat ik Sergei nooit meer zal zien.

Ik sla mijn armen om mezelf heen, plet de rode leren jas die Sergei net voor me heeft gekocht en druk mijn lippen op elkaar om de schreeuw te onderdrukken die zich in me heeft opgebouwd sinds ik Diego's naam op die telefoon zag staan. Nee. Ik ga hier niet in elkaar storten. Ik haal diep adem en dwing m'n benen om zich te bewegen.

Ik zie ze op het moment dat ik het toilet verlaat. Twee mannen in pakken, ze staan aan de andere kant van de gang, hun ogen zijn op Sergei gericht. Diego loog niet.

'Is alles goed?' vraagt Sergei wanneer ik naar hem toe kom. 'Je ziet er bleek uit.'

'Ja, alles is goed,' zeg ik knikkend en geef hem een neppe glimlach. 'Ik heb gewoon hoofdpijn.'

Hij legt zijn hand op de achterkant van mijn nek en kantelt mijn hoofd omhoog. 'Wil je dat we naar een dokter gaan?'

'Natuurlijk niet. Het is gewoon hoofdpijn. Het gaat wel over. En hoe dan ook, we hebben plannen, nietwaar?'

Het vergt immense controle om mijn hoofd koel te houden terwijl hij voorover leunt en me kust. Alleen de wetenschap dat Sergei gedood kan worden als hij erachter komt wat er aan de hand is, weerhoudt me ervan om in tranen uit te barsten. Ik pak zijn hand en laat hem me uit het winkelcentrum leiden en naar zijn motor. Ondertussen stort ik van binnen in.

De rit terug naar Sergei's huis duurt minder dan dertig minuten. Ik was van plan om die tijd te gebruiken om na te denken over hoe ik morgen weg kan glippen, maar in plaats daarvan besteed ik de hele rit aan het in zijn taille knijpen, het gevoel in me opnemend dat hij dichtbij is, en ik probeer het in een van mijn mentale kluizen op te slaan om het veilig te houden.

'Weet je zeker dat je in orde bent, schat?' vraagt Sergei wanneer we voor zijn huis van de motor afstappen.

Ik hang mijn helm aan het stuur en draai me naar hem toe, en zie hoe zijn bleke haar het licht van de ondergaande zon weerspiegelt, en de langere lokken in de wind bewegen. Ik strek mijn hand uit en ga met mijn vinger langs zijn kin, en leg mijn andere hand in het midden van zijn borst.

'Ik wil dat je zo hard de liefde met me bedrijft,' zeg ik, 'dat ik al het andere vergeet.'

Sergei pakt me onder mijn kont, tilt me op en draagt me naar de voordeur. Ik sla mijn benen om zijn middel en neem zijn gezicht in mijn handen, en geef hem overal kusjes. Ik begin met zijn perfect onvolmaakte neus, ga dan naar zijn voorhoofd en wenkbrauwen, en zet elk detail in mijn geheugen vast.

'We beginnen in de keuken en gaan vanaf daar verder,' zegt hij in mijn oor terwijl hij me op de eettafel zet. 'Ik ben van plan vandaag de hele begane grond te doen.'

'Dat is veel ruimte,' zeg ik lachend en doe mijn jas uit. 'Weet je zeker dat je het aankunt?'

Mijn jeans en T-shirt zijn de volgende, maar als ik mijn beha uittrek en naar mijn slipje reik, pakt Sergei mijn hand en beweegt hem weg. 'Dat zullen we wel zien,' zegt hij met een grijns. 'Ga liggen.'

Ik leun achterover, duw mijn rug tegen het tafeloppervlak en kijk toe hoe hij vooroverbuigt en een kus tussen mijn borsten geeft. Langzaam trekt hij een lijn van kussen van mijn borst naar mijn buik totdat hij mijn slipje bereikt. Hij kijkt met een zelfvoldane glimlach naar me op, pakt de tailleband tussen zijn tanden en trekt hem naar beneden. Als hij mijn slipje uittrekt, pakt hij mijn been en geeft een kus op mijn enkel, gaat omhoog langs de binnenkant van mijn dij, en begraaft dan zijn gezicht tussen mijn benen. Ik adem diep in, pak zijn haar, en hijg terwijl hij aan mijn klit likt — één keer, twee keer — en dan zuigt hij erop.

'Ik zou de hele dag met je poesje kunnen spelen,' mompelt hij en penetreert me met zijn tong. Hij blijft mijn poesje likken en zuigen, knijpt daarbij in mijn billen, beweegt sneller en sneller totdat het voelt alsof ik ga ontploffen. Dan bijt hij lichtjes in mijn clitoris, en mijn orgasme verteert me.

Ik ben nog steeds aan het hijgen als hij zijn hand in mijn nek legt en me omhoogtrekt om mijn lippen te verslinden. Ik proef mezelf op hem — bitterzoet. Zijn andere hand gaat naar mijn onderrug om mijn lichaam op zijn plaats te houden terwijl hij zijn pik bij mijn ingang plaatst.

Hij trekt zich terug om me in de ogen te kijken. ‘Ik ben zo verliefd op je,’ fluistert hij terwijl hij beetje bij beetje in me glijdt. Ik wil hem hetzelfde vertellen, zoveel dat het me van binnenuit verscheurt. In plaats daarvan druk ik mijn lippen tegen elkaar en hou ik me aan zijn schouders vast, zonder mijn ogen van hem af te wenden. Ik kreun terwijl hij zich dieper in me begraaft, en ik druk mijn gezicht in de kromming van zijn nek. Zijn hete adem blaast over de huid van mijn schouder en ik geniet van het gevoel dat hij steeds weer in me zinkt. Het is bijna genoeg om me morgen te laten vergeten. We komen samen in een mix van gehijg en gekreun.

‘Bank, slaapkamer of douche?’ vraagt Sergei wanneer hij zijn ademhaling weer onder controle heeft.

‘Douche,’ mompel ik en sla mijn benen strak om zijn middel. Ik laat hem geen seconde langer buiten mijn bereik dan nodig is.

‘Oké.’ Hij grinnikt en draagt me de trap op naar zijn badkamer.

‘Ik leen vandaag je douchegel,’ zeg ik terwijl hij me onder de waterstraal zet.

‘Ik dacht dat je van zoete geuren hield.’

Ik haal alleen mijn schouders op, pak een donkerblauwe fles van de plank, knijp een beetje in mijn handpalm en begin mijn lichaam in te zepen.

Sergei komt de douchecabine in, legt zijn vinger onder mijn kin en kantelt mijn hoofd omhoog. 'Wat is er aan de hand?'

Het water uit de douche spettert tegen mijn zij terwijl ik in zijn lichte ogen staar. 'Niets. Hoezo?'

Lieve God, zelfs naar hem kijken doet pijn, want ik weet dat ik morgen wegga.

'Je bent een waardeloze leugenaar, Angelina.' Hij doet een stap naar voren en leunt naar voren zodat we oog in oog staan. 'Wat is er aan de hand?'

'Ik heb geen idee waar je het over hebt.'

Sergei legt zijn handpalmen tegen de tegels aan weerszijden van mijn hoofd en kijkt me met zijn lippen in een dunne lijn aan.

Ik haal diep adem. 'Gaan we deze douche afmaken, of ben je van plan om boven me te blijven hangen als een waterspuwer?'

'Je mag niet tegen me liegen. Nooit,' zegt hij. 'Als je ergens niet over wil praten, is dat oké. Als je ruimte nodig hebt, is dat ook goed. Ik weet dat bij mij zijn overweldigend kan zijn. Maar lieg niet tegen me. Afgesproken?'

Ik kijk naar beneden en knik. 'Ik wil er niet over praten.'

'Oké. Heb je ruimte nodig?'

'Nee.' Ik schud mijn hoofd.

'Als je wil, zal ik vannacht in de andere kamer slapen.'

Ik verstijf. Nee. Dit is onze laatste nacht samen, en ik zal hem echt niet ergens anders laat slapen dan in mijn armen. Terwijl ik mijn handpalm op zijn borst leg, schuif ik hem langzaam naar beneden totdat ik zijn pik bereik en mijn hand eromheen wikkel.

'Je slaapt zeker niet in de andere kamer,' zeg ik en knijp in zijn al hard wordende lengte.

Sergei ademt in terwijl hij zijn arm om mijn middel slaat en me tegen zijn lichaam drukt. 'Deze discussie is nog niet voorbij, Angelina.'

'We kunnen morgen verdergaan.' Ik druk een kus in het midden van zijn borst. 'Je hebt me een seksrondleiding door je huis beloofd. Ik verwacht dat je levert. Of is het te veel voor je?' Ik kijk omhoog en trek een wenkbrauw op.

Een grommend geluid verlaat zijn lippen voordat hij vooroverbuigt en me over zijn schouder gooit. 'Het aanrecht is onze volgende halte,' zegt hij en tikt met zijn hand tegen mijn blote kont.

'Heb je plannen voor morgen?' vraag ik terwijl ik mijn handen over Sergei's rug laat gaan.

Hij ligt op zijn buik op het bed, en ik zit op zijn onderrug. Het heeft me een kwartier gekost, maar ik ben erin geslaagd om hem te overtuigen dat ik hem met een van mijn rozengeur oliën mag masseren.

'Ik heb rond de middag een bespreking,' mompelt hij in het kussen. 'We kunnen daarna een ritje maken.'

'Ja,' zeg ik moeizaam, leun dan naar voren en druk een kus tussen zijn schouderbladen. 'Een ritje klinkt geweldig, schat.'

Met elke minuut die voorbijgaat, vind ik het moeilijker om te doen alsof. Het is alsof je naar een zandloper kijkt met nog maar een beetje zand in de bovenste bol, en de korrels die steeds sneller vallen. Ik beweeg mijn handen naar Sergei's schouders, ga dan langs zijn armen naar beneden — dezelfde armen die de halfdode ik uit die vrachtwagen hebben gedragen en mijn leven hebben gered. Nadat ik klaar ben met zijn armen keer ik terug naar zijn rug, mijn bewegingen worden lichter, meer een streling dan een massage, totdat ik zijn lichaam voel ontspannen en zijn ademhaling zich voel verdiepen. Sergei is een lichte slaper, dus ik ga nog vijf minuten door voordat ik voorzichtig uit bed stap. Ik pak mijn telefoon van het nachtkastje, stuur de boodschap naar de roodharige teef en zeg dat ik morgenmiddag klaar zal zijn om te gaan, en ga dan naar de badkamer.

Nu dat gedaan is, doe ik de deur op slot, trek mijn kleren uit, zet het water aan tot het gloeiend heet is, en stap in de douchecabine. Op het moment dat de straal me raakt, leun ik met mijn rug tegen de tegels. Mijn hele lichaam voelt zwaar aan door het gewicht van wat ik moet doen. Mijn hoofd valt eerst naar voren, dan begeven mijn benen het, en zak ik op de vloer. Ik sla mijn armen strak om mijn knieën en trek ze dicht tegen mijn borst. Ik heb niets meer om me aan vast te klampen, dus hier moet ik het maar mee doen. Misschien, als ik hard genoeg knijp, dat ik in staat zal zijn om de verbrijzelde stukken van mezelf bij elkaar te houden.

Met de deur op slot en het water dat alle andere geluiden buitensluit, laat ik mezelf uiteindelijk instorten. Mijn tranen, vermengd met de waterstraal, verdwijnen in de afvoer.

Wat moet ik morgen doen? Ik kan niet zomaar verdwijnen. Nee, ik moet een briefje achterlaten met uitleg. Het zullen een hoop leugens zijn, iets dat Sergei zal overtuigen dat ik heb besloten om uit eigen beweging te vertrekken en hem nooit meer wil zien. Ik zal hem pijn moeten doen. En het moet heel erg zijn als ik wil dat hij het gelooft. Ik kan niet het risico nemen dat Sergei me achterna komt, omdat Diego hem zal laten vermoorden. Daar ben ik honderd procent zeker van.

Misschien, op een dag, als het me lukt om van Diego weg te komen, dat ik terug kan komen en hem op kan zoeken. Sergei zal me tegen die tijd waarschijnlijk haten.

Ik ga op de vloer van de douchecabine zitten tot het water koud is, dan trek ik die idiote pyjama aan die Sergei voor me heeft gekocht en kruip onder de deken naast hem. Het is al ver na middernacht, maar ik durf mijn ogen niet te sluiten en het risico te lopen om mijn laatste momenten met hem te verliezen door te slapen. Ik lig daar en kijk naar hem tot het licht van de ochtendzon de kamer in sijpelt.

‘Ik zal niet lang wegblijven,’ zeg ik terwijl ik mijn overhemd dichtknoop. ‘Hooguit twee uur. We kunnen als ik terug ben iets eten en dan een ritje maken.’

Angelina’s armen slaan zich om mijn middel. ‘Klinkt goed.’

Ik draai me om en neem haar gezicht in mijn handen en druk een kus op haar lippen. ‘Ik heb die rotzooi voor je gekocht die je lekker vindt. Het ligt in de kast naast de koelkast.’

‘De chips met ketchup-smaak?’

‘Ja. Ik weet niet hoe je die troep kunt eten.’ Ik pak mijn telefoon van het nachtkastje en ga naar de deur. ‘Albert zal zo terugkomen met Mimi. Herinner hem eraan om haar te eten te geven.’

‘Oké, schat.’ Ze knikt en kijkt me aan. Er is een vreemde blik in haar ogen, maar het is in een oogwenk verdwenen.

Ik ben halverwege mijn auto als ik Angelina mijn naam hoor roepen. Ik draai me om en zie haar op de veranda staan.

Ze kijkt even naar me en rent dan de trap af en de oprit over. In plaats van te stoppen als ze me bereikt, springt ze in mijn armen, slaat haar benen om mijn middel en drukt haar mond tegen de mijne.

'Ik zal je missen, Sergei,' fluistert ze tegen mijn lippen.

'Schatje?' mompel ik tegen haar mond. 'Ik ben over twee uur terug.'

'Ik weet het.' Ze leunt haar hoofd achterover en gaat met haar vingertop over mijn neus. 'Zorg goed voor jezelf, grote jongen.'

'Ik heb een afspraak met iemand die ons auto's levert,' zeg ik lachend. 'Hij is bijna tachtig. Ik denk dat ik hem wel kan hebben als hij om de een of andere reden vijandig wordt.'

Angelina lacht, kust me weer en wiebelt met haar kont, dus zet ik haar neer en knijp tijdens het proces in haar achterwerk.

'Ik ga nu die chips pakken,' zegt ze en rent terug het huis in.

Terwijl ik haar de trap op zie gaan, krijg ik een vreemd voorgevoel in mijn buik. Het gaat niet weg, zelfs niet nadat ik bij het ontmoetingspunt ben aangekomen. Sterker nog, het wordt alleen maar erger. Twintig minuten na de bespreking, besluit ik het kort te houden en terug naar huis te gaan.

Een half uur later parkeer ik de auto op de oprit als ik Felix met een grimmig gezicht het huis zie verlaten, en hem met zijn handen op zijn heupen naar me zie staren. Ik ga naar hem toe waar hij op de veranda staat, terwijl een gevoel van onbehagen zich door me heen verspreidt.

'Wat is er aan de hand?' vraag ik, de trap oplopend.

'Angelina is vertrokken.'

'Alleen?' Ik stop op de bovenste tree. 'Waar is ze heengegaan? Ik heb haar gezegd dat ik binnen twee uur terug zou zijn. Als ze iets nodig had, dan had ze kunnen wachten.'

Angelina gaat graag naar de kleine supermarkt verderop in de straat, maar ik heb liever dat ze niet alleen rondloopt.

'Ze heeft op het bed een briefje voor je achtergelaten. Ik zag het toen ik jullie aan het zoeken was,' zegt Felix en hij kijkt weg. 'Ze komt niet terug, Sergei.'

Ik staar Felix aan, verwerk wat hij net heeft gezegd en ren dan het huis binnen. Ik neem drie treden tegelijk en ren naar mijn slaapkamer. Daar, op een netjes opgemaakt bed, ligt een eenzaam stuk papier. Heel even kijk ik er alleen maar naar als paniek zich in me ontvouwt. Ik haal diep adem, ga naar het bed en lees het netjes geschreven briefje.

Sergei,

Al geruime tijd denk ik aan mijn leven en alles wat er is gebeurd. Ik heb besloten dat ik een nieuwe start nodig heb. Ik heb eerder deze week contact gezocht met een van mijn vaders vrienden, en hij heeft een identiteitsbewijs voor me geregeld, zodat ik toegang heb tot mijn geld en Amerika kan verlaten. Terwijl ik er echt van genoot om tijd met je door te brengen, realiseer ik me dat als ik orde in mijn leven wil brengen, ik de connecties moet verbreken met alles wat me met mijn verleden verbindt.

We hebben samen leuke momenten gehad, maar soms maak je me doodsbang, en ik denk dat het tijd is dat we ieder onze eigen weg gaan. Ik dacht dat ik je problemen kon oplossen, maar de waarheid is, het is te veel, en het is het beste dat ik wegga. Ik heb een enkele vlucht naar Europa geboekt, en ik ben niet van plan om terug te komen.

Bedankt voor alles en zorg goed voor jezelf.

Angelina.

Ik staar naar het papier in mijn hand, verkreukel het en gooi het door de kamer. Woede, sterker dan wat ik ooit gevoeld heb, verteert me. De stem van Felix bereikt me van achteren, maar het wordt met elke seconde zwakker totdat ik alleen gerinkel in mijn oren kan horen, en dan niets.

Ze zijn te laat. Ik draai me om en kijk door de straat, me afvragend of, door een beetje geluk, Diego van gedachten is veranderd. Ook al is het nogal warm, ik hou het rode leren jasje aan. Afgezien van een paar toiletartikelen en schone kleren, is dit het enige wat ik mee heb genomen toen ik uit Sergei's huis wegsloop. Ik was ook van plan om het jasje achter te laten — het was belachelijk duur — maar ik kon mezelf er niet toe zetten.

Er zit ook een van zijn kleine messen in de bodem van mijn rugzak verborgen. Ik ga echt niet ongewapend naar Diego. Een pistool zou een veel betere optie zijn geweest, maar het was moeilijker om te verbergen.

Ik sla mijn armen om mijn middel en overweeg of ik de roodharige teef Juana moet bellen om te vragen wat er aan de hand is als ik een zwarte auto zie aankomen. Een gevoel van vallen overvalt me. Het lijkt erop dat ik toch niet zoveel geluk heb. De auto stopt voor me, en een kleine man die in de bestuurdersstoel zit, laat het raam zakken. Hij is eind veertig en een Amerikaan. De auto zelf is misschien tien jaar oud en is al vaak gebruikt. Er is helemaal niets verdachts aan. Blijkbaar wil Diego niet riskeren dat de grenswachten de passagiers te nauwlettend in de gaten houden.

'Heb je mijn documenten?' vraag ik.

'Ja.'

Ik haal diep adem, gooi de telefoon die Sergei voor me heeft gekocht in de struiken en loop om de auto heen om bij de passagiersdeur te komen. 'Laten we gaan.'

'Sergei?' Romans stem bereikt me van ergens aan mijn rechterhand.

Ik open mijn ogen en, gedurende een paar seconden, weet ik niet waar ik ben totdat ik bekende details opmerk. De boekenplanken links zitten nog steeds op hun plaats, waarschijnlijk omdat ze aan de muur zijn verankerd. Het zijn de enige dingen, behalve het bed waar ik op zit, die nog intact zijn. De twee fauteuils liggen op hun kant bij de tegenoverliggende muur van waar ze zouden moeten staan, een aantal van hun onderdelen ontbreken. Het dressoir, met kleren die eruit hangen, staat scheef bovenop een van de stoelen. Stukken hout, stof en boeken liggen door de hele kamer verspreid, waardoor het lijkt of er een aardbeving of een tornado heeft plaatsgevonden.

'Sergei? Ben je er?'

Ik kijk op.

Roman staat in de deuropening met Felix die achter hem staat te loeren. Mimi, met haar hoofd op haar poten en ogen die naar me turen, ligt voor hen op de grond.

'Hoelang?' vraag ik.

'Vier uur.' Roman zet een paar stappen, maar stopt wanneer hij het midden van de kamer bereikt. 'Felix heeft gebeld toen je met het slopen begon, maar toen ik aankwam, was je al klaar met deze verdieping.'

'Shit.' Ik schud mijn hoofd. 'Hoe ziet de benedenverdieping eruit?'

Roman scant de kamer om hem heen en haalt zijn schouders op. 'Vrijwel hetzelfde. Gelukkig dacht Felix eraan om de wapenkamer af te sluiten voordat je daar aankwam.'

Godzijdank. Ik herinner me niets meer na het lezen van Angelina's briefje. Ik sluit mijn ogen en haal diep adem. Ik moet hier weg.

'Albert, waar zijn de sleutels van mijn motor?' vraag ik terwijl ik van het bed opsta.

'Je blijft hier,' snauwt Roman en wijst met zijn stok naar me. 'Ga weer zitten.'

'Roman, niet doen,' mompelt Felix van achter hem.

'Ik laat hem nergens heen gaan in deze staat. Hij zal ofwel een ongeluk krijgen of iemand vermoorden.'

Ik kantel mijn hoofd en kijk naar mijn broer. We zijn vrij gelijk als het om kracht gaat, en ik zou niets liever willen dan een deel van de frustratie en woede die in me woedt van me af te gooien met een goed gevecht. Maar Roman kan me niet aan, niet meer tenminste, zijn knie is te verkloot. En als ik tijdens het gevecht doorsla, dan ga ik misschien moorden. Ik wil mijn broer niet afmaken, hoe irritant hij ook is.

'Achteruit, Roman.' Ik ga naar de deur, maar als ik hem passeer, schiet zijn hand naar voren en slaat zich om mijn nek.

'Ze is het niet waard, Sergei.'

Ik pak zijn overhemd en leun naar voren en staar hem aan. 'Waag het niet om een woord over haar te zeggen,' snauw ik.

Ik laat niemand slecht over Angelina praten. Ook al doet het me pijn om het toe te geven, ze heeft de juiste beslissing genomen om zichzelf te redden. Niemand zou moeten worden opgezadeld met iemand die zo gestoord is als ik. ‘Geen woord. Hoor je me, Roman?’

We staren elkaar even aan, dan schudt Roman zijn hoofd en haalt zijn hand van mijn nek. ‘Alsjeblieft, jaag jezelf niet de dood in.’

Ik laat zijn shirt los en loop naar de deuropening, maar dan stop ik. ‘Je hebt Angelina beloofd dat je naar haar nana zou informeren. Heb je enige informatie?’

‘Nog niet. Mijn contact in Mexico heeft vanmorgen gebeld en zei dat hij dit weekend het Sandoval-complex kan controleren. Het klonk alsof Diego een feestje geeft.’

‘Mooi. Laat het me weten zodra hij belt.’

‘Waarom?’

‘Ik ben van plan om Angelina’s nana daar weg te halen als ze nog leeft.’

‘Verdomme, Sergei! Je gaat niet naar Mexico!’

Ik negeer zijn geschreeuw en ga de kamer uit. ‘Misschien wil je Mendoza bellen om te zien of hij de hoeveelheid volgende maand kan verdubbelen,’ zeg ik over mijn schouder. ‘Of zoek een andere leverancier, want ik vermoord Diego als ik daar ben.’

Hoofdstuk 20

Angelina

De grote ijzeren poort zwaait langzaam naar de zijkant. Tijdens het proces piepen de scharnieren. Elke keer als ik thuiskwam, had ik tegen mijn vader gezegd dat het verdomde ding vervangen moest worden. Hij zei altijd dat hij het ging doen, en hij verzekerde me dat als ik de volgende keer terugkwam, er een nieuwe poort op me zou wachten. Nu doet me het aan mijn vader denken en hoe Diego hem heeft afgeslacht.

Ik bal mijn handen tot vuisten en kijk naar de omgeving als de auto richting het enorme landhuis met één verdieping aan het einde van de weg rijdt. Met elke seconde die voorbijgaat, hoopt angst zich op in mijn buik. Ik had gedacht dat ik deze plek nooit meer zou zien, althans ik had gehoopt van niet. Het is vreemd. Ik had nooit gedacht dat ik een plek net zo erg kon haten als ervan kon houden als van mijn ouderlijk huis.

De bestuurder parkeert de auto naast de brede, stenen treden die naar de sierlijke voordeur leiden. Er staan twee mannen, met geweren op hun rug de deur te bewaken. Er is niets veranderd. Ik pak mijn rugzak, stap uit de auto en ga de trap op, waarbij ik mijn best doe om mijn gezicht expressieloos te houden.

Ik ben niet van plan om te laten zien hoe doodsbang ik ben. Men zegt dat angst voor het onbekende het sterkst is. Nou, men weet niet waar ze het over hebben, want ik weet precies wat me hier te wachten staat, en ik zou alles willen ruilen voor onwetendheid. Vlak voordat ik de drempel bereik, gaat de deur open. Nana Guadalupe rent naar buiten en trekt me in haar armen.

'*Mi niña*,' snuft ze. 'Waarom ben je in godsnaam teruggekomen? Toen Diego het me vertelde, geloofde ik hem niet.'

'Lang verhaal, nana,' fluister ik in haar haren en trek haar fragiele lichaam tegen het mijne. Zien dat ze veilig en wel is, maakt dit allemaal een beetje makkelijker. 'Ik was zo bang dat Diego je kwaad had gedaan.'

Ze leunt achterover en neemt mijn gezicht in haar handen. 'Wat bezielde je, Angelina?' Ze schudt haar hoofd. 'Je had in de VS moeten blijven.'

Ik open mijn mond om te antwoorden, maar een uitbarsting van mannelijk gelach dat van de andere kant van de hal komt, laat me wankelen.

'Nou, als dat niet onze kleine wegloper is,' roept Diego en mijn hartslag versnelt. Ik kijk op en zie hem naar ons toe waggelen. Hij is nog walgelijker dan ik me herinnerde — vettig haar, en een bevlekt T-shirt dat zich over zijn enorme buik uitstrekt.

'Diego.' Ik knik en loop om nana heen om voor haar te gaan staan en haar met mijn lichaam te verbergen. Ik ben nog steeds bang dat hij haar iets aan zal doen.

'Ik hoop dat je van je reisje hebt genoten, want je zult het complex nooit meer verlaten.' Hij komt voor me staan, zijn lippen vormen een kwaadaardige glimlach. 'Welkom thuis, palomita.' Hij geeft me zo'n harde klap dat ik in elkaar zak.

Ik voel iets nats aan de zijkant van mijn gezicht. Even denk ik dat het Mimi is die aan mijn wang likt. Ik open mijn ogen en draai mijn hoofd om ineen te krimpen van de pijn die door de linkerkant schiet.

'Drink dit.' Nana Guadalupe doet een pil in mijn mond en zet een glas tegen mijn lippen. Ik slik de pijnstiller met wat water door, in een poging mijn kaak zo weinig mogelijk te bewegen.

'Wat is er gebeurd?' zeg ik moeizaam.

'De klootzak heeft je geslagen. Je bent flauw gevallen. Ik heb een van de jongens je hierheen laten brengen.'

Ik ga rechtop in bed zitten en kijk rond in mijn oude kamer. Op een bepaalde manier voelt het alsof ik nooit ben weggeweest.

'Weet je wat Diego met me van plan is?'

'Hij geeft morgenavond een feestje,' zegt ze. 'Hij gaat aankondigen dat jullie twee gaan trouwen.'

'Wanneer?'

'Woensdag.' Ze pakt mijn hand en knijpt in mijn vingers. 'Waarom Angelinita? Waarom ben je terugkomen als je wist wat er ging gebeuren?'

Ik kijk naar haar op en voel de tranen zich in mijn ooghoeken verzamelen. Dan vertel ik haar alles. Tegen de tijd dat ik klaar ben, huil ik zo hard dat ik door alle tranen heen haar gezicht nauwelijks kan zien.

'Ben je verliefd op je Rus?'

'Ja,' fluister ik en bedek mijn mond met mijn hand. Het is moeilijk om over Sergei te praten.

'Geef me zijn nummer, ik zal proberen hem te bellen. Hij moet hierheen komen om je hier weg te halen.'

'Nee. Diego zal hem gewoon vermoorden.'

'Angelina…'

'Nee, nana. Er is niets meer aan te doen. Ik wil niet het risico lopen dat hij door mij sterft.'

De deur van mijn kamer gaat open en Maria komt binnen, met een kleine glimlach om haar lippen. 'Diego wacht op je in zijn slaapkamer,' zegt ze en haar glimlach wordt breder. 'Laat hem niet rusteloos worden.'

Ze draait zich om en sluit de deur achter zich, terwijl paniek en doodsangst me in hun greep houden.

'Waar is mijn rugzak?' fluister ik.

Nana pakt hem van de tafel en geeft hem aan me met een blik van afschuw op haar gezicht. Ze weet heel goed wat er nu gaat komen. Ik pak de rugzak en steek mijn hand erin, rommel door de inhoud ervan totdat mijn vingers het slanke mes van Sergei's werpmes te pakken hebben. Ik trek hem eruit.

'Je kunt Diego daar niet mee doden.'

'Ik weet het,' zeg ik, sta van het bed op en ga naar de badkamer.

Ik leg het mes naast de wasbak, trek mijn spijkerbroek en slipje uit en rol dan mijn linkermouw op.

'Wat ben je aan het doen?' vraagt Nana Guadalupe vanuit de deuropening.

'Ik heb Diego horen zeggen dat hij geen hoeren wil

neuken als ze ongesteld zijn,' zeg ik en pak het mes. 'Hij zei dat hij het walgelijk vindt.'

Ik plaats de punt van het lemmet op mijn linkerbovenarm. Op mijn tanden bijtend, druk ik het lichtjes aan totdat het de huid doorboort. Ik hoor Nana naar adem snakken als er bloed uit de kleine snee sijpelt. Naar het slipje reikend druk ik de beige stof op de wond en zorg ervoor dat het bloed er zo echt mogelijk uitziet. Als er genoeg bloed op mijn slipje zit, doe ik hem weer aan en pak ik een handdoek uit het rek en druk die hard tegen de snee aan.

'Zoek iets om om mijn arm te wikkelen,' zeg ik en begin de kasten te openen in de hoop een EHBO-doos te vinden. De snee is niet zo groot, het zou snel genoeg met bloeden moeten stoppen, maar het zou veiliger zijn als ik er iets overheen doe om de huid bij elkaar te houden. Er is geen EHBO-doos, maar ik heb geluk, want ik vind een doos met pleisters.

Nana Guadalupe rent terug naar de badkamer. Ze heeft een kussensloop vast en scheurt er een brede strook af. Als ze klaar is, doet ze twee pleisters over de snee en wikkelt ze de katoenen strook om mijn arm.

'Doe er nog een over,' zeg ik. Mijn mouwen zijn wijd, dus het geïmproviseerde verband zal niet zichtbaar zijn. Ik kan het niet riskeren dat er bloed doorheen lekt. Diego zou het kunnen merken.

Nadat ze nog een lap stof om mijn arm heeft gewikkeld, rol ik de mouw naar beneden, doe mijn jeans aan en ga naar de deur.

'Denk je dat dit hem zal stoppen?' vraagt Nana vanuit de badkamer.

'Het zal hem er niet van weerhouden om me uiteindelijk

te verkrachten,' zeg ik, 'maar ik hoop dat het me op zijn minst een paar dagen uitstel zal opleveren.'

Die klootzak heeft de slaapkamer van m'n vader genomen.

Ik staar lange tijd naar de grote witte deur aan het einde van de gang voordat ik diep ademhaal en aan de knop draai om naar binnen te gaan.

Diego ligt volledig naakt uitgestrekt op het bed. Hij heeft zijn kleine pik in zijn vlezige hand en streelt hem. Als hij me ziet, geeft hij aan dat ik dichterbij moet komen. Ik ga naar het bed en slik gal door. Alleen al door naar hem te kijken word ik misselijk.

'Ik heb hier zo naar uitgekeken, palomita,' zegt hij lachend. 'Trek je kleren uit en kom hier. Ik heb me op je voorbereid.'

Ik stop aan de rand van het bed en begin mijn spijkerbroek los te knopen, biddend tot alles wat heilig is dat ik gelijk had, en hij niets met me te maken wil hebben als hij het bloed ziet. Grappig hoe zo'n walgelijke, vieze man een vrouw onrein kan vinden als ze ongesteld is. Ik maak mijn jeans los en schuif hem naar beneden, terwijl ik naar zijn gezicht kijk en mijn adem inhoud.

'Jij vuile trut!' schreeuwt hij. Zijn ogen zijn op mijn slipje gericht, dan springt hij op, en grijpt me bij mijn onderarm. 'Heb je het expres gedaan? Heb je met je menstruatie gekloot?'

Ik kijk naar beneden en doe alsof ik verrast ben. 'Ik heb het niet gemerkt. Het is waarschijnlijk net begonnen.'

Hij staart me in mijn ogen, laat mijn arm los en slaat me in mijn gezicht. 'Doe je broek omhoog.'

Ik trek mijn jeans omhoog en draai me om om te gaan, maar zijn hand schiet naar voren en pakt mijn pols. 'Waar denk jij heen te gaan? Je mond is niet vervuild.' Hij grijnst en gaat op de rand van het bed zitten, spreidt zijn benen en trekt aan mijn arm. 'Knielen.'

Ik kijk neer op zijn zielige pik en dan omhoog tot onze blikken elkaar ontmoeten. Hij zal me waarschijnlijk vermoorden als ik weiger. Mijn dood zal mijn nana's hart breken, maar ik zal niet knielen en aan de pik van de man zuigen die mijn vader heeft vermoord. Zelfs als het de dood betekent.

Ik laat mijn hoofd zakken totdat onze ogen nauwelijks een centimeter van elkaar verwijderd zijn, ik glimlach en spuug dan in zijn gezicht. 'Zuig je eigen pik, Diego.'

Hij brult, gooit me op het bed en klimt over me heen, slaat zijn handen om mijn keel en knijpt. Ik snak naar adem, klauw naar hem, terwijl ik probeer zijn vingers weg te halen terwijl mijn longen om lucht schreeuwen. Ik faal. Mijn zicht begint te vervagen en er vormen zich donkere vlekken voor mijn ogen, maar ik blijf schoppen en slaan om hem van me af te krijgen. Ik had Sergei's mes mee moeten nemen. Ik ben bijna bewusteloos als de handen van mijn keel verdwijnen, en ik hoestend lucht naar binnen zuig. Ik krijg een klap in mijn gezicht, en dan nog een.

'Ik kan niet wachten tot het woensdag is,' gnuift Diego terwijl hij boven me uit torent. 'Smerig of niet, ik ga je neuken waar iedereen bij is, palomita. Niemand zegt nee tegen Rivera!'

Hij slaat me weer en duwt me dan van het bed. Het lukt me nauwelijks om mijn handen voor me te houden om de val te breken.

'Ik wil dat je je voor het feest morgen optut. Zorg ervoor

dat je de blauwe plekken goed bedekt. Ik wil niet dat mensen denken dat ik je niet behandel zoals je verdient.' Hij lacht.

Ik haal diep adem, sta langzaam op van de vloer en draai me om om de klootzak aan te kijken, terwijl hij met een grote glimlach op zijn gezicht achterover op het bed leunt.

'Fuck you,' zeg ik hees, en veeg met de achterkant van mijn hand over mijn mond om het bloed weg te vegen en ga naar de deur.

Diego's krankzinnige gelach volgt me.

Sergei

Van in de verte hoor ik stemmen, maar ik registreer de woorden eerst niet. Alles klinkt als gedempt gemompel. Geleidelijk aan worden ze sterker en duidelijker. Als mijn zicht helderder wordt, staat Felix aan de andere kant van de woonkamer, met Roman en de dokter aan weerszijden van hem.

'Sergei?' Felix zet een stap naar me toe.

'Wat?'

'Hij is terug.' Hij zucht en wendt zich tot de andere twee mannen. 'Je moet gaan. Ik bel je later!'

Ik wacht tot Roman en de dokter weg zijn, sta dan op van de vloer, huiverend bij het prikkende gevoel langs mijn benen. 'Wat is er gebeurd?'

Het laatste wat ik me herinner is thuiskomen na twee dagen door de stad te hebben gereden. Ik ben alleen gestopt om te tanken, of toen ik moest eten en niet langer de eisen van mijn lichaam kon negeren. En toen, niets meer. 'Ik heb je hier gevonden toen ik ‘s middags langskwam. Je zit al uren naar de muur te staren.’

‘Hoe laat is het?’

‘Zeven uur ‘s avonds.’

Dat verklaart waarom mijn benen aanvoelen alsof ze van lood zijn. ‘Wat deed Roman hier?’

‘Hij kwam om met je te praten. Hij had de Doc meegenomen voor het geval je er niet uit zou komen.’

‘Waar wilde hij over praten?’

‘Zijn contactpersoon in Mexico heeft gebeld,’ zegt hij en volgt me naar de keuken terwijl ik naar de koelkast loop om een fles water te pakken. ‘Hij heeft Guadalupe Perez gevonden. Ze is nog steeds op het complex.’

‘Goed zo. Kijk of je haar een ID kan bezorgen dat zou werken om de grens over te steken. Het zou niet lang moeten duren. Ik ga haar halen zodra je het hebt.’

‘Oké.’ Hij knikt, maar blijft op een vreemde manier naar me kijken.

Ik ken Felix al vijftien jaar, en herken de meeste van zijn signalen. ‘Wat is er?’

‘Heeft Angelina iets raars gedaan voordat ze vertrok?’

Ik pak de rand van het aanrecht vast en staar naar de witte tegels voor me, terwijl ik op mijn tanden knars. Het is moeilijk om aan haar te denken. ‘Misschien een beetje. Toen ik erover nadacht, dacht ik dat het waarschijnlijk was, omdat ze al van plan was om te vertrekken.’

‘Heeft iemand haar benaderd?’

Ik draai me om en kijk hem aan. ‘Nee. Hoezo?’

‘Omdat ze niet in Europa is. Ze is in Mexico, Sergei. Bij Diego Rivera.’

'Wat?!' Ik sla het glas dat ik vasthoud op het aanrecht, en het breekt in stukken. De stukjes glas vliegen overal heen.

'Romans contactpersoon zei dat hij haar vandaag heeft gezien, op het lunchfeest dat Diego had georganiseerd. Rivera kondigde aan dat ze woensdag gaan trouwen.'

Ik sluit mijn ogen en haal diep adem en probeer de afgelopen week in mijn gedachten door te nemen. Angelina had zich op de ochtend dat ze verdween vreemd gedragen, dus er moet eerder iets gebeurd zijn. Het winkelcentrum. Ze had te veel tijd doorgebracht in dat toilet.

'Ik wil dat je toegang krijgt tot de camera's van het winkelcentrum waar we de dag voordat ze vertrok naartoe zijn geweest,' zeg ik.

'Oké. Ik zal mijn laptop pakken.'

Ik staar naar de zwart-wit foto van een vrouw die Felix uit het politiedossier heeft gehaald. Dan beweeg ik mijn ogen naar rechts, waar de foto van de camerabeelden dezelfde vrouw laat zien die een paar minuten voordat Angelina naar buiten kwam het toilet in het winkelcentrum verliet.

'Juana Ortiz,' zegt Felix. 'Er is geen bewijs, maar het briefje in het rapport zegt dat ze ervan wordt verdacht voor Diego Rivera te werken.'

'Ze hebben Angelina waarschijnlijk gedreigd om haar nana te vermoorden. Waarom heeft ze verdomme niets gezegd?'

'Ik denk niet dat ze met haar nana hebben gedreigd, Sergei. Kijk.' Hij brengt een andere hoek van de opname naar voren. Een ander einde van dezelfde gang. Juana loopt naar twee mannen die bij een automaat staan, knikt en ze vertrekken.

'Ik heb ook de andere camera's gecontroleerd,' zegt Felix terwijl hij de video van Juana die het toilet verlaat weer naar voren haalt. 'Ze stonden zo'n vijftien meter achter je. De grootste verborg een pistool onder zijn jas. Het is vanaf een andere camera te zien. Let op waar Angelina naar kijkt als ze naar buiten komt.'

Hij speelt de video af en zoomt in op de deur van het toilet. De camera was waarschijnlijk dichtbij gemonteerd, want als Angelina naar buiten loopt, zie ik duidelijk de doodsbange uitdrukking op haar gezicht terwijl ze omhoog en over mijn schouder kijkt, precies in de richting waar de mannen stonden. Haar ogen gaan naar mij, dan even terug naar de klootzakken voordat ze mijn kant op gaat.

'Ik denk dat ze hebben gedreigd om *jou* te vermoorden,' zegt Felix.

Ik staar naar de gepauzeerde opname, mijn ogen zijn op Angelina's bange gezicht gericht en glimlach. 'Ik ga ze allemaal afslachten.'

Ik stop de laatste wapens in het verborgen compartiment in de vloer van mijn auto, sluit de kofferbak en fluit naar Mimi, die van de trap naar beneden rent en op de achterbank springt. Ik ga achter het stuur zitten en doe de deur dicht. Ik grijp naar het contact als de passagiersdeur opengaat en Felix binnenkomt.

'Waar denk jij heen te gaan?' vraag ik.

'Naar Mexico.' Hij gooit zijn rugzak op de achterbank naast Mimi en reikt naar de veiligheidsgordel.

'Je gaat niet.' Ik leun over hem heen en open zijn deur. 'Eruit.'

'Nee.'

'Dit is geen verdomde bejaardenexcursie. Ik ga in een kartelcomplex infiltreren dat door minstens dertig gewapende mannen wordt bewaakt.'

'Precies,' snauwt hij. 'Je hebt back-up nodig. En een chauffeur voor het geval je wordt neergeschoten en niet terug kunt rijden.'

'Je bent te oud voor deze shit. Ik laat je je leven niet voor mij riskeren, Albert. Eruit.'

'Wil je verdomme stoppen met je 'Ik ben onoverwinnelijk' -onzin? Heb je soms een doodswens? Is dat het? Omdat we allebei weten dat als je naar binnengaat zonder surveillance back-up, de kans dat je er levend uitkomt nul is!'

'Ik heb meerdere keren missies met meer vijanden voltooid.'

'Ja, maar toen hoefde je je alleen maar zorgen te maken over jezelf. Hoe ben je van plan die plek te verlaten met twee vrouwen op sleeptouw? Ze zullen je vertragen. En dan heb ik het nog niet eens over het kleine leger dat je zal achtervolgen.'

'Ik red me wel.'

'Je zult sterven!' schreeuwt hij in mijn gezicht en kijkt dan naar de voorruit. 'Ik ga mee.'

Mimi blaft vanaf de achterbank.

'Zie je wel? Dat is twee tegen één.'

Ik kijk naar hem terwijl hij de kraag van zijn shirt rechttrekt, zijn bril op zijn neus drukt met zijn vinger en achteroverleunt in zijn stoel.

'Godverdomme,' mompel ik en start de auto.

Felix zwijgt de eerste vijf minuten of zo en begint dan

over Marlene te klagen. Ik negeer hem. Ik ben op dit moment niet in de stemming om relatieadvies te geven.

'Wat is er in Colombia gebeurd, Sergei?' vraagt hij plotseling.

Ik steek een sigaret op en kijk hem van opzij aan. 'Dat weer?'

'Ja.' Hij draait zich naar het raam en staart naar buiten. 'Alsjeblieft.'

Ik zucht. 'Die politicus die ik van Kruger af moest maken. Hij hield zich bezig met mensenhandel.'

'Dat weet ik. Dat stond in het dossier van de missie.'

'Ik heb hem gedood toen hij in zijn tuin aan het ontbijten was. Iedereen wist dat hij meisjes te koop had en ze ergens op het complex verborgen hield. Ik was van plan het te infiltreren, om ze te zoeken. Kruger zei nee. Hij verzekerde me dat de politie ze zou vinden en ze vrij zou krijgen als ze onderzoek kwamen doen.' Ik leun achterover in mijn stoel en neem een trekje van de sigaret. 'De politie is gekomen. En toen gingen ze weg. Ze waren met niemand naar buitengekomen, sloten de boel gewoon af en waren weg.'

'Dus ze hebben de meisjes niet gevonden?'

'Oh, die hebben ze gevonden,' zeg ik.

'Ik begrijp het niet.'

'Ik ben naar binnengegaan, nadat de politie was vertrokken. Het duurde even voordat ik de deur naar de kelder had gevonden.' Ik sluit mijn ogen even, in een poging om de beelden van de lichamen die verspreid lagen te onderdrukken. 'Ze waren al dood. Ze hebben ze allemaal in hun hoofd geschoten. De Colombiaanse politie was duidelijk betrokken bij de handel. Ze hebben zich van de meisjes ontdaan toen ze hen hadden gevonden, zodat de meisjes niet konden praten.'

'Jezus.'

'Ik weet het niet zeker, want ze waren allemaal vies en waren niet meer dan huid en botten, maar ik denk niet dat ze ouder waren dan zestien.' Ik draai me om om naar Felix te kijken. 'Tien kinderen zijn door mij gestorven. Als ik eerder naar binnen was gegaan dan de politie, dan zouden ze vandaag nog in leven zijn.'

'Het is niet jouw schuld,' blaft hij. 'Je volgde strikte bevelen op.'

'Dat heb ik gedaan.' Ik knik en steek nog een sigaret aan. 'Zoals Krugers perfecte kleine moordmachine behoorde te doen.'

Felix kijkt weg. De rest van de rit gaat in volledige stilte voorbij.

Het lukt ons om zonder problemen de grens over te steken. Als we van de snelweg komen op een zijweg die naar het Sandoval complex leidt, kijk ik op de kaart. Ik heb alle plekken gemarkeerd waar Sandovals mannen meestal de wacht hielden. Ik betwijfel of Diego de moeite heeft genomen om de locaties te veranderen. Ik neem een andere zijweg die ons bijna naar het complex zou moeten brengen met slechts één controlepunt onderweg. Wanneer we in de buurt van de locatie van de bewakers zijn, parkeer ik de auto achter wat gebladerte en stap ik uit om me om te kleden en te bewapenen.

'Wat is dat in godsnaam?' mompelt Felix achter me terwijl ik de wapens tevoorschijn haal.

'Kruisboog.' Ik open de doos met pijlen en begin ze te

tellen. 'Het is een nieuw model dat Luca me vorige maand heeft gegeven om uit te proberen.'

'Je bent gestoord.' Hij maakt tsk-tsk geluiden. 'Kun je niets op de normale manier doen? Waarom schakel je ze niet uit met een mes?'

'Omdat er meestal minstens drie mannen bij dit controlepunt zijn. En het is niet donker genoeg om zoveel doelwitten te besluipen.'

'Dus, heb je voor een verdomde kruisboog gekozen? Wie denk je dat je bent — de verdomde Van Helsing?'

'Oh, hou toch je mond.'

'Wat dacht je van een sluipschuttersgeweer?'

'Niet op dit terrein. Daarvoor zou ik te dichtbij moeten komen.' Ik bind een mes aan mijn dij en pak de kruisboog. 'Ik ben met een uurtje weer terug. Bereid de camera's voor en ik zal ze zodra het donker wordt rond het complex plaatsen.'

'Hoeveel?'

'Twaalf. Laat Mimi haar ding doen, maar ga niet ronddwalen. Niemand zou ons hier moeten vinden, maar houd voor het geval dat een pistool bij de hand.'

'Denk je echt dat je het voor elkaar zult krijgen? Het zijn minstens dertig bewakers, Sergei. Plus de gasten, die waarschijnlijk allemaal gewapend zullen zijn.'

'Het is niets dat een beetje C-4 niet aankan,' zeg ik en loop in de richting van de bewakers.

'Zijn we helemaal hierheen gereden met C-4 in de kofferbak?' roept hij me half fluisterend na. 'Hoeveel heb je ingepakt?'

Ik kijk over mijn schouder en knipoog naar hem. 'Alles, Albert.'

Rondom de hut die ze als controlepost gebruiken, zijn vier van Diego's mannen aanwezig. Eén staat bij de voertuigen die aan de zijkant geparkeerd staan, terwijl de rest op de veranda zit te eten. Ik hou er niet van om mensen te vermoorden als ze midden in een maaltijd zitten — het lijkt respectloos — maar ik heb nogal een strak schema.

Ik richt de kruisboog op de eenzame man, en als ik er zeker van ben dat niemand in zijn richting kijkt, laat ik de pijl los. Het spietst de zijkant van zijn hoofd, maar ik heb de hoek verkeerd ingeschat. In plaats van direct neer te vallen, duwt de impact de man op de motorkap van de auto voordat zijn lichaam op de grond rolt. De hoofden van de andere mannen schieten in de richting van de voertuigen, maar ze kunnen vanaf waar ze zijn niet zien wat er is gebeurd.

Ik laad nog een pijl in de kruisboog en wacht.

Twee mannen pakken hun wapens en lopen door de hut richting de auto's, en roepen naar hun vriend. Op het moment dat ze de hoek om zijn, schiet ik de man neer die op de veranda is blijven staan. Ik laat de kruisboog op de grond liggen en haal het mes tevoorschijn en ren via de andere kant naar de voertuigen.

Als ze het lichaam zien, zouden ze de thuisbasis kunnen bellen om het te melden, en dat kan ik niet hebben. Het belangrijkste voordeel van mijn plan voor morgen is de verrassingsfactor. Als ik dat niet heb, dan kan alles naar de klote gaan. Mijn pistool gebruiken is geen optie, omdat we te dicht bij het complex zijn en iemand het kan horen. Met een mes tegen twee gewapende mannen vechten is niet de verstandigste manier van handelen, maar het zal moeten. Ik ga vlak naast de dode man met mijn rug tegen de zijkant van een terreinwagen staan, en wacht.

Een van de mannen draait zich om om naar de hut te kijken, en ik gebruik dat moment om voor de andere man te springen en zijn keel door te snijden. Op het moment dat zijn lichaam de grond raakt, begraaf ik het mes in de zij van de andere man en pak zijn pistool met mijn vrije hand. Nog twee steken en hij is verleden tijd.

Ik verstop het lichaam van de eerste man die ik heb vermoord in een van de kofferbakken. Het kost me een kwartier om de andere drie naar de auto's te slepen en ze ook te verbergen, voordat ik klaar ben om terug te gaan. Het is tijd om alles voor te bereiden voor morgen.

'Laat me eens kijken.' Nana Guadalupe pakt mijn kin tussen haar vingers en kantelt mijn gezicht naar de zijkant en inspecteert de blauwe plekken die nu een walgelijke paarse tint hebben.

'Nana, ik wil dat je een pistool voor me regelt,' zeg ik en draai me om om haar aan te kijken. 'Het moet vandaag gebeuren. Ik weet niet wanneer de visagist en haarstylist morgenochtend aankomen.'

'En wat ben je van plan met het pistool te doen, Angelinita?'

'Morgen vermoord ik Diego.'

'Nee!' Ze pakt mijn hand. 'Zelfs als je erin slaagt om hem neer te schieten, zullen zijn mannen je ter plekke doden.'

'Hij heeft me verteld dat hij van plan is om me na de bruiloft in het bijzijn van iedereen te neuken,' zeg ik en knijp in haar hand. 'Als hij het probeert, dan heb ik dat pistool nodig, Nana. Omdat ik die klootzak me niet op de eettafel laat verkrachten waar zijn gasten bij zijn.'

Ik heb over mijn opties nagedacht en kon niets anders bedenken. Als ik probeer te vluchten, dan zijn er drie mogelijke uitkomsten. Eén, ik faal en Diego vermoordt me meteen. Twee, ik faal, Diego pakt me, en sleept me terug. En drie, het lukt me om weg te lopen, en hij vermoordt Sergei. De eerste twee zijn in principe hetzelfde, want als hij me terugsleept, dan ben ik zo goed als dood. Hij zal me voordat hij me vermoordt gewoon martelen, omdat ik hem trotseer. De derde is uit den boze, want ik ben er absoluut zeker van dat hij Sergei zal doden om mij voor het feit te straffen dat ik hem het lachertje van het complex heb gemaakt door twee keer van hem weg te lopen.

Ik neem mijn nana's gezicht tussen mijn handen en kijk in haar warme ogen. 'Wil je dat pistool voor me regelen?'

Ze drukt haar lippen tegen elkaar en knikt.

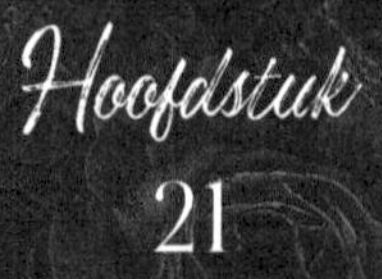

Hoofdstuk 21

Angelina

Ik zit op een stoel in het midden van de kamer terwijl twee meisjes zich met mijn haar bemoeien en naar de witte zijden jurk kijken die ik draag. Wetende dat Diego hem heeft uitgekozen, valt hij nog mee. Ik had een klein stukje materiaal verwacht dat mijn kont en borsten nauwelijks zou bedekken, maar de jurk is nogal bescheiden, met een hoge halslijn en een rok die vanaf de taille uitloopt. Het is mouwloos, dus ik moest de snee in mijn bovenarm met een foundation bedekken. Ik heb het pistool dat Nana voor me heeft geregeld om mijn rechterdij vastgemaakt met de elastische band die ik uit de taille van mijn joggingbroek heb gehaald. Het is niet de beste oplossing, maar het werkt. Gelukkig is de rok wijd, dus het pistool zit goed verborgen onder het zware zijde materiaal. Als Diego iets had gekozen dat kort of strak was geweest, dan zou het onmogelijk zijn geweest om het aan het zicht te onttrekken.

De deur achter me gaat open en Maria loopt naar binnen

in een korte rode jurk met lovertjes. Er zit een neppe glimlach op haar gezicht geplakt, en als ze naar me kijkt, is er kwaadaardigheid in haar ogen te zien.

'Je komt te laat. Diego zal niet blij zijn,' zegt ze.

Ik begrijp nog steeds niet hoe ze dat varken haar elke avond kan laten neuken. Als ik alleen maar naar hem kijk, wil ik kotsen.

'Van wat ik hoor, is hij in een goede bui,' zeg ik.

Het drinken en zingen is uren geleden begonnen. Ik kan het gelach en geroep van hier horen, ook al is mijn kamer aan de andere kant van het huis.

'Je moet meer make-up over de blauwe plekken aanbrengen, Angelina. De blauwachtige tint is nog steeds zichtbaar.'

'Bij jou ook,' zeg ik en kijk hoe ze zich naar de spiegel wendt en haar gezicht inspecteert. Dus hij slaat haar ook. Het lijkt erop dat ik toch niet zo speciaal ben. 'Ga weg. Ik kom zo naar beneden.'

Als Maria weg is, stuur ik de make-up meisjes weg. Als ik eindelijk alleen ben, ga ik op het bed zitten en sluit mijn ogen, en laat mijn geest naar die laatste avond met Sergei afdrijven. Ik kan niet geloven dat hij me de rozenolie over hem heen liet smeren. Hij rook nog licht bloemig toen hij de volgende ochtend naar de bespreking ging. Mijn lippen vormen een glimlach bij de herinnering, maar er glijdt een traan over mijn wang. God, ik mis hem zo erg. Ik wou dat we meer tijd samen hadden gehad.

Er klinkt weer een ronde van luidruchtig gelach, en het brengt me terug naar de realiteit. Met mijn hand veeg ik de verdwaalde traan weg en leg dan mijn hand op mijn dij om aan het pistool te voelen dat onder het zijdeachtige materiaal verborgen zit. Tijd om te gaan. Ik sta op en ga de kamer uit.

'Palomita!' brult Diego vanaf zijn plek aan het hoofd van de tafel die in de tuin is opgezet. 'Kom hier.'

Ik bal mijn handen tot vuisten en loop over het brede stuk gras tot ik bij de geplaveide patio ben waar iedereen zich heeft verzameld. Er zijn ongeveer veertig mensen aanwezig, voornamelijk mannen. Sommigen van hen ken ik omdat ze de medewerkers en zakenpartners van mijn vader waren die heel vaak bij ons thuis kwamen. Gebaseerd op de manier waarop ze het vermijden om me aan te kijken, weten ze waarschijnlijk dat ik hier niet vrijwillig ben, maar geen van hen zal voor me opkomen. Zaken komen altijd op de eerste plaats — moraliteit vliegt dan het raam uit. De rest kijkt toe hoe ik langsloop, vieze grappen uitspuwend, en ze lachen als de varkens die ze zijn terwijl ze Diego met zijn keuze feliciteren.

Terwijl ik het hoofd van de tafel nader, zie ik de priester aan Diego's linkerkant zitten, en voor een vluchtige seconde, krijg ik hoop. Ik ken hem. Mijn vader doneerde regelmatig geld voor dakloze kinderen waar zijn kerk voor zorgt. Als hij naar me kijkt, is er echter een blik van angst in zijn ogen te zien, evenals een waarschuwing als hij een zijdelingse blik op Diego werpt. Hoop vervaagt als de realisatie door begint te dringen. Vader Pedro is ook bedreigd. Ik vraag me af of mijn walgelijke aanstaande echtgenoot de priester zal dwingen te blijven en toe te kijken als hij me probeert te verkrachten waar iedereen bij is.

'Is ze niet mooi?' vraagt Diego terwijl hij mijn pols pakt en me op de stoel trekt.

Ik voel zijn vlezige hand naar mijn been reiken, net boven

mijn knie, en verstijf. Als hij zijn handpalm een paar centimeter boven mijn dij beweegt, zal hij het pistool voelen dat ik daar heb vastgebonden.

'Niet zo mollig als ik ze graag heb, maar ze zal voldoen,' lacht Diego en ik adem uit als hij zijn hand verwijdert om naar een wijnglas te reiken.

Hij is al dronken, net als iedereen aan tafel. De priester zal ons waarschijnlijk moeten trouwen terwijl we zitten, want ik betwijfel of Diego zal kunnen staan. Ik kijk naar het huis en zie Nana Guadalupe daar staan terwijl ze haar rechterhand in haar gebreide vest verborgen houdt. Ze staart me aan, maar dan verschuiven haar ogen naar Diego. Waarom draagt ze dat ding? Het is bloedheet en ik smelt al in mijn jurk. Ze kijkt weer naar mij, dan naar het horloge aan haar linkerpols en lacht voordat ze in onze richting komt. Ik kijk haar door samengeknepen ogen aan terwijl ze om de tafel heen loopt en achter mijn stoel gaat staan.

'Blijf zitten,' fluistert ze in mijn oor, pakt de achterkant van mijn stoel en duwt hem zijwaarts met mij er nog steeds op. Terwijl ik omver val, klinkt er een fluitend geluid door de lucht.

Ik land op mijn schouder en slaak een kreet, maar mijn kreet verdwaalt in de epische knal die ergens bij de poort weerklinkt. Er zijn een paar momenten van totale stilte, en dan nog drie explosies, de ene na de andere. Mensen beginnen te schreeuwen, springen van hun stoel en grijpen naar hun wapens. Ik rol tot ik onder de tafel lig en kijk omhoog om Nana Guadalupe met een pistool in haar hand naast me te zien hurken. Ze lacht nog steeds.

'Wat gebeurt er allemaal?' schreeuw ik, terwijl ik mijn rok omhoogtrek en mijn wapen tevoorschijn haal, maar ik denk niet dat ze me hoort, omdat de explosies overal om ons heen doorgaan, elk minder dan een paar seconden uit elkaar. Het klinkt als het einde van de wereld. Ik kijk onder het tafelkleed door om te zien wat er gebeurt. En ik ben net op tijd om het bijgebouw waar we voertuigen neerzetten, in te zien storten. De gasten en bewakers rennen over het gazon met hun wapens getrokken, ze zijn allemaal verward, en ik zie een van de mannen op de grond vallen. Even denk ik dat hij gestruikeld is, maar dan zie ik een grote rode stip in het midden van zijn voorhoofd.

In het korte intermezzo tussen de explosies, hoor ik nog een suizend geluid, en zie ik een andere man vallen.

'Het is een sluipschutter!' schreeuwt iemand, en mensen beginnen te rennen om dekking te zoeken.

Twee bewakers draaien zich naar het huis om kort daarna op de grond te belanden. De gasten rennen in een wilde waas naar hun geparkeerde voertuigen, en een voor een, racen de auto's naar de open poort die nu aan de scharnieren hangt, blijkbaar vernietigd door een van de explosies. De meeste mensen die achterblijven zijn Diego's soldaten en beveiliging.

Een hand grijpt de rand van het tafelkleed voor me en het hoofd van een van de bewakers verschijnt onder de tafel. Hij pakt me bij mijn haar en sleept me naar buiten, net op het moment dat Nana Guadalupe haar pistool tegen zijn slaap drukt en schiet. Bloed en hersenweefsel exploderen over mijn jurk, maar ik heb geen tijd om erover na te denken, omdat een andere set handen mijn enkel grijpt en me terugtrekt. Ik grijp naar de poot van de tafel en draai me om en zie Diego's woedende gezicht.

'Kom hier, trut!' gromt hij en trekt aan mijn been.

Ik richt het pistool op zijn borst en schiet de kogel af, maar het raakt zijn schouder, wat hem alleen maar kwader maakt. Hij rukt weer aan mijn been en het pistool glijdt uit mijn hand.

Mijn hart slaat een slag over en mijn ademhaling stokt. Koud zweet breekt uit over mijn voorhoofd. Mijn ogen gaan wijd open als Diego zijn pistool op me richt.

Plotseling slaat er een enorme massa van iets zwarts in Diego's zij en de kogel die voor mij bedoeld was ontploft in de omgevallen stoel en mist mij op enkele centimeters, maar laat overal puin neerkomen. Ik staar naar het beest dat Diego's nek in haar kaken houdt, en luister naar de vreemde gorgelende geluiden die uit de keel van de bijna-dode man komen.

'Mimi?'

De hond draait haar hoofd naar me toe zonder haar prooi los te laten, schudt haar hoofd en Diego's botten breken met een krakend geluid. Een lang fluitje bereikt mijn oren en Mimi's hoofd schiet onmiddellijk opzij. Ze laat een laag gegrom horen en rent achter een soldaat aan die wegvlucht. Ik kijk met grote ogen toe hoe ze op zijn rug springt en hem op de grond gooit. Bloed spuit overal heen terwijl Mimi haar hoektanden in de nek van de man laat zakken.

Het suizende geluid blijft om de paar seconden de lucht doorboren. Er klinkt een andere explosie, gevolgd door nog een, en de linkerkant van het huis waar de keuken vroeger was, stort in, en omhult alles in een stofwolk.

Het geluid van een pistool dat aangespannen wordt, klinkt achter me, en ik draai me om en zie Nana Guadalupe op een andere soldaat richten. Ze vuurt, maar mist. De man begint zijn vuurwapen op te heffen, maar blijft halverwege stilhangen en valt dan op zijn knieën en onthult een zwartgeklede figuur die enkele meters verderop met een pistool in zijn hand staat. Ik knipper met mijn ogen en staar, terwijl ik zijn legerbroek en het assortiment wapens om zijn benen in me opneem. Ik laat mijn ogen over het kogelvrije vest en zwarte shirt gaan om me op zijn gezicht te focussen, gecamoufleerd met militaire verf. Ik kan zijn gelaatstrekken niet goed zien, maar ik herken zijn bleke haar overal.

'Sergei,' fluister ik en de tranen lopen over mijn gezicht. Hij is me komen halen.

'Je Rus is als hij klaar is voor de strijd nog knapper,' mompelt Nana Guadalupe naast me.

'Wat?' vraag ik, mijn ogen blijven op Sergei gericht terwijl hij naar een geparkeerde auto rent waar nog twee soldaten zich verstoppen.

'Gisteravond, toen ik Diego's soldaten hun eten in de kazerne bracht, kwam hij uit de struiken gesprongen. Ik had bijna een hartaanval.'

'Je wist wat hij van plan was? Waarom heb je niets gezegd?'

Sergei stopt, schiet een van de soldaten neer en blijft rennen terwijl hij over lijken op de grond springt.

'Hij zei dat het een verrassing was.' Ze grinnikt. 'Ik vind het romantisch.'

'Romantisch?' Ik neem de afbrokkelende muren van mijn ouderlijk huis in me op, dan scan ik het gazon bedekt met bloed en dode lichamen, en stop bij de twee buitenste gebouwen net aan de zijkant. Of… wat er van hen over is.

Een luid geblaf bereikt me, en mijn hoofd schiet terug naar Sergei, die bijna bij de auto is waar Mimi de overgebleven soldaat aanvalt. Er zit nog een man achter de puinhoop verscholen, zo'n tien meter van Sergei vandaan. Hij houdt een geweer in zijn hand, en terwijl ik toekijk, heft hij het wapen. Ik pak mijn pistool van de grond, richt en schiet alle kogels die ik nog heb naar de soldaat. Twee raken hem in de borst, en hij valt omver. Nana richt ook haar pistool en schiet drie kogels die kant op.

'Voor het geval dat,' zegt ze.

Als ik terugkijk naar Sergei, staat hij over het lichaam van de laatste soldaat gebogen, bloed druipt van een lang mes in zijn hand, en hij praat in zijn koptelefoon. Hij werpt een blik op de man die Nana en ik net hebben neergeschoten, draait zich dan naar ons toe en steekt zijn duim op. Ja, hij is misschien een beetje gek, maar toch hou ik van hem.

Het geronk van een motor nadert, en een paar seconden later stopt er een auto op de oprit, en Felix steekt zijn hoofd uit het raam.

'Laten we gaan!' roept hij.

Ik neem nana's hand in de mijne en we rennen naar de auto.

Sergei

Angelina duwt haar nana op de passagiersstoel, maar ik kan nog niet naar hen toe. Er kan nog steeds iemand in de buurt zijn, en ik ben van plan om ze te elimineren voordat ze er zelfs maar aan denken om een bedreiging voor mijn meisje te worden. Ik weet niet zeker hoeveel van Diego's mannen ik in de laatste twintig minuten heb vermoord. Ergens tussen de dertig en veertig, gebaseerd op een ruwe telling.

Ik dacht niet helder na, en weet niet eens meer hoe ik de helft van hen heb afgemaakt. Ik was doodsbang dat iemand Angelina pijn zou doen als ik niet snel genoeg was. Het was adrenaline, en instinct, maar ik ben er vrij zeker van dat ik alle vijanden heb afgemaakt. Mimi heeft er met een paar afgerekend. En ik denk dat Angelina er minstens drie heeft gedood. Het is klote dat ik Diego niet zelf heb kunnen vermoorden, maar dat zijn keel eruit gerukt werd moet een zeer onaangename manier zijn geweest om te sterven. Dat feit maakt me heel gelukkig.

Angelina sluit de deur na Guadalupe, maar in plaats van in de auto te stappen, draait ze zich naar mij om en staart me met haar hand over haar mond aan. Haar mooie jurk is op een paar plekken gescheurd, en er zit overal bloed op, maar het is niets vergeleken met hoe ik er waarschijnlijk uitzie. Ik had Guadalupe haar over mijn plan moeten laten vertellen en Angelina binnen moeten laten houden. Het is mogelijk dat ze nu nog banger voor me is. Ik verstop snel mijn hand die nog steeds het mes vasthoudt waarmee ik de laatste man die achter me ligt heb gedood. Ik durf haar niet te benaderen, omdat ik het niet kan verdragen als ze van me wegkijkt. Als er iets is wat ik niet kan verdragen, dan is het dat Angelina bang voor me is. Als ze haar hand laat zakken, zie ik dat ze huilt en iets dat diep in me zit breekt in stukken uit elkaar.

Ik doe een stap achteruit.

Felix kan ze naar een veilige plek brengen en later voor mij terugkomen. Ik zal haar niet met mijn aanwezigheid belasten of haar meer dan nodig is verontrusten. Misschien moet ik even rondkijken of er nog iemand in leven is en dat corrigeren. Ja, dat zal ik doen. Ik dwing mijn ogen zich van Angelina weg te trekken en ga naar het dichtstbijzijnde lichaam als ik haar mijn naam hoor roepen. Ik draai me om en mijn ogen worden groot als ze op blote voeten naar me toe rent en de rok van haar geruïneerde jurk in haar handen houdt.

'Sergei!' roept ze weer. Ze hupt over een dode soldaat en springt in mijn armen. 'Je bent me komen halen.'

'Natuurlijk ben ik je komen halen,' zeg ik en kus haar alsof mijn leven ervan afhangt. 'Ik zal je altijd komen halen, schatje.'

Angelina slaat haar armen om mijn nek en haar benen spannen zich om mijn middel. 'Je bent me een huis verschuldigd.'

'Ja, sorry daarvoor. Ik liet me een beetje meeslepen.'

'Een beetje?' gnuift ze en begraaft haar gezicht in mijn nek. 'Ik dacht dat ik je nooit meer zou zien.'

'Waarom heb je niets gezegd? Ik zou voor jou met Diego hebben afgerekend, schatje.'

'Hij zei dat hij je zou vermoorden als ik niet terugkwam.' Ze drukt haar handen op mijn wangen en kijkt in mijn ogen. 'Ik zou nooit je leven kunnen riskeren. Ik denk niet dat ik het mezelf ooit zou vergeven als er vanwege mij iets met je zou gebeuren.'

'Nou, ik weet zeker dat niemand mij en mijn shit zou missen.'

'Zeg dat niet!' Ze knijpt in mijn gezicht. 'Waag het niet om dat nog eens te zeggen! Felix zou je missen. Mimi. Je broer.'

'Oh, Roman zou waarschijnlijk een feestje geven.'

'Dat is niet waar, en dat weet je.' Ze leunt naar voren, drukt haar lippen op de mijne en trekt zich dan terug om me in de ogen te kijken. 'Ik zou je missen.'

Mijn lichaam verstijft. 'Waarom?'

'Omdat ik verliefd op je ben,' fluistert ze en kust me opnieuw.

Als ze zich terugtrekt, kijk ik haar onderzoekend aan. 'Ik dacht dat je bang voor me was. Dat zei je in het briefje dat je achterliet.'

'Ik ben nooit bang voor je geweest, Sergei. Ik was bang

dat je achter me aan zou komen en dood zou gaan. Het spijt me dat ik je gekwetst heb, schat.'

'Dus… je komt terug? Met mij mee?'

'Als je niets tegen dat plan hebt, ja.'

Ik kijk in haar ogen en druk haar tegen me aan. 'Trouw met me,' flap ik eruit.

Angelina knippert met haar ogen, kijkt om ons heen waar minstens twintig lichamen verspreid liggen en kijkt dan weer naar mij. 'Je weet echt hoe je een tijd en plaats moet kiezen, hè grote jongen.'

'Wil je met me trouwen?'

Ik denk dat mijn hart stopt met kloppen terwijl ik naar haar kijk met mijn ogen op haar lippen gericht, wachtend op haar antwoord.

'Natuurlijk wil ik dat.' Ze grijnst en kust me.

Plotseling klinkt er een luid getoeter uit de richting van de oprit en Angelina verstijft in mijn armen. Ik knars op mijn tanden en kijk naar de auto waar Felix op de toeter blijft drukken.

'Ik ga hem vermoorden,' snauw ik. Die ouwe heeft m'n huwelijksaanzoek verpest.

'Willen jullie twee verliefde idioten hierheen komen zodat we kunnen vertrekken?' schreeuwt Felix met zijn hoofd uit het raam.

'Je bent dood, Albert!' zeg ik terwijl ik Angelina naar de auto draag.

'We zullen allemaal dood zijn als we niet meteen vertrekken! Ik weet zeker dat de helft van de Mexicaanse politie en brandweer onderweg is. Samen met een seismisch team, omdat je hebt besloten om met je explosies het verdomde continent te herschikken!'

'Hou je kop en ga rijden.'

Ik open de achterdeur en fluit voor Mimi om in te stappen, dan ga ik, nog steeds met Angelina in mijn armen, achterin zitten. Zodra Felix de auto start, duw ik mijn gezicht in haar haren en adem ik haar geur in.

'Ik dacht dat ik gek zou worden toen je weg was,' mompel ik naast haar oor.

'Het spijt me. Ik beloof dat ik het goed zal maken zodra we thuis zijn.'

'Ja, daarover gesproken... we zullen een week of twee in een hotel verblijven,' zeg ik en bijt zachtjes in de zijkant van haar nek.

'In een hotel?'

'Het huis wordt opnieuw ingericht.'

'Oh? Hoezo?'

'Sergei heeft toen je weg was alles kapotgeslagen wat niet aan een muur was bevestigd, dat is de reden,' zegt Felix over zijn schouder.

'Wil je nu je mond houden?' snauw ik. 'Ze kan van gedachten veranderen en weglopen als je door blijft ratelen over hoe gestoord ik ben.'

Angelina's hand bedekt mijn wang en draait mijn hoofd naar haar toe. 'Wat heb ik tegen je gezegd? Dat je op moet houden met dat soort dingen te zeggen. Oké?' Ze leunt naar voren en kust me. 'Er is niets mis met je, schat.'

Ik druk haar tegen me aan en stop mijn neus weer in haar haren, en voor het eerst in jaren, heb ik het gevoel dat ik in orde ben.

EPILOOG

Angelina

Een maand later.

'Hé, zullen we wat jaloezieën voor de ramen beneden bestellen?' vraag ik als ik de slaapkamer binnenkom. 'We kunnen ook...'

Slechts in een joggingbroek gekleed, zit Sergei op het bed en hij zit naar de muur voor hem te staren, zijn lichaam is doodstil en zijn ogen zijn leeg. Shit. Hij heeft sinds we terug zijn uit Mexico geen enkele aanval gehad. Ik laat de stapel schone handdoeken die ik bij me heb liggen en ga langzaam naar het bed.

'Hé, schatje.' Ik ga tussen zijn benen staan en sla mijn armen om zijn nek. 'Ik zat te denken, misschien kunnen we de woonkamer roze verven. Die meisjesachtige, pasteltint, weet je wat ik bedoel?'

Hij beweegt geen spier. Ik leun naar voren, druk mijn lippen tegen hem aan en trek een spoor van kussen van zijn mond, naar zijn wang en naar zijn voorhoofd, en ga dan verder langs zijn neus totdat ik zijn mond weer bereik. Deze keer bewegen zijn lippen lichtjes en reageren ze op mijn kus.

'Felix en Nana Guadalupe hebben Mimi meegenomen voor een wandeling,' zeg ik terwijl ik mijn handpalmen tegen zijn borst druk en er lichtjes op druk totdat hij op het bed gaat liggen. 'Ik denk dat er iets tussen die twee speelt. Ze hebben veel tijd doorgebracht samen. Denk je dat Felix Marlene bedriegt met mijn nana?'

'Hij en Marlene zijn afgelopen weekend uit elkaar gegaan,' zegt Sergei en legt zijn hand op mijn heup. Hij is nog steeds afwezig, maar hij komt langzaam terug.

'We moeten deze tijd dat we alleen zijn goed benutten. Wat zeg je ervan?' Ik ga op zijn middel zitten en buig voorover om een kus in het midden van zijn borst te geven. 'Ik kan je daarna met mijn oliën masseren als je wilt.'

'Nee, dank je.'

Ik kijk naar beneden en zie hem naar me staren, maar zijn ogen zijn nog steeds niet gefocust. Verdomme, dit is niet goed. Aan de tailleband van zijn joggingbroek trekkend, schuif ik hem samen met zijn boxer naar beneden, terwijl ik voor hem neerkniel, dan neem ik zijn stijf wordende pik in mijn hand, leun naar voren, en zuig op de bovenkant. Hij wordt stijver in mijn hand, en ik kan niet anders dan glimlachen. Zelfs als hij niet met zijn hoofd hier is, reageert hij nog steeds op me. Ik beweeg mijn tong langs de onderkant van zijn harde pik. Ik neem hem volledig in mijn mond en zuig. Ik maak nog een paar keer dezelfde bewegingen voordat ik weer langs zijn lichaam omhoog kruip en mijn neus tegen de zijne plaats als ik merk dat hij nog niet volledig bij me terug is gekomen.

'Wil je de liefde met me bedrijven, schatje?' Ik ga met het topje van mijn vinger over zijn neus. 'Alsjeblieft.'

Sergei's handen gaan naar de onderkant van mijn rug, glijden dan langs mijn ruggengraat omhoog en tillen tegelijkertijd mijn shirt op. Hij neemt de zoom tussen zijn vingers en het volgende moment vult het geluid van scheurende stof de kamer. Glimlachend trek ik het geruïneerde shirt uit, doe hetzelfde met mijn korte broek en slipje, en ga weer op hem zitten, en positioneer me boven zijn pik.

'Ik hou van je,' fluister ik.

Sergei knippert met zijn ogen en ontmoet dan mijn blik, zijn lichte ogen zijn gevuld met verlangen. Hij grijpt naar mijn heupen, drukt me neer op zijn pik en ik hap naar adem.

'Ik ben in slaap gevallen.' Hij trekt me op z'n borst en rolt ons dan om tot hij boven op mij ligt. 'Ik droomde dat Diego je mee terug naar Mexico had gesleept.'

Zijn hand glijdt in het haar bij mijn nek en grijpt het vast, terwijl zijn pik naar buiten glijdt. Ik pak zijn schouders, trek aan hem en krom mijn rug, in een poging om hem weer in me te krijgen, maar Sergei grijnst en beweegt zijn vrije hand naar mijn poesje, en plaagt mijn clitoris.

'Wat ben je aan het doen?' zeg ik kreunend.

'Aan het spelen.' Zijn hand verdwijnt en zijn lid glijdt naar binnen. Hij stoot twee keer in me en trekt zich dan weer terug. Zijn vinger vervangt zijn pik.

Een grom gevuld met frustratie en behoefte verlaat mijn lippen. 'Sergei!'

'Ja, schatje?'

'Ik heb je nodig,' zeg ik moeizaam. 'Erin. Nu.'

'Hoe graag?' De vinger in mijn hitte kromt zich en raakt een plek waar mijn lichaam van gaat trillen. Dan verdwijnt de vinger, waardoor ik wil schreeuwen. Ik ben er zo dichtbij. Als hij me blijft martelen, dan word ik gek.

Hij knijpt in mijn klit en schuift dan zijn vinger weer naar binnen. 'Ik vroeg, hoe graag, Angelina.'

'Ik ga je vermoorden,' fluister ik in zijn oor, beweeg mijn mond naar zijn schouder en bijt hem. Hard.

Een laag grommend geluid verlaat Sergei's lippen terwijl hij in me stoot en zijn pik tot de schacht in me begraaft. Zijn hand gaat langs mijn been totdat hij mijn knie bereikt.

'Jij kleine valsspeler.' Hij beweegt mijn been omhoog en opent me wijder.

Ik glimlach en kreun dan terwijl hij in me stoot en ik me aan zijn schouders vastklamp, in een poging om te voorkomen dat ik omhoog glijd. Het werkt niet helemaal, dus ik zet mijn handen tegen het hoofdeinde en hijg terwijl zijn heupen me in het matras rammen. Hij is zo groot dat het een beetje pijn doet, maar het is het goede soort pijn. Een die me eraan herinnert dat hij hier is, zowel mentaal als fysiek. Terwijl trillingen mijn lichaam laten beven, gaan mijn ogen dicht, maar een hartslag later grijpt Sergei de achterkant van mijn nek.

'Kijk me aan,' blaft hij terwijl hij helemaal stijf wordt, zijn pik zwelt nog meer op naarmate hij zijn eigen ontlading vindt.

Ik snak naar adem en open mijn ogen. Met mijn handpalm op zijn wang kijk ik in zijn lichte diepten. 'Altijd,' fluister ik.

Vier jaar later.

'Mammie.'

Ik kijk op van het sap dat ik aan het persen ben en glimlach als mijn ogen op onze driejarige zoon neerkomen, die Mimi om haar nek vasthoudt. Met mijn donkere haar en Sergei's lichte ogen, is hij de perfecte mix van ons beiden. 'Wat is er, Sasha?'

'Papa is weer wakker aan het slapen,' zegt hij.

Ik laat de sinaasappel op het aanrecht liggen en steek de keuken over om voor hem neer te hurken. 'Heb je geprobeerd hem een kus te geven om hem wakker te maken?'

'Nee.'

'Laten we het dan samen gaan doen. Ja?'

'Oké.' Hij pakt mijn hand en leidt me naar de woonkamer.

Sergei staat roerloos voor het raam, naar iets buiten te staren. Ik til onze jongen in mijn armen en ga voor mijn man staan.

'Klaar?' vraag ik, en Sasha knikt gretig. 'Oké, hou je vast, voor het geval dat.'

Terwijl ik onze zoon naar zijn vader leun, slaat hij zijn kleine armen om Sergei's nek en geeft een kus op zijn wang. Sergei's handen schieten onmiddellijk naar voren, grijpen de jongen om zijn middel en trekken Sasha strak tegen zijn borst.

'Sorry.' Sergei buigt voorover om een kus op mijn lippen te geven. 'Hoelang?'

'Niet meer dan vijf minuten,' zeg ik tegen zijn mond. 'Je doet het geweldig, schat.'

Sergei's aanvallen zijn de afgelopen jaren aanzienlijk afgenomen. Dit was de eerste in de afgelopen drie of vier maanden. Ze duren geen uren meer, en het is makkelijker voor hem om er uit te komen.

'Wanneer komen Albert en Guadalupe?'

'Waarom blijf je hem zo noemen?' lach ik. 'Hij woont hier al drie jaar niet meer.'

Sergei grijnst. 'Omdat het hem kwaad maakt. Gekke oude kerel. Heb je gehoord wat hij voor Guadalupe heeft gekocht voor hun jubileum?'

'Nee.'

'Een geweer.'

'Deftig. Ik weet zeker dat ze het leuk zal vinden. Wanneer komen ze…' Mijn ogen gaan naar de tv achter Sergei die het laatste nieuws laat zien. 'Wauw. Heb je dit gezien?'

Ik pak de afstandsbediening en zet het volume hoger, naar de live video van de luchtfoto starend van wat de nasleep van een verwoestende brand lijkt te zijn. De nieuwsflits onderaan het scherm zegt dat het in de omgeving van New York gebeurt. Het is niet te zeggen wat de structuur voor de brand was, alleen de algemene vorm is overgebleven. De scène verandert in foto's van een man en een vrouw die verondersteld worden tijdens de brand te zijn omgekomen. De man lijkt eind dertig te zijn, knap, en hij draagt een pak. Hij lijkt op een zakenman. Ik kijk naar de andere foto. De tekst eronder zegt dat de vrouw drieëntwintig is, maar het zwarte broekpak dat ze draagt, de afstandelijke uitdrukking en het strenge kapsel laten haar er ouder uitzien. De nieuwslezer blijft op de achtergrond praten, maar ik begrijp niet wat ze zegt omdat Sergei naast me in lachen uitbarst.

'Ik wist het.' Hij gnuift en schudt zijn hoofd. 'Iemand moet die asociale klootzak echt kwaad hebben gemaakt.'

Ik staar hem verward aan. 'Waar heb je het over?'

'Dat.' Hij wijst naar het tv-scherm, dat opnieuw de verwoesting door de brand laat zien. 'Zie je hoe gelijkmatig en grondig het gebouw is afgebrand? Dat is uiterst moeilijk voor elkaar te krijgen. Ik ken maar één persoon die het voor elkaar kan krijgen.' Hij lacht weer. 'Albert gaat door het lint als ik hem vertel dat Az nog leeft.'

'De man van je eenheid? Degene die verdween?'

'Yep.' Hij geeft een kus op Sasha's wang, legt dan zijn hand op de onderkant van mijn rug, precies op mijn tatoeage en trekt me tegen zijn zij.

Ik meende wat ik al die jaren geleden zei, toen ik toestemde om 'Prinadlezhit Sergeyu Belovu' op me te laten tatoeëren, en ik was zowel verrast als geamuseerd toen Sergei de tatoeëerder had gevraagd om de woorden ook op hem te zetten, maar zijn naam voor de mijne te vervangen.

Er is een geluid van naderende stappen, en ik kijk over mijn schouder en zie Felix en Nana de kamer binnenlopen. Felix kijkt naar de tv en stopt dan abrupt.

'Ik ga hem verdomme vermoorden,' snauwt hij, en schudt zijn hoofd terwijl hij naar het scherm kijkt. 'Hij had beloofd dat hij zich gedeisd zou houden. Lijkt dit erop dat hij zich gedeisd houdt?'

'Jij listige ouwe zak,' blaft Sergei en staart Felix aan. 'Wist je dat Az nog leefde?'

'Wist?' Felix trekt een wenkbrauw op. 'Hoe dacht je precies dat hij erin geslaagd was om te verdwijnen en onder de radar van de overheid te blijven?'

'Weet je zijn echte naam?'

'Natuurlijk weet ik dat.'

'Wat is het?' vraagt Sergei.

Felix lacht alleen maar. 'Dat zou je wel willen weten hè?' Hij kijkt weer naar de tv. 'Ik vraag me af wat hem zo van streek heeft gemaakt dat hij na acht jaar weer boven water is gekomen.'

www.ingramcontent.com/pod-product-compliance
Ingram Content Group UK Ltd.
Pitfield, Milton Keynes, MK11 3LW, UK
UKHW062308290726
14090UKWH00018B/956